天狗文庫

司马辽太郎
1923—1996

毕业于大阪外国语学校,原名福田定一,笔名取自"远不及司马迁"之意,代表作包括《龙马奔走》《燃烧吧!剑》《新选组血风录》《国盗物语》《丰臣家的人们》《坂上之云》等。司马辽太郎曾以《枭之城》夺得第42届直木奖,此后更有多部作品获奖,是当今日本大众类文学巨匠,也是日本最受欢迎的国民级作家。

司马辽太郎作品集
SHIBA RYOTARO WORKS

[日]司马辽太郎——著
欧凌——译

功名十字路 [上]

しばりょうたろう
SHIBA RYOTARO WORKS
功名が辻

重庆出版集团 重庆出版社

KOMYOGA TSUJI 1,2 by Ryotaro SHIBA
KOMYOGA TSUJI 3,4 by Ryotaro SHIBA
Copyright ©1965 by Yoko UEMURA
This edition originally published in Japan in 1965 by Bungei Shunju Ltd.
Simplified Chinese translation rights arranged with Yoko UEMURA
Through Japan Foreign-Rights Centre/ Bardon-Chinese Media Agency
Simplified Chinese translation copyright©2021 by Chongqing Publishing House Co., Ltd.
All rights reserved.

版贸核渝字（2021）第056号

图书在版编目(CIP)数据

功名十字路 /（日）司马辽太郎著；欧凌译. —重庆：重庆出版社，2021.12
ISBN 978-7-229-16082-1

Ⅰ.①功… Ⅱ.①司… ②欧… Ⅲ.①长篇小说—日本—现代 Ⅳ.①I313.45

中国版本图书馆CIP数据核字字（2021）第056号

功名十字路
GONGMING SHIZI LU

[日]司马辽太郎 著　欧凌 译
责任编辑：许宁　魏雯
装帧设计：谢颖设计工作室
责任校对：李春燕

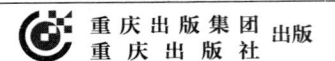

重庆出版集团 出版
重庆出版社

重庆市南岸区南滨路162号1幢 邮政编码：400061 http://www.cqph.com
重庆出版集团艺术设计有限公司 制版
重庆豪森印务有限公司 印刷
重庆出版集团图书发行有限责任公司 发行
E-mail:fxchu@cqph.com　邮购电话：023-61520646
全国新华书店经销

开本：890mm×1230mm　1/32　印张：32　字数：580千
2021年12月第1版　2021年12月第1次印刷
ISBN：978-7-229-16082-1
定价：168.00元

如有印装问题，请向本集团图书发行有限公司调换：023-61520678

版权所有　侵权必究

目录 / Contents

- 1　　新娘的小袖
- 25　　战　场
- 51　　空也堂
- 75　　姊　川
- 131　唐国千石
- 169　长筱合战
- 195　乱世奉公人
- 217　十两的马
- 251　鸟毛长枪
- 309　贱　岳
- 339　家　康
- 383　秀　吉
- 409　春日迟迟
- 443　挂川六万石
- 477　伏见桃山

519	卖虫小贩
575	淀　姬
603	醍醐赏花
655	疑风暗云
701	东　征
765	东征（续）
799	大　战
863	再　会
895	浦　户
951	种崎浜
985	尾　声
999	由山茶花漫谈开去 ——《功名十字路》译后记

新娘的小袖

织田信长将居城从尾张清洲城迁至岐阜，是永禄十年（1567）九月十八日的事情。

清洲与岐阜两地，相距八里[1]。蜿蜒逶迤的道路上，除却织田军的将士三万人外，织田信长之妻浓姬与她的侍女们自然也在列。加上同行的其他将士的家人女眷，浩浩荡荡，也可算作一次小小的"民族迁徙"了。

当然，单身武士亦不少，山内伊右卫门便是其中之一。此君担任马回役[2]一职，相当于近卫士官。俸禄五十石，封地甚少。

这位伊右卫门，头戴南蛮盔，身着桶皮甲，手持一柄秃长枪，胯下的马儿老得不成样，四条腿儿还怎地短。

"真是个腌臜武士啊。"

这种话自然是难以启齿的，但对这个背上插着"三叶柏"家纹小旗的年轻武士，沿道村庄的百姓、妇人，甚至黄口小儿们，却少不了隐隐的冷嘲热讽。

他的确过于显眼了。

地处尾张的织田家,那可是以气吞山河闻名天下的。武士的盔甲、长枪、太刀,哪样不是闪闪发光的?而在织田家里,外号叫做"荐僧[3]伊右卫门"的,便是这位年轻人了。荐僧,在后世亦被称作虚无僧,总而言之,不过是听起来冠冕堂皇些的乞丐罢了。

织田家中传闻不少,有人说伊右卫门自幼过着一贫如洗的日子,还曾一时浪迹于荐僧市井之间。然而,从他的容貌上却丝毫看不出来。圆脸,肤色白皙,好似达官贵人的公子哥模样,脸颊上的红晕里还残留了些许稚气。

他过世的父亲,年少时的流浪与苦难,这些过往之事,就待笔者慢慢道来。在这里稍稍透露一下他的将来。这位眼下在织田家中无足重轻的寒酸青年,经历种种坎坷之后,竟然当上了土佐一国[4]的太守[5],度过了不可谓不传奇的一生。

但是现在,与已逝的时光无关,与未来亦无关。对这个年轻人来说,关键是"现在"。如今他的心底里充满期待。

(千代小姐,究竟是怎样的姑娘啊?)

想到这里,他胯下瘦马的脚步也变得轻盈起来。

(据说在美浓这个地方,她可是有名的美人呢。)

虽说姻缘已定,可这个美貌女子他还没能亲眼见上一面。若宫千代——便是这位姑娘的名字了。借着织田家居城喜迁岐阜的彩头，伊右卫门山内一丰就要跟她成亲。离岐阜新城稍远的地方，迎娶新娘的新居已经建成。

（俺也要娶新娘子啦！）

美浓的天空，万里苍翠，晴朗无云。伊右卫门策马而行，深深吸了一口气。新娘、新娘、新娘——坐骑蹄下，一缕轻烟漫起。

岐阜城下的新居门庭前，自父亲过世以来一直侍奉左右的两位侍从，早已在道上洒过水，里里外外清扫得纤尘不染，等待伊右卫门归来。

"噢，挺干净嘛。"他的所谓武士府邸，也不过是一处陋室罢了。可无论如何简陋，长屋门[6]还是有的，那是两位侍从的栖身之所。

"对俸禄区区五十石的鄙人来说，貌似有些奢侈啊。"伊右卫门说着跨入了府邸。受封的领地共一百坪[7]。眼下修建了厨房，一间茅草屋顶、仅供就寝的正堂，以及一个仓房。单单这些的话，显得实在落寞，因此两位侍从特意从金华山（即稻叶山）移植了好些植物过来，于是各个角落里便有了松树、枫树、朴树枝繁叶茂的身影。

"这就是俺的府邸了？"伊右卫门坐在阳光甚好的房檐下，张望着自己的"府内"。

"可就俺这块料,怎么看都太大了啊。"伊右卫门亦有器量嫌小的一面。

"您可别谦虚。"侍从之一祖父江新右卫门批评道。

"您不久定会出人头地的。这点儿府邸,或许明年就显得狭窄啦。"说这句话的是另一位侍从五藤吉兵卫。

这两位均是三十三岁年纪,比伊右卫门年长十岁。父亲在世时他们便服侍左右,所以虽是家臣,于他却是亲如叔伯。无论怎样,在伊右卫门十四岁丧父之后,就是这两位含辛茹苦把他拉扯大的。

五藤家、祖父江家,这两位的家系后来成为土佐国俸禄二十四万石的家老[8]与准家老,一直绵延至明治时代。他们与伊右卫门一丰一起,同甘苦、共进退,最后终于守得云开见日出。不过此时的二人,身上还穿着粗陋的茶色麻布衣,脚上套着当地佃农常穿俗名"下下履"的草鞋,怎么看都是一副与叫花子不相上下的模样。但不管怎样,区区五十石俸禄就想养活两位侍从,大抵不太可能。

然而,战功总是"家臣"们立下的。伊右卫门一丰平素甚少吃白米饭,通常都以小米、稗子之类为主食,以便省下米饭钱来,养活两位侍从与他们的家人。而这两位也并不指望靠一丰的俸禄过活,只要不打仗,他们便去附近的富农家里帮工,赚点儿伙食钱。

"您的婚礼就在明夜了。"

"是啊。"伊右卫门心里起伏不定。

"她可是美浓家中最为美貌的新娘子啊。"五藤一脸愉悦,仿佛是自己要娶妻一般。

明晚便是洞房花烛夜了。

与岐阜相隔七里的美浓不破一地,是千代的娘家。想到明天,千代怎么也睡不着:"母亲,一丰(伊右卫门)先生是怎样的人呢?"

"又来了。"母亲法秀尼微笑着看她。这个相同的问题,也不知她前前后后到底问过多少次。

"是个好人。"法秀尼每次所答,也就这么一句。这位聪慧的女人从不多言,免得那些无益的评价先入为主,反倒阻碍了女儿自己的判断。

千代是位明媚的女子,后来作为"山内一丰之妻"成为日本史上的贤妻楷模。而此刻,她还只是个天真无邪的少女。

她的画像保存至今。鹅蛋脸,眼角极为细长,樱唇丰满,确实是位少见的大美人。

千代把自己的聪颖藏在了"天真无邪"里。她自幼就明白,聪明人老是把聪明挂在自己脸上是多么让人反感。所以，她是那么招人喜爱。

伊右卫门一丰因为父亲战死，家道没落，少年时代过了一段放浪形骸的生活。千代的幼年其实也很像。

婚事定下来时，母亲法秀尼就说："要是你父亲还在世，他该多高兴啊。"然而千代却已记不清父亲的容颜了。父亲若宫喜助，是北近江一地势力庞大的战国大名——浅井氏的家臣，他在独生女千代年仅四岁之时，便战死沙场了。

如若当时千代年纪足够，是可以招一位上门女婿来继承父业的。但千代那时尚且年幼。母亲法秀尼无奈之下，只好带着千代离开近江，来到美浓，暂时寄身于以"不破"为姓的亲戚家里。

不破家族，是美浓地区三大乡士[9]之一，而一家之长——不破市之丞的妻子，正是法秀尼的姐姐。千代母女虽为食客，但不破一家还是为她的成长提供了一个富裕的家境。

"听说对方很是贫穷，千代能不能熬得过去啊？"姐夫不破市之丞，在刚有人提亲时颇为担心，于是这样询问道。法秀尼回答："正是因为穷，才对未来充满期待啊。"她看中的只是一丰这个人。婚事就这么定了下来。

伯父不破市之丞与千代没有血缘关系，但或许正因如此，反而更容易让他抱有一种父爱似的情感。眼见着千代要出嫁了，这位不破家的小领主显得憔悴了不少。

"到底千代还是要离开的啊。"无论如何，她都是从四岁起便与不破一家住在同一屋檐下的女儿啊。

"女儿养起来可真是伤心，"这句牢骚话，他仿佛不吐不快，"养到最可爱的时候却不得不亲手送人。"

千代的生母法秀尼倒显得很冷静，她看着姐夫烦乱的样子，不禁觉得好笑。每每听到他发这样的牢骚，她都忍不住"扑哧"轻笑一声。他还义正言辞地质问"有什么好笑的"，所以就越发好笑了。

"你作为她的亲生母亲，就一点儿也不伤感么？"

"自然是伤感寂寞的。"

这点毋庸否认，特别是对法秀尼来说，她可是一个人亲手把女儿拉扯大的。这颗掌上明珠就要被人夺走，此种心情谁能比她更为明了？法秀尼在丈夫战死之后便皈依佛门，出家为尼。这次女儿远嫁之后，她便打算在不破领地的某个角落建个尼庵，真正地出家了。

在美浓一地，直到昭和初年都是这样——"一人出家九族升天"的观念十分流行。在名门望族里，一直有让一位族人出家的习俗，所以她的出家在当时并非奇怪的举动。

"女儿嫁给一丰君，我就嫁给阿弥陀佛如来了。"法秀尼静静地微笑。

"婚礼的事——"前段时间,不破市之丞想把婚礼办得体面风光一点儿,毕竟是从不破家出嫁。但饶是他费尽了口舌,法秀尼却怎么也不同意。

"不用费事的。男方父亲那一代虽然也很富足,但他自己现在仅仅是在织田旗下领着五十石俸禄,让她带一些寻常服饰和日常家什,也就够了。"如若太过隆重,反倒会让新郎一丰感到自卑,失了锐气,那便因小失大了。

"是吗?既然你这么坚持,那一定要答应我一件事。"不破市之丞出了一个主意,他提出要送一笔金子给千代。并且这些金子不写入嫁妆目录里,是给千代的私房钱。

一共有十枚纯金。

这个数额,在当时可是吓死人不偿命的一大笔钱。法秀尼让千代全部装进自己的镜匣里,叮嘱道:"这笔金子,要在你夫君遭遇紧要关头时才拿出来使用。"镜匣里的镜子是个圆镜,如今供奉在高知市追手筋的藤并神社里。镜子背面有一句诗文:每傍玉台疑桂月,未开宝箱似藏云。

成婚当日,自傍晚时分起,伊右卫门一丰便在新居的正堂之上正襟危坐,婚礼就在这里举行。

五藤、祖父江这两位侍从一大早就忙个不停。"少主,新娘的花轿已经到中宿地区了。"五藤吉兵卫飞奔进来禀告。日暮时分，太阳业已西沉，周遭已经变得昏暗。

"是吗？"

（潜心静气！）

虽然他如是告诫自己，一定要潜心静气，可谁知放于膝盖上的两个拳头还是不争气地微颤着。

"少主，"这次是祖父江新右卫门开口道，他看了实在于心不忍，"您何不稍稍躺着休息会儿呢？看您身子都快坐僵了。婚礼还有一个时辰才开始啊。"

"是吗？"他想对祖父江笑笑，可笑容却惨白地僵在那里。

（真是太丢脸了。）

他不禁自怨自艾起来。

当时的婚礼大都在晚间举行。但就算是身份低微的伊右卫门一丰，这个婚礼办得也足够朴素了。同属织田旗下的家臣木下藤吉郎秀吉，在迎娶浅野家的宁宁时——"茅草长屋里，竹垣铺地，再铺个灯芯草垫，就这样成婚的哦。"这话是宁宁当了北政所[10]之后，略带嘲弄地对侍女们说的。

一丰的境况也差不了多少。这些下级武士的婚礼并无固定的形式，所以仪式顺序什么的也没个定数。

终于到时间了。替代父亲之职的不破市之丞，先行赶来与一丰照了面。门前已经有红艳的篝火燃起，从门口到内室，数个烛台正熠熠生辉。

"新娘驾到——"不破家的小伙计在门前高声叫道，那音调好似远方的狗吠。

千代的手由一位年长侍女搀着，静静走了进来。她穿的不过是白色小袖[11]，披一件白绢外褂，素脚上罩着一双草履。头上并无盖头。

终于，她在一丰的身边坐定。而伊右卫门一丰，因为一直是目不斜视地正襟危坐，反倒没能看清身旁新娘的面容。

少顷，新郎新娘行了酒礼。之后便是接待上司、前辈、亲朋好友们饮酒用餐，随后是两家的侍从。小伙计们也兴高采烈地找地方站着吃喝。

这之间，新娘端着酒杯忙碌地四处敬酒，伊右卫门只觉得眼前一团白影飘来荡去，完全没有闲暇定下神来看看她的秀脸。

待到宴席结束，客人散尽，整个屋子里就只剩下伊右卫门、千代，以及一抹烛焰。千代开口道，"夫君，小女子不才，但愿与夫君白头偕老，共赴来世。"

"我也是。"笨口拙舌的伊右卫门一丰，重新看了看千代的脸庞。

（所言不虚，是名副其实的美人。虽然——好像个子大了点儿。）

千代的性格也可人极了。伊右卫门大概想不到，自己今后都将被眼前的这个可爱依人的女子，牵着引着推着绊着度过一生吧。而千代亦同样细致入微地观察着她的新郎。

（有点不尽如人意呢。）

千代所指的，是伊右卫门那张稚气未脱的圆脸。感觉缺少了些武士应有的粗犷豪放。还有，仅仅中等身材而已。

（这个样子能在战场上舞枪弄棒吗？）

千代早已在别人的只言片语中，了解到伊右卫门是位相当勇猛的武士。所以她想象里的那位男子，应该是浓眉阔脸，四肢粗壮如马驹，腮帮子上还看得出来刚刮过胡楂的模样。

（不过，眼睛挺好。）

千代找到了他的优点。他的一双眼眸深邃幽远，且十分机敏。有这种双目的男子，比起在沙场上来回驰骋的武者们，或许更有引领一军的武将之才。千代继续思量着。

（他的气质高雅，这比什么都重要。）

虽然他十四岁便四处流浪，最近才被织田家收留，得了点儿俸禄，但本身血统高贵却是不争的事实。

山内伊右卫门一丰的家族，虽然并非显赫的名门望族，但在尾张这种乡下地方，也并不显寒碜。

一切还得从尾张的织田家族说起。本来按足利幕府[12]的职务编制，尾张的守护一职属于斯波氏，织田氏只不过是个守护代[13]。足利幕府末期，以下克上的事件频频发生，织田家取代主家成为强势一族，也就是事实上的尾张国的一国之主。

织田家又有岩仓织田氏与清洲织田氏两个分支，各自统领尾张的半封国土。而现今崛起的织田信长却并不属于这两个分支。其父织田信秀曾是清洲织田氏一支里的小小干事，后来攻下了同族主家的城池而势力渐长，到了信长这一代，终于将一国净收囊中。

伊右卫门一丰的父亲——但马守盛丰，原是岩仓织田氏的家老，后为织田信长所灭。在岩仓被攻破的那一日，他的父亲便战死了。作为"山内但马守盛丰"的子嗣，他在尾张仍然有个比较好的名声。不过在织田家，一丰作为新人，还仅仅只领有五十石。

"一丰夫君，"千代这样叫着他，后来写信时也是这样称呼，"能否先谈一下？"

（嗯？）

伊右卫门一丰看了看从今夜起便成了自己妻子的这个女

子,"谈什么都可以,不碍事。"

千代微微倾首,却一言不发。

"怎么了?"

"还……还是……难以启齿啊。"虽说身旁坐的是丈夫,可对这位还不曾有"丈夫"感觉的人,千代尚无勇气说出长篇大论来。"总归今后……"

"是打算要讲的啰。"伊右卫门温柔颔首。

(……)

对千代来说这是一个感触良深的夜晚。仅仅一丰的一句话,就让她泪眼婆娑起来。忽然伊右卫门想到——

(莫非她是怕那个事?)

两个人躺下了。果然,千代的身体苍白地战栗着。

(其实,俺也一窍不通啊。)

侍从祖父江新右卫门,曾把初夜的心得简短地说与他听。虽然他的揣测也大致不差,可一旦眼前的女子这么真真切切躺在身旁,他反倒不知该如何是好了。

伊右卫门时年二十二。在那个年代虽已算是一个堂堂正正的男儿了,但怎奈五藤与祖父江两人,在伊右卫门父亲过世后,就好似把他捧在手掌心里捂着似的,愣是没让他碰过女人。

伊右卫门睁眼看着黑幽幽的屋顶,身体僵直着,碰也不碰千代的肌肤，只狠命地压抑着自己的激情。可是，压抑也是有限度的。

"千……千代。"

"嗯。"千代细细应了一声，弱如一线游丝。

"我……我要当丈夫了。"他一下抱了过来。

（真……真是乱来！）

到这个份儿上，千代倒还显得从容些了。虽然也觉得害怕，不过母亲法秀尼教过，只需任由夫君便可。但这位夫君不靠谱啊。明明情绪高涨浑身火热，可凑过身子来却什么都不做。

（这个人在战场上会是怎生模样？）

千代的思绪飘到了完全不同的地方。这一夜，最终是什么都没发生。

真是荒唐得让人难以置信，这对懵懵懂懂的夫妻成为真正的夫妻，已是十五天之后的事了。那个夜晚，千代也好伊右卫门也好，都仿佛功德圆满似的激动万分，久久难以入眠。

"今晚，咱们彻夜长谈好么？"千代羞涩地说。

"千代，"伊右卫门的声音与适才略显不同，语调温润，"什么都好，你说就是。"夫妇的感觉真好，这种实实在在的、宛如渐涨的潮汐般的感触，慢慢浸润着伊右卫门的心胸。

"嗯。"千代握着伊右卫门温暖的右手,缓缓移至自己唇边。

"好痛!"小拇指吃痛的伊右卫门,唬得要跳起来。

"啊!实在抱歉!"千代更显得惊慌失措,咬他手指这一切都是下意识的。

(好可爱的女人!得到这么一位娇妻,俺是几生修来的福分啊?)

"呃,一丰夫君,"千代此后一生,都是这样称呼伊右卫门的,"作为男人,这一生之中,您希望成为什么样的人呢?"

"这个问题嘛。"说实话,自己年纪轻轻,又刚到织田家不久,倒是想过早日适应这个新环境,在战场上多立战功,但此外的事情还真没想过。

"您一定考虑过吧?"

"那是。"虽然伊右卫门从未考虑过,可被新婚妻子问起,他也是有虚荣心的,"既然生为武士,虾兵蟹将俺是绝对不当的。要当就当一国一城的领主。"

"一丰夫君,您一定行!"千代好似巫女般断定道。

(啊?)

"行吗,我?"让他吃惊的是,自己居然从未有过这种非分之想。

"看着您的脸,看到您的心,我就知道,您一定能当上一国一城之主。"

"你知道?"伊右卫门寻思:面前这位,数日前还不过是个小姑娘而已啊,说什么大话呢。

"不光是我,伯父不破市之丞也这么说,母亲法秀尼也是这样跟我讲的。"

还是千代技高一筹,总之,是要给伊右卫门灌输信心。只有带点自大的骄傲,方可使有才能有担当的男子勇往直前。无论他是武将,是禅僧,还是画师。千代很明白这种细微的心理。

"我真能行?"

"能!千代之力虽然微薄,但一定尽心竭力辅佐山内伊右卫门一丰夫君,直到您成为一国一城的领主。这个誓言,是今晚我最想对您说的话。"

月光洒落枕边。伊右卫门手指轻触千代下颌,微微抬起她的脸庞,好可爱的嘴唇。适才的那些大事,轻轻巧巧就从这样的嘴唇里蹦出来,实在是难以置信。

之后一年。

这段时期是织田信长的勃兴期。这话听来容易,可天下的诸位大名[14]却无这般盛况。名为"织田"的一头巨兽在尾张苏醒，在邻国美浓一地朝天下咆哮，暴风骤雨般狂乱地冲袭而来。

虽然不过是个初出茅庐的新兴大名，但织田家的外交却相当娴熟。其与居于甲州、号称天下最为强势的武田氏（武田信玄）联姻，结为亲家，排除了东部的压境之险；同时毫不犹豫地向西部延伸势力。于永禄十一年（1568）二月进攻伊势，九月闯入近江，扫平一个个城池，以破竹之势直指京都，同年底几乎平定了畿内[15]，果敢地将战旗插到京城。神速勇猛，令人惊叹。

也正因如此，织田家很快成为众矢之的。织田军不间断地被派往各地，交战、交战、交战，仿佛鞭炮的引子被点燃了一般停不下来。

伊右卫门也是如此，好好的一段新婚岁月也来不及享受，只顾马不停蹄地奔赴各个战场。

（天天都在打仗，老婆大人的样子都快忘得一干二净了。）

这时的伊右卫门已不再担任马回役，而是作为"与力[16]"加入了实战部队。此时的"与力"，与后来江户时代的町奉行所[17]里的"与力"不同，是指"直属于信长，又同时外派为诸位将领的部下"。这个职位能参与更多的战役，建功立业的机会自然也更多。

刚开始，一丰是在丹羽长秀的旗下，后来随着织田家势力范围的增长，又有多名新的武将被任命，与之相应的便多了数支新编的部队。

其中，最引人瞩目的一员新将，是"木下藤吉郎秀吉"这位长相奇陋的男子。虽然他在战场上并非十分神勇，但无论什么任务都能完成得滴水不漏，一工作起来就没完没了。并且他为人幽默，善于用人。最重要的是他对战术的运用已经达到了随机应变游刃有余的天才境地。

织田信长家中，谁都知道他以前只不过是给信长提鞋子的。一些自认出身高贵的人对他很是鄙夷：

（想干吗，臭猴子？）

而信长近卫部队里的武士们，也都对这位新武将十分排斥，不愿调往他的麾下。

可是，千代有一天仿佛漫不经心地说了一句："一丰夫君，木下大人是位很有意思的人呢。"原来千代前一天在路上遇见了秀吉。

千代那天独自一人漫步于岐阜城下的街上，见一位威风凛凛的武士骑马从对面迎来，前后跟着数位侍从。他就是这次刚升任武将，开始独当一面的木下藤吉郎秀吉。

（这位一定是木下大人吧。）

从对面武士傀奇的相貌上，千代已然知晓。千代从道上退到檐下，鞠了一躬，转身欲走。

"呀，那不是山内伊右卫门的夫人吗？"藤吉郎忽然翻身下马。

仅从马背上翻身而下就已经很令千代惊奇了，如他这般地位的人居然能记得住"山内伊右卫门"这种俸禄区区五十石的小人物，更何况他还能想起自己这个伊右卫门的内人。要知道，这样的小人物在织田家中有数万人。想到这里，千代与其说是惊奇，不如说是早已超出了惊奇的程度，变作一种身心俱颤的感激。

其实，千代原与织田家中的其他人无异，在听闻藤吉郎是"暴发户"时，也同样如此认为。不过这种想法此刻已经荡然无存了。

"伊右卫门在近江之战中的表现，虽是远观，但看得出来相当出色。请婉转告知于他。"话音刚落，藤吉郎便又重回马上，咯噔咯噔的蹄声渐渐远去。

"呵呵——"伊右卫门眼里神采闪烁。男人的世界亦是虚荣的世界。想被认同与肯定的这种期望，无时无刻不在心里燃烧。"俺一直在别的部队，还从没在木下大人的手下干过。承蒙大人看得起在下的战功啊。"

可不只是战场上的事啊。连千代的相貌都记得这么清楚，藤吉郎大人肯定是平时就在远处一直关注着伊右卫门这个人了。

"真是令人吃惊啊。"

"的确。"千代微笑连连。千代打算不再多言,如此微笑着即可。夫君一定会自愿申请调往藤吉郎的部队,成为他旗下的"与力"。

从这件路边偶遇的小事上,千代认定,"织田麾下最有前途之人"不偏不倚一定就是这位木下藤吉郎秀吉。夫君就算是二流人物,但只要跟随一流人物好好干,他的才能就能得到很好的磨砺,努力与锻炼程度也必定有所不同,幸运降临的机会自然也会多一些。

"请务必跟着木下藤吉郎大人"这样的话千代是不会说的。若是说了,便成了饶舌妇,首先便剥夺了丈夫"自发自愿"的名誉。

一日,伊右卫门下城归家,坐下时第一句话就是,"千代,让你高兴高兴。"说完脸上盈盈带笑。看着这副表情,聪颖的千代什么都明白了。往坏处说,是伊右卫门自动掉进了千代设好的套。

正如千代所暗示的那样,他向组头[18]申请成为木下藤吉郎秀吉的"与力",而且被应允了。

"真是无上荣幸呢。"

"是啊。"

"可是，木下藤吉郎大人看起来多少有点轻率，把我这位这么重要的夫君托付给他能行吗？"千代说了句违心的话。

哪知伊右卫门听了像孩子似的生起气来："所以嘛，都说女人见识短浅了。人家在路上碰到一个无名小卒的妻子，却特意下马打招呼。这种事可不是寻常人能做得到的。听你说起这件事时，且不说织田家中别人会怎么想，俺可认为，今生要跟随的大人，除此一人之外别无他选了。"说完，神情很是得意。

"这真是好事一件啊。有一丰夫君这样的眼力，那肯定是不会错的了。"她像是哄孩子般柔声道。

千代是睿智的。母亲法秀尼曾传授她一条箴言："男人无论多大年纪，都当他是孩子就对了。像养儿子一样用一生去养育丈夫就好。"

第二天，千代把侍从祖父江、五藤两人叫到房檐下："少主要去木下藤吉郎大人的麾下做事了，两位有何看法？"

"呃——"两人不知如何回答。按常识来讲，比起初出茅庐的藤吉郎，在家老之首柴田胜家或是排位第二的丹羽长秀麾下做事，会更加稳妥。所谓大树底下好乘凉嘛。

"在下不甚清楚。"

"那么，"千代说，"少主好不容易选定在木下大人麾下当差，你们就说你们也一直认为木下大人才是最能托付的大将，这实属无上荣幸。如此，少主奉公进取之心便会更加义无反顾了。"

"明白了。"

那日归来，伊右卫门一回家就说：

"千代，众人看法一致呐。连祖父江、五藤都对俺的眼光赞不绝口呢。"

"真是太好了。"

不久，在接到上阵的命令后，伊右卫门便留下千代，自岐阜城下出发了。

注释：

【1】里：长度单位。1日里相当于大约4公里。

【2】马回役：一种武家职位，在大将所骑战马四周担任警卫工作。

【3】荐僧：以化缘为生的带发修行的僧人。在日语里与"落魄"、"破落"同音，一语双关。

【4】国：这里指的是日本的令制国。始于大化改新的国郡制，明治维新以后改为郡县制。

【5】太守：本是中国郡县制下的官职，在日本的国郡制里，太守是一国的领主。

【6】长屋门：古建筑形式的一种，门的左右有两处长屋，一般用作家臣或佣人的居所。

【7】坪：面积单位。1坪相当于约3.3平方米。

【8】家老：武士家族里主宰家政的重臣。

【9】乡士：居于农村的武士。

【10】北政所：对丰臣秀吉正妻宁宁的敬称。

【11】小袖：现代和服的原型，因袖口窄小而得名。小袖的前身，曾作为平安时代贵族装束的内衣，亦是庶民的日常穿着。

【12】足利幕府：也称室町幕府（1336—1573），是足利氏在京都室町所建立的武家政权。

【13】守护代：即守护代官。是守护不在时，代替守护行使行政权的官职。

【14】大名：日本封建时期对较大地域的领主的称谓。

【15】畿内：指京城周边之地。在日本战国时代，有山城、大和、河内、和泉、摄津五个令制国。

【16】与力：也称作"寄骑"，在室町、战国时代指隶属于诸大名、大将、武将的武士。

【17】町奉行所：城市里执行公务的役所。

【18】组头：战国时代、江户时代各个武家管辖内的军事组织（如铁炮组、徒组等）的组长。

战场

织田军团为平定北国，众军汇集一齐攻入若狭一地之时，正值元龟元年（1570）四月二十五日。若狭攻城的战役激烈得好似要喷出火来。二十五日，攻破手筒山城（敦贺）。翌二十六日，攻破同属敦贺的金崎城。

敦贺的金崎城，是越前国雄朝仓氏的居城，管控越前西部以及若狭一地。伊右卫门与祖父江、五藤两位侍从一起，参加了这次攻城战。

"少主，这次战斗肯定就是拨云见日的开运之战了。"

"你真这么认为？"伊右卫门战马消瘦，盔甲破旧，只一张年轻的脸朝气蓬勃。"谁又不想轰轰烈烈地建功立业呢。"他叹了口气。娶妻至今，仍是五十石的俸禄，一切皆无改变。

祖父江、五藤两人都没有头盔，只身着护甲，扛着掉漆的五尺长枪。对冲锋陷阵来说，他们都已经年纪偏大。但他们的目标一向十分明确，那就是无论如何都要辅佐山内家的血脉出人头地。因此他们一到战场便都似变了个人一般生龙活虎。

然而，己方织田军有三万余人，狭小的敦贺平野上挤挤挨挨都是自己人马，要想建功立业实非易事。

二十五日进攻手筒山城时，三人去攀登护城的石垣墙。途中，城墙之上大量岩石与木块突如雨点般砸下，弄得三人进退两难。伊右卫门的右手臂不幸被石块砸中。

"啊！"祖父江新右卫门惨叫一声，眼见着少主跌落下去。"喂，吉兵卫，"他对上方的吉兵卫说，"少主刚才掉下去啦！"

"啊？"怪不得，身旁已不见了少主的踪影。"少主都掉下去了，咱们还活个什么劲儿啊？"吉兵卫这样说并非只因为单纯的忠义。他们是伊右卫门的下属，并非织田家的下属，自此以后，就再没有上战场的资格，甚至连生路都没了。

"咱们也掉下去好了。"吉兵卫松了手，祖父江见状大吃一惊。但掉下去也是有道理的。若是慢慢沿着城墙爬下去，少主的身子就真的保不住了。于是祖父江也松了手。两人抱着头，似圆球般滚落下去。

咚！

幸运的是，所触之地是铺了泥草的空壕底部，身上竟没有摔伤。此时先掉落的伊右卫门也已站了起来。

就这样，在手筒山城攻城战中，己方的其他武士抢先领走了功劳。翌日金崎城攻城战前，主从三人在手上吐了唾沫发誓："此战定乾坤！"

金崎城所处的位置，就在今天敦贺市内东郊。此城面朝海湾。一条仿佛海参般的丘陵，一半悬于海湾的岬角；另一半则高耸于平野之上，于是因地制宜建造了这座平山城。其根部就是正门，织田一方已用铁炮攻击了多次。

朝仓一方有守城军三千。守城将领是越前朝仓氏的分支——朝仓景恒。这位生来便是富家少爷的大将很快便决定开城投降。

这也在情理之中。金崎城与手筒山城本是连城之势，如今手筒山失陷，防卫能力已减去一半，更何况守城士兵这么少。而本国越前的援兵，说着今日就到、明日就到的话，却久久未见要来的迹象。"开城"实属不得已之策。

朝仓的使者带了话来："城门，我们开。但是有个条件：请允许主将以下的守军撤回越前。"

"好吧。"总大将信长立即应允，于二十六日夜晚派柴田胜家去接收了城池。不过守军的撤退是始于一夜之后的二十七日。

那天夜里，伊右卫门他们在城外野地里宿营。

"少主，"祖父江新右卫门说，"接收城池这种事，自古以来都不会和和气气一帆风顺。明日定有一战。"

"嗯?"看样子不是挺和睦的嘛!

"您不要忘了这里是战场。虽说是撤退,但敌方守军们怨气冲天,双方要是有一个人放那么一枪出来,就很有可能酿成一场大战。"

"真会这样?"

"不管怎样,万一这种事被咱们碰到,为了不再落后于人,咱们最好到离守军撤退口最近的地方去守着。"

"你想得很周全嘛!"

主从三人就这样离开木下藤吉郎军队的宿营地,来到守军第二天撤退的必经之路上,在旁边的树林里过了一夜。

次日晨晓,城内钟声四起,朝仓的三千人马陆续出城,在晨霭里朝着越前肃然前行。晨霭渐渐散去,可什么都没发生。

"新右卫门,敌人就要撤退干净了,什么事都没发生呐。"伊右卫门透过树木间隙望着前面的斜坡小道。

"好像是啊。"这位侍从也等得有些不耐烦。一想到这次战役也将无功而返,他只能叹息自己没有运气了。

因道路狭窄,退却的兵将排成了一列纵队。前军已经快到越坂的山顶,可后军却还没能出城。

走在这支撤退队伍最末的将领，是一位在朝仓数一数二的豪杰——三段崎勘右卫门。他穿一身黑色护甲，骑一匹黑色战马，圆形头盔上的金芒穗冠在风中闪耀。只见他一面呵斥着士兵，一面稳步而行。

"那就是三段崎勘右卫门啊？"山内伊右卫门双目炯炯，远远监视着对方的一举一动。那是个大块头，并且从远处也能发现他的右手臂要长两寸。背上还挂着一张弓。

自从铁炮出现以后，弓箭类的武器便不再是铁骑武士的主要装备了。但勘右卫门被称为北国第一神箭手，估计这便是他弓不离身的原因吧。

"若能取下他的首级——"伊右卫门身子不禁微颤。

（要是真能杀了三段崎勘右卫门这般的大将，俺的名声自然也水涨船高啦。）

不过对方正在停战协议下的撤退之中，自己怎能贸然挑起事端？正如祖父江新右卫门所预言的那样，意外就这样不期而至。只听见织田一方的足轻组[1]里"砰"地喷出一声枪响。

或许此种现象亦在所难免，这与织田方士卒们的心理有关。他们等了半晌早就不耐烦了，可敌方却静悄悄的，让人看着都腻烦。放枪的人兴许是想"捉弄他们一番"。

但撤退途中的士兵为防万一，铁炮都是装好导火线的，精神也高度紧张。砰、砰——他们并不理会是谁在挑事，只放枪作了回应。而后织田方又有人出击。于是撤退军团里连中央的兵士都开始驻足参与反击。

果不其然，战斗打响了。

"少主，机不可失！"祖父江奔跑起来。

"哦！"伊右卫门拿起长枪跑上斜丘小道。

（冲啊，干掉三段崎勘右卫门！）

当然是抱着誓死的决心。可由于太紧张，伊右卫门感觉眼前一暗。南无阿弥陀佛、南无阿弥陀佛、南无阿弥陀佛——他断断续续念叨着佛祖，爬上斜丘。

太阳已经冉冉升起，斜丘上蠕蠕而行的织田军兵，个个热得满头大汗。斜丘名叫"首坂"。

这虽是在停战协议下的突发性战斗，但三段崎勘右卫门却临危不乱。不愧是从朝仓方面屈指可数的武将头目里选拔出来支援撤退的大将。"兵士们，冲啊，冲！"他一面令铁炮足轻[2]兵在丘顶上排好队列，开火强势攻击，一面指挥着长枪组[3]从丘顶冲杀下来。

这终究演化成了一场猛烈的战斗。三段崎勘右卫门头盔上的金芒穗冠，在升起的太阳映照下闪烁的光芒中，织田方的武士、杂兵[4]很快便成了他的枪下冤魂。真是出色的一员猛将。

（看俺去解决了这个三段崎来！）

斜丘下，伊右卫门的枪尖昭然地向着目标靠近，可无奈敌方的杂兵碍手碍脚，怎么都无法靠近。

"新右卫门、吉兵卫，"又结果了一个杂兵后，他朝两个侍从怒吼。然而此时根本不是质问"你们在干什么"的时候。他的两位侍从，各自正忙不迭地跟敌方杂兵们兵戎相交，出生入死斗得正欢。伊右卫门见状更怒了，"你们快过来，帮我赶走这些杂兵。"

一支枪柄横扫过来，伊右卫门屈身避过，反出手折了对方小腿。又有一个从坡上冲过来，他顺势刺中对方腹部。

"新右卫门、吉兵卫！"他再次怒道，"这场战斗至关重要，你们在干什么？"伊右卫门脚步不停，仍勇往直前，只是声音略显嘶哑。

这时，曾一度被铁炮攻得四散的己方兵力再度集中，开始猛烈反攻。

"这——不是又得拖后腿了！"他脑中蓦地出现了千代的面容，他可不愿看到妻子那双聪慧的眼睛里流露出的蔑视。伊右卫门越过一重又一重死尸往前冲去，偶尔被绊一跤，但很快又一跃而起。

（噢——俺在最前方啰！）

对方士兵几乎全都往下迎敌去了，他的左右现在连一个人影儿都见不着。右手边是秃峰，左手边是山谷。草地上一股滞闷的气息迎面袭来。

伊右卫门不经意间掀起头盔上的护额，眺望远处的丘顶，霎时血液凝固了般惊恐异常。丘顶上的敌将三段崎勘右卫门，把战马拴在旁边的松树上，自己在红土地面单膝跪地，手上一支弓拉得恰如满月。

箭矢所指，正是伊右卫门。

这光景，简直可怖之至。伊右卫门只觉得坡上蹲着的是一头魔鬼。这位三段崎勘右卫门可是"越前王"朝仓家数一数二的猛将。更何况，他是神箭手！

那支箭，有一个凿子大小的箭头，尖端左右分开，整个矢刃正好是一枚新弦月的模样。这种大矢刃，有个响当当的名字叫"见猿落首"。别说猿猴的脑袋，就算人的小腿，估计也会被射飞。

"天哪！"伊右卫门被恐怖或其他无法言喻的感情攥牢了心胸，眼前漆黑一片。漆黑之中，他重新拿好长枪，戴好头盔，像是奔赴地狱一般飞跑起来。

真的，交战这种事着实可怕。就连豪杰勇将加藤清正，多年后其家臣们亦无不感念地怀旧道：大人也在初入战场的那次贱岳合战中，眼前漆黑一片，辨不清东南西北，只一个劲儿地念叨着——南无阿弥陀佛、南无阿弥陀佛……这才得以前行。

更何况是伊右卫门。他不似加藤清正那般虎背熊腰，力气也仅属普通。一杆枪耍得也并非上乘，完完全全的普通人而已。

就是这位普通人，朝着丘顶的那个魔鬼冲了过去。

（千代，保佑我！）

他胸中仅此一念。

不可思议的事情还真的发生了。

同一时刻，留守在岐阜城下的千代正在清扫家中的佛龛，一尊杨柳观音眼见着轻飘飘地就要摔下来，她一个眼疾手快接住了。倘若掉落到下方的一口钟上，或许这尊观音便会身首异处。

那位坡顶的勘右卫门大概会觉得，这个织田方的落魄武士这样不要命地冲上来，简直贻笑大方。他喊话道："俺不与喽啰小兵为难，要想活命就乖乖地退到一边儿去。"

但伊右卫门听不见。

"愚蠢的家伙。"勘右卫门再次拉弓上弦——嗖！仅隔了五六间[5]的距离。在箭离弦的那一瞬，只听伊右卫门发出一声难以名状的哀嚎。箭矢正中头盔的护额。半片矢刃折断，另半片划破左眼下的皮肉，顺势刺入口中，直抵右边的大牙。仿佛脸上兀自长出一支箭来似的。

人被逼至绝境是很可怕的。伊右卫门竟然没有顾及自己脸上的异样，仍未停步，只是因那支箭斜插入口的缘故而合不拢嘴罢了。

（……？）

他嚎叫着渐渐逼近三段崎勘右卫门。勘右卫门神情轻蔑：

（什么东西？）

可当他要发第二支箭时，伊右卫门的长枪已紧逼过来。勘右卫门立即弃弓，转而去取长枪。但伊右卫门的枪尖已经快刺到前胸了。

"真是得意忘形。"说着他偏身抓住伊右卫门的长枪，一把拉过来。于是伊右卫门连人带枪跟跄着扑到勘右卫门怀里。

"是来送死的吧？"勘右卫门开口大笑，然而笑声却瞬时凝固。他终于知道扑将过来的伊右卫门，是个蛮力异常的人。

（这小子——）

怎么可能？勘右卫门竟被推倒在悬崖旁。伊右卫门的蛮力,大概是在火烧眉毛时才会爆发出来的吧。而且他的战术也毫不含糊。对付三段崎勘右卫门这般的大块头,假若平地肉搏肯定会输。

(只有滚下悬崖,祈求天运相助了。)

若是缠着他滚下去,途中会出现怎样偶然的因素可以帮到伊右卫门,却是一个未知数。

"嗬!"他加了把劲儿。见效了,勘右卫门的身体被推向悬崖边。

"嗬!"又加了一把劲儿,天空旋转一周之后,两人扭抱一团朝着谷底滚将下去。伊右卫门拼死抱住了三段崎勘右卫门的腹部。

"狗、狗东西!"勘右卫门想挣开,却不料对方像只鳖似的怎么甩都甩不掉。

途中,勘右卫门的头盔脱落下来。不仅如此,好像还"砰"的一声撞上了岩石。

(……?)

伊右卫门寻思着对方怎么忽然松了劲儿,但机会不容错过,他拔出短刀,朝着勘右卫门护甲下的小腹,深深刺了下去。

"哇!"勘右卫门突然大叫,好似刚从昏迷中苏醒,继而迸发出一股虎牛之力扣住了伊右卫门的脖子。

伊右卫门好几次窒息得差点儿晕死过去，但始终不忘挥动右手握着的短刀，又刺了好几刀下去。这时，三段崎勘右卫门的胞弟市兵卫冲了过来。

"狗东西！"此人拿了大太刀[6]就往扭住自己兄长的伊右卫门身上砍去。第一刀砍在头盔的坚硬之处，没什么损伤，第二刀却伤到了后颈。浑身是血的伊右卫门心中别无他念：

（决不放手！）

他仍然紧紧缠住三段崎勘右卫门，挥动着手上的短刀。对功名的执着，好像让伊右卫门身上拥有了超越生死的魔力。在对方不再动弹以后，他才终于松手，朝着另一方踉跄而去。

但是市兵卫的太刀追了过来。他受了六击之后才站起身，拔出长刀迎战。

伊右卫门打算在这里把自己所剩不多的气力用尽，一把刀舞得虎虎生风。此时从崖上滑落下来一个己方的武士，名叫大盐金右卫门正贞。

"这个对手，就赏给在下吧。"他说完就一枪朝市兵卫刺了过去，市兵卫应声跌倒在地。不过伊右卫门气力告罄仰面倒下的速度比他还快。

"啊，少主！"崖上出现了侍从祖父江、五藤吉兵卫的身影，他们好不容易才找到他。只见二人漫起沙尘滑落而下，径直跑向伊右卫门。伊右卫门指着自己的手下败将，嚷道："脑袋，脑袋。"他是叫他们取下首级。

"在下领命。"五藤吉兵卫迅速提来一颗首级。

可是，瘫倒在地的少主伊右卫门到底还能否活命，这事很玄。脸上那支箭柄已经在格斗中折断，只剩了三寸左右。

看着侍从们张皇失措的样子，伊右卫门怒道："拔掉！"

"拔掉行吗？"

"不拔就死定了。"看样子，伊右卫门并非单纯的白脸秀才。

"那真的拔啦。"五藤吉兵卫手握箭柄，但由于刺中的好像是口中的骨头，要拔下来并不容易。

"怎么了？"伊右卫门因剧痛，差点晕死过去。

"拔、拔不出来。"

"踩着我的脸用力拔！"

"遵命。"五藤吉兵卫把伊右卫门的脸踩在自己的草鞋下，狠命把箭拔了出来。血液一瞬间喷涌而出，伊右卫门在血泊里大笑，不久便失去知觉。

织田信长的北国经营，数年来已经膨胀为一种愈见炽热的野心。而元龟元年（1570）四月的这场越前敦贺攻击战，在战术上虽然成功，战略上却是一大败笔。

信长太过相信自己与北近江三十九万石的浅井氏之间的姻戚关系。浅井少主人浅井长政，迎娶了信长的妹妹——市，时年已经有四个孩子了。他当然认为浅井氏是绝不会跟自己反目为仇的。

正因为有这个把握，他才穿过浅井氏的领地，去讨伐越前敦贺。却怎料浅井氏骤然倒戈，切断了信长的退路。

正面面对的敌人是越前八十七万石的朝仓氏，背面假若再有京城第一强的浅井部队袭来，那信长就成了狭窄的敦贺平野上一只走投无路的老鼠，所谓瓮中之鳖。

"中计了！"信长知晓后立即一骑单身往京城方向逃离了去，旗本[7]随后紧跟主帅，诸将领也张皇失措开始撤退。不过布阵在最前线的德川家康，对信长的逃离毫不知情，一直待到第二天清晨才恍然大悟。

因此，德川部队不得不陷入孤军奋战的苦境之中，在朝仓一方的猛烈追击中捉襟见肘地辗转反击。德川家康自己也多次亲手拿起铁炮参加战斗，这才好不容易逃离战线。

信长于四月二十五日进攻敦贺，同月二十八日撤退。撤退前，信长在离前线不远处摆出敌将首级逐一评审。

信长身边有位对朝仓家各色人物极为熟悉的"上奏者"，

名为宫部肥前守。他细看各个首级之后，对信长上奏这是某某、是由某某取来、其人的功过是非又是如何如何。当来到三段崎勘右卫门的首级前时，他声调变高：

"这是越前朝仓麾下第一猛将，并且与朝仓属同一宗门。"

在布凳上欠身而坐的信长，眼光频频扫过山内伊右卫门一丰。这哪是人的面孔？只见伊右卫门整张脸高高肿起，脸颊上像是被剜去一块肉似的开了个大洞。倒是涂过药，但或许是因为要面见主将，鉴于礼仪这才没有裹上绷带的吧。此时他的脸上还血迹斑斑。

"你叫山内伊右卫门一丰？"信长声调略高，语气清冷。

"是。"

"你的表现，很是勇猛无畏，退到阵营里好生休养吧。"

此番情形下，能得到主将褒奖，可是非比寻常。伊右卫门听了自然欣喜，于是告退离开。刚走出信长的营帐，伤痛、疲乏与饥饿排山倒海一并袭来，他竟无力再提步前行。祖父江、五藤两位侍从一左一右搀着他的手臂，好不容易回到自己营中。

那之后第二个夜晚，便是信长退却之夜。

然而退却战里，肯定需要有人殿后。需要一支殿军[8]去阻击敌人的追兵、杀出一条血路、掩护大部队撤退、并勇于牺牲自己。这支殿军的指挥官，由木下藤吉郎秀吉自愿担当。

那夜，伊右卫门在营帐里睡得跟死人一样。伤口灼热引发高烧，口腔重伤无法进食，只剩了心脏兀自跳动。两位侍从则不眠不休地守在病榻前。

翌二十八日的夜晚，"吉兵卫，俺去找些稻草来。"祖父江新右卫门说罢便出门去为少主寻一些干燥的稻草来铺床，不料归来的路上，却偶然在木下藤吉郎的营帐旁听到一个意外的情报。于是他疾步回奔。

"吉兵卫，大事不好了。"他张口说了个大概。原来，织田全军突然决定从敦贺撤军退回京城，连攻下的城池也不要了。"而且据说主将（即信长）跟少数旗本都已经早早撤离了。"

"啊？"五藤吉兵卫愣了，"赢了却要逃走？"

"近江的浅井突然封了咱们的退路，据说是要从背后偷袭。不过让俺吃惊的倒不是这个。"

"还有更惊人的吗？"

"有啊。"

山内伊右卫门在高烧里，隐隐约约听到了一些话。

"就是咱们的大人木下藤吉郎。大人居然自荐去送死。"

"送死？"

"他自荐要当殿军的大将。"

"嚯。"这一声是伊右卫门发出的。都说木下藤吉郎是靠着点儿小聪明爬上来的,家中说他坏话的人比比皆是。这次他自愿当殿军指挥官,是打算要赌上性命殊死一搏啊。十之八九是没法儿活着回来了。

(原来此人还有这样的胸襟。)

伊右卫门不禁对他刮目相看。

对他刮目相看的,不止伊右卫门一个。织田方的诸位将领都对他刮目相看。而秀吉作为武将的名声,就是在这次退却战中高涨起来的。

"木下大人,在下也派兵支援。"诸位将领感动之至,纷纷从自己家臣中挑选出一些勇猛之士,十骑或二十骑,派入了木下的军队之中。这也几乎是没有先例的,大概是秀吉的"壮举"让诸位将领不得不感恩戴德。

藤吉郎秀吉即刻率军进入金崎城。他将用一己之力去阻挡对方漫山遍野的追兵。

(这般人物,千代果然没有看错。只要俺还跟着他,就一定错不了。)

"喂,俺也随了木下大人去。"两位侍从一听愕然不已。伤员与辎重一道,是被遣返的对象。"找块门板来,进发金崎城!"

伊右卫门并没有交战的念头。他这是要把藤吉郎当作锥尖，去开凿自己的命运。

"拿枪过来，枪。"他拂去稻草，像在空中游泳似的站起身来，"枪，枪!"五藤吉兵卫的掉漆长枪，被他一把从手里夺过，划桨似的拄在地上走起来。

"少……少主!"祖父江新右卫门忙上前搀了一把。

"您这个身子还要出阵的话，好不容易在首坂捡回来的一条命就保不住了。"

"你们，"他的目光定在两人身上，仿佛幽灵一般，"还不明白吗？木下大人是要舍命一击。俺也要加入这支队伍。要是没有豁出命去的觉悟就想白捡到运气，哪有什么运气会等你去白捡？"

"运气将来什么时候都捡得到啊。"

"那时也要捡。但现在，是俺山内伊右卫门一丰拿出胆识的时候了。这种好机会，一生之中也未必能有几次。"

"可是，命——"

"或许会丧命。丧命就丧命，那是伊右卫门命中注定，一生与武运无缘。这副身子进了城，还能不能活下来，就当是我伊右卫门这一生的赌注吧。"

好惊人的功名心！两位侍从终于沉默下来。

"那……俺这就去找块板子。"两人从附近寻了一块防护板来，让盔甲装束的伊右卫门平躺上去。试着抬了抬，很沉。

"吉兵卫，准备好了吗？"

"好了。"于是，伊右卫门被抬了起来。

"出发！"主从三人一心，顺着街道疾走。新右卫门也好，吉兵卫也好，都有点破罐子破摔的心境。

"嘿哟！嘿哟！"他们喊着号子前行。街道上到处都是陆续向西退却的各部人马。这之中，仅一块门板奔向相反的方向。所有人都对他们瞠目而视。

嘿哟！嘿哟！终于来到木下藤吉郎的守城，即金崎城的正门处。正门内侧，藤吉郎摆好布凳，正一一慰问着从其他部队过来的士兵，感念他们誓死的决心。当他看到门板上的伊右卫门时很是惊诧。

起先他好言相劝，但伊右卫门却置若罔闻。藤吉郎最终也点头应允，他希望因为这个身负重伤之人的参与，能让手下守军们更拥有一种视死如归的气魄。

"木下大人，在下誓与此城同生共死！"

"说得好！各位，大家看看这位山内伊右卫门武士！"

山内一丰与两位侍从就这样进入了敦贺金崎城。在此插一点题外话，是有关五藤吉兵卫、祖父江新右卫门两位侍从的。

据说幕府末期武鉴的山内家，作为土佐一国二十四万两千石的领主，记录在册的家老之中有位叫"五藤主计"，他便是吉兵卫的子孙。

在首坂，五藤吉兵卫从山内伊右卫门一丰的脸上拔出箭头时，是脚踩着一丰的脸好不容易才拔出来的。正因为踩过主人的脸，那双草鞋得到了妥善的保存，成为五藤家的传家之宝。那枚拔下的箭头，也是五藤家的宝贝。

这位吉兵卫，虽是个侍从，但其英勇无敌的气概远远异于常人，更可贵的是能够随机应变。他一上战场，便把战场当自己家里似的四下里奔走不停。这次首坂之战也是如此。伊右卫门解决了三段崎勘右卫门之后，因重伤与疲劳意识朦胧。吉兵卫背着他下坡时，遇到织田方某位上士[9]（名讳不详）的侍从——善兵卫，见他正牵着一匹月毛马[10]。

"噢，这不是善兵卫吗？请节哀顺变，很不幸你家主人刚刚战死沙场了。"他信口开河这么一句后，顺手牵了对方的马，把伊右卫门载上就走。还好，被他蒙对了。那位上士真如他所言战死沙场，否则若是仍然在世，他在战场上抢走自己人的战马这事，无疑是个大问题。

祖父江新右卫门的家系亦是直到幕府末期，都是土佐藩的重臣。新右卫门在《土佐军记》这本书里，有一段就是写朋僚五藤吉兵卫的。

"我与吉兵卫之间的亲密和睦，尤胜亲人之间。他这个人，遇事从不生气，处世淡泊，决不在人后鬼鬼祟祟。他武功也极好，战场上我与他每次同甘共苦出生入死，但我始终不及吉兵卫。"能把"不及"说出口，那是因为祖父江新右卫门亦是有长者风范的人吧。

数年之后，有一次参加伊势一地的龟山城攻击战，他们二人在阵营里促膝夜谈。

"那时，谈的是迄今为止彼此的战果。我们数了数初次上阵以来所得的首级。"祖父江这样写道，"五藤吉兵卫二十六，我自己二十四，比他差俩。"

另外还有："我们又数了数生擒的俘虏，吉兵卫竟有十五人，我十一人，还是他的多。"

"那再看看攻城数如何？"两人数了数，这次数量相同，都是六次。

那对战怎样？他们掰着手指得出结果，吉兵卫七次，祖父江新右卫门九次。于是他写道："仅此一项比吉兵卫多一点。"

他俩均是好酒之人，而且定是两人一齐痛饮。喝饱了酒，醉意朦胧时肯定要说的一句话就是："一定要让少主伊右卫门出人头地！"

行文言尽于此。伊右卫门实在有幸，有如此两位难得的侍从自始至终相伴左右。

在被困围城的金崎，只要一说"与伊右卫门同在"，全军的士气便涨一分。

一个伤得无法动弹的重伤员，竟自愿来到敌军围城的险境之中，还让两位侍从参与防卫战。用这种方式露脸的"大丈夫"行为，在当时所谓战国武士的风俗习惯里面，还找不到先例。

另外，大将木下藤吉郎的广为宣扬也很奏效。

藤吉郎自己原本没什么侍从。后来信长给了他一些与力，某些将领也借给他一些武士，他为一齐驾驭这些手下煞费苦心。而作为与力之一的伊右卫门，他的此番"壮举"极大地团结了城中的力量。

"伊右卫门正是我们殿军的军神！"藤吉郎甚至如此评价。

"大家共赴黄泉！"这个口号使万众一心，众将士们从城墙上射敌无数，时而又从城门冲杀出去，奋不顾身，英勇之至。

（大部队应该都已经安全离开战场了吧。）

时机约莫差不多了，全军便集结起来，欲从城门突围。

生死一线的突围战开始了。伊右卫门处于军队中段的木轿里,由藤吉郎的亲兵足轻八人抬着出来。

朝仓方面的追兵亦是如火如荼般攻来。木下军队一边应付追击,一边不停地朝着西面撤退。士兵数量当然也跟刨木花儿似的越来越少。

伊右卫门在木轿上面。两位抬轿的足轻在撤退首日便被敌兵炮火击中。吉兵卫与新右卫门补了上去。"少主!少主!"两人抬轿时,无数次地伸手去握伊右卫门的手,无数次地担心他是否已经殒命。

虽未殒命,但木轿的摇晃激起伤口锥心般的疼痛,伊右卫门好几次都差点晕死过去。而每次他的脑子里都会出现千代的脸庞,言之谆谆:"这是出人头地必过的难关,夫君难道挺不过去吗?"

经历如此惨痛的撤退战,木下藤吉郎率队七百人返回京城时,已是五月初了。在妙觉寺的本营迎接藤吉郎归来的织田信长,从未发觉这个曾帮他提鞋子的部下竟这般骁勇,道:"藤吉郎,你的这番功劳,我会永远铭记在心。"

接着信长口中说出了山内伊右卫门一丰的名字,众多将士里仅仅提到了他一个:"伊右卫门也还健在吗?""还健在。"藤吉郎这样一说,信长便亲手把药交到藤吉郎手里,道:"让他好好养伤。"信长平素并不这样,肯如此亲切地关照部下，算是特例了。

伊右卫门在这次战役里一战成名，俸禄飙升至两百石，所跟将领依然是木下藤吉郎。

织田军就这样在京城里滞留休整了一段时间。

注释：

【1】足轻组：各个武家管辖下的军事组织之一，相当于步卒团。战国时代有弓足轻组、铁炮足轻组等。

【2】铁炮足轻：足轻组里以铁炮攻击为主的步卒团。

【3】长枪组：长枪攻击为主的步卒团。

【4】杂兵：身份低微的士兵。

【5】间：日本长度单位之一，15世纪末1间约为6尺5寸，德川幕府在1649年定为6尺。

【6】大太刀：属大型刀具之一，中、近世在日本常见的一种至少四尺长的大刀。

【7】旗本：近身护卫大将安全的家臣团。

【8】殿军：殿后的军队。

【9】上士：出身高贵的武士。

【10】月毛马：比粟色马颜色更浅的马。一般身上毛色略显金黄，马鬃、蹄、尾是白色。

空也堂

在京城的蛸药师[1]道上，有一座名为空也堂[2]的大型建筑，是当时盛极一时的"敲钵化缘"的道场。道场的宗教团体，也称"空也念佛团"，成日里热热闹闹敲着铁钵，热心地替百姓们诵经往生。京城人亦称之为"化妆盒"道场。

此地是织田三万将士在京都的临时兵营之一。一丰于境内搭了一间不足两丈长的小屋，在此疗伤。

一天夜里，两位侍从被叫去了藤吉郎处。忽的仿佛有人砰砰敲门，一丰在枕上竖起耳朵想听个明白，可声响又消失了。

（难道是幻觉？）

外面下着雨，有些许闷热。砰砰之声又响了起来，极细且弱。

"谁呀？"伊右卫门挂着刀站起身来。他背与手足的伤大都已愈合，只有脸颊的箭伤还未恢复平整。

"一个路人。"竟然响起了年轻女人的声音。

伊右卫门开了门，雨声骤然急促起来。

"请问这是化妆盒道场吗?"

"是。"

"那,您是上人吧?"她这样想也是理所当然。空也念佛道场的僧侣里,许多都是带发修行的。

"不,不是。"伊右卫门答道。现在是织田军借用此地,原先念佛道场的那些人搬去了堀川三条。

"啊,那您是织田大人的武士了?"女子仿佛很害怕似的瞥了一眼伊右卫门,慌张地去解斗笠的绳索。

"没那么可怕。我脸上是受了点儿伤,要不然老被错认成大商店的伙计呢。"

"大商店的伙计?"

"是啊。"伊右卫门脸上露出沉稳的微笑。

女子似乎安心许多。这时伊右卫门注意到她站在雨里,头发、小袖都已淋湿。

"先进来再说吧。"

女子依言进了房间。这是位小巧的女子,脸颊圆润,微启的红唇里,藏了两排莹白的小齿。

"你从哪里来?"

"大和[3]的石上村。"她宛如小鸟般微颤着。

"为何来此?"

她说她父母双亡,听说叔父就在这个空也堂里,便过来投奔。到京城后天色已暗，雨又下了起来，于是跌跌撞撞就到了这里。她好像连晚餐也还没用过。伊右卫门拿出饭与碗，摆在她面前。

"你叫什么？"

"小玲。"待吃完青菜拌饭，大概是心情终于平复下来的缘故，她的脸颊微微泛起红晕。

（这下麻烦了。）

伊右卫门思忖，他是对自己不放心。许是长时间驻扎军营，所有的女子看起来都那么动人。

"这武者小屋里住的都是男人，"他鼓起勇气道，"要是吃饱了的话，就请回吧。"

（呃……）

请回到雨里面去吧。

女子瞪大眼睛看了看伊右卫门，旋即转头望向窗外。雨飘进来，润湿了黑木窗格。女子表情十分悲伤，问："搬到堀川三条的空也堂，离这里远吗？"声音细微得不易听见。

"这个嘛，我对京都也不怎么熟悉，大概有十町[4]的距离吧。"

"先生，"小玲从怀里取出一个装在布囊里的贝壳，"这是金创药，村里人都说极为有效。现在赠予先生，能否让我今夜在这里歇息一晚?"

"……"

这时正好五藤吉兵卫、祖父江新右卫门也回来了,见到小玲很是诧异。伊右卫门告知了事情经过。两人都是乡下出身,不由得对小玲生出了过分的同情。

"让她住一晚好了。现在就算去了空也堂也进不去,大门早该关了。"

(不是不同情她,是对不住千代啊。)

伊右卫门无言以对。让她睡在这里会发生什么,伊右卫门心里完全没底儿。可是两位侍从已经就这么定下来了,张罗着照顾小玲。吉兵卫去为她烧水洗脸洗手。新右卫门拿出一套男子单衣:"你的小袖湿了,换一换吧。"

女子也由着他们把自己照顾妥帖了。不过脱湿衣时弱声问了句:"有没有屏风之类的呢?"

"啊哈哈,这可是个难题啊。你都看到啦,这只是个小寝室而已,哪里找得到那些风雅之物?"祖父江新右卫门操着一口尾张方言,语若连珠,"少主也别过脸去,吉兵卫看着地面,谁都不许晃一下头。怎么样小玲小姐,这样可以了吧?"

于是三人一齐背过脸去坐了下来。雨打木板房顶的声音又猛烈了一些。

从战场生还的人,有的会变得异常喜欢人。这两位侍从就是这样,对待小玲就像是对待久别重逢的亲妹妹一般。

"那俺给你把床铺好。"他们乐呵呵地忙里忙外。吉兵卫还哼起了歌儿。

"真是过意不去啊。"名叫小玲的女子声音细微。

"也没什么好招待的。"

"那个……还是我自己来铺床吧。"

"你是客人,就别费心了。"

祖父江新右卫门冒雨出门,也不知打哪里弄了一块三折屏风回来。

床铺好了。"什么呀,这是?"伊右卫门斜睨了一眼新右卫门俩。小玲的床铺与伊右卫门的看似亲密无间地铺在了一起。"挪过去!"

"开……开玩笑!要是铺在我们旁边,吉兵卫也好新右卫门也好,都是凡夫俗子,到底会变成什么样就难说了。小玲小姐就睡少主旁边最好。"

"俺也是凡夫俗子。"

"哪里哪里,我们清楚得很。"吉兵卫偷偷笑道。伊右卫门连新婚之夜都能守身如玉。这早就是织田家的神话传说了。

"挪开挪开,山内伊右卫门俺也是凡夫!"

"少主的修养与我等是不一样的。"两人毫不怀疑自己的判断。

"小玲小姐,"吉兵卫道,"我们家少主在迎娶夫人之前,可是连女人手指都没有碰过的真童子。您就安心在旁边歇息吧。"

"真是的!"伊右卫门满脸愠怒。连侍从都这么嘲弄自己,真是面上无光啊。

"嗯,我很放心。"小玲垂首,手指轻触嘴唇。大概是在很矜持地拭去唇角的笑意。

是夜,伊右卫门睡下了。脚边有屏风挡着,看不见两位侍从的睡姿。但是听得见鼾声,吉兵卫的较高,新右卫门的较低,两者均是健康绵长。

(真是麻烦了。)

血往脑门上冲,意识却清醒异常无法入眠。其实,伊右卫门以前就认为自己兴许是极为好色的。

(吉兵卫新右卫门他们才是有自制力的健康男子,而自己的欲念或许只是藏在内里还没有显露出来而已。要真是这样,该算作武士的耻辱了吧。)

小玲的床铺微微动了动。伊右卫门屏住呼吸,只觉得自己很是没出息。

这是狭窄的墙与墙之间。小玲靠得那样近，只要一翻身，她的气息便会扑面而至。房间里是黑漆漆一片。雨声仍然很缠绵，打在木板房顶上让人烦闷。

啪嗒，小玲的手腕落在伊右卫门的枕边。啊！伊右卫门不禁抬起头来。

（真是睡相不雅的姑娘。）

然而，小玲胁下有女子温润的体香飘来，刺激着伊右卫门的嗅觉。渐渐地，他的脑子亢奋起来。

（我竟然如此好色——）

他虽在心底叱责自己，但却怎么也逃离不了小玲气息的包裹。

（那只枕边的手腕才是最大的麻烦呀。）

伊右卫门轻轻捻起小玲的左腕，想把它藏进她的棉睡袍里。然而，她的手臂虽然稳妥地藏了进去，但伊右卫门的手却触到了她的丰胸。小玲的身子微微一颤，鼻息片刻间停了下来。

（啊！）

伊右卫门狼狈不已。

少顷，小玲好像再次进入了梦乡，鼻息亦恢复如常。

（睡着了吧？）

他松了口气。不过不知什么原因，伊右卫门放在小玲胸脯上的右掌却不随他的意志而转移。

（这下麻烦了。）

真是恼人无限的事情。伊右卫门的右手掌顺着小玲身体的隆起之处，滑至小腹。但另一个伊右卫门却茫然地望着这一切，不置可否。

（难道我就是这种男人么？）

他心底里终于意识到，自己体内还有一个难以驾驭的"男人"存在。

（对不起千代啊。）

这样思忖之间，右掌依然稳步朝着目标迈进。阻止右掌前行的，是小玲的变化。她并未醒转，仍然气息均匀绵长，只侧了身子过来，面朝伊右卫门。一股热气，犹如生之炽热一般，在黑暗中将伊右卫门紧紧包裹。

他忽地发现，体内那个顽固的伊右卫门不知何时已经侧身把小玲抱住。然而小玲仍然未醒，气息如旧。

（她真的还睡着吗？）

他干脆一把将纤腰搂得更近了。小玲依然未醒。

（千代——）

他心底里念叨的，是对留在岐阜的千代身体的思慕。此刻与伊右卫门肌肤相亲的身体，简直跟千代迥然不同，那么娇小而柔软。

这个小玲依旧睡得香甜。

（怎么办？）

伊右卫门后来觉得这一切仿佛都是错觉。他头脑发热，在血气上涌之中想着千代，对千代道歉，还反复地责问自己；可手却老早就触到了小玲的双腿之间。那个部位异常炽热。

（——就算这样——）

小玲依旧睡得那么可爱。伊右卫门不清楚这位楚楚可怜的女子到底是什么来历，也不明白她到底是真睡还是假寐。

待到伊右卫门猛地回过神来，小玲的朱唇正处在自己眼皮底下。

（真是恼乱之至啊。）

不过无论怎么后悔都于事无补，做了就是做了。黑暗之中，伊右卫门无尽爱抚着小玲。小玲却怡然受之，依旧睡得安稳而香甜。

爱抚结束。

（结束了……）

想到这里，伊右卫门后背上又冒出了一层汗。汗液湿湿凉凉。伊右卫门从小玲身上悄悄撤离时，一股悔意猛然袭来。

（俺是个色鬼。）

自称好色的吉兵卫与新右卫门，在屏风后面打着欢畅的鼾声，睡得十分安稳。

（这两个家伙真健康啊。）

而自己却不是。年轻的伊右卫门发现体内藏着一个并不单纯的自己。是一个阴险而好色，在无人之处不知会干出什么事来的小恶魔。是一个伪善者。

（我违背了千代的誓言。）

竟然如此轻易就违背了。

（苦恼之至。）

他只想掐住自己脑袋。

第二天清晨——待阳光晒到眼睑上，伊右卫门这才醒来。厨间传来朗朗笑声，是与吉兵卫、新右卫门两人俨然结为知交的小玲的笑声。实在是很明朗的笑声。她好像是个开口便笑的姑娘。

伊右卫门起身下去。

"早安！您这么晚才醒，很少见呐。"两位侍从朗声问候道。而姑娘却应声低了头。

"嗯。"伊右卫门仿佛逃离般来到井口，抓起吊桶的麻绳。适才她瞧他时那种意味深长的表情，在他眼前挥之不去。

早餐已准备妥当。伊右卫门虽说身份不高,但仍是两位侍从的少主,所以总是处于上座,独占一方。可今日却有所不同。或许是按照吉兵卫的建议,小玲浅浅一鞠,自荐道:"我陪坐伺候。"说完,把头深深埋了下去。

"是么。"伊右卫门心不在焉地端起碗来。呼噜呼噜一碗薯蓣汁就这样吞下肚去。薯蓣是少有的美味,他却食之无味。

小玲出于礼节,眉眼一直低垂。伊右卫门也有意避开目光。

(这个女人,可知道昨夜的事情?)

她不可能不知道啊,不过,兴许真的是睡得很沉。

"帮忙添一碗。"伊右卫门递了空碗过去。是!——小玲跪着近身过来,把空碗放于托盘之上,此时稍稍瞥了一眼伊右卫门。视线重合了。小玲眼角好似挂了一抹浅笑,无甚意义,却韵味悠长。那无疑是男女间的暗语。

(啊,这个女人知道!)

伊右卫门重新拿起筷子,但此刻却重若千钧。于是他索性问道:"昨晚睡得可好?"

"……"

女子眼神略显惊诧,定定地望着伊右卫门。眼眸底处,浸染着一层怯怯的羞赧。"呃……嗯,睡得还好。"她撒了谎。

年轻女子无伤大雅的谎言,有时候是很可爱的。可这个女子嘛——

（真不让人省心……）

伊右卫门对她愈来愈感兴趣，终于试探着问："有没有梦见什么？"而后敛声屏息等待她的回答。

"嗯，好像梦见过。"

"什么梦？"

"呃……与先生——"

"啊？"

"在一起的梦……"说到此处本该脸色绯红的女子，却用她锐利无比的目光，捉住了伊右卫门的视线。

"这、这个……声音太大了。"

"本以为是梦，可今早却吓了一跳，发现身体都湿了。我对先生思慕得紧呢。"她这句话倒说得小声。这并非是爱的告白，而是显而易见的胁迫。

用完早餐，伊右卫门披上肩衣[5]，叫吉兵卫牵了马匹过来，如逃离般奔出了空也堂。他要去木下藤吉郎处当差。

"真是可爱的姑娘啊。"吉兵卫在马儿鼻子底下这样说道。

"唔。"伊右卫门沉着脸。

"新右卫门也是欣喜万分呐，像是大煞风景的武者小屋里开了一朵花儿似的。"

"是啊。"

"干脆,在京都这段时间就让她一直住下去吧。"

"她不是要找空也僧叔父的吗?那种话休要再提。"

"为什么呀?"吉兵卫不痛不痒地问。

"不为什么。女人就是麻烦。"

"哈哈哈哈,少主真是不解风情啊。就新右卫门或者在下觉得,还是有个女人在身边才能和和气气。"

"俺不是不解风情。"马背上的伊右卫门一脸苦相。

"哦,说得挺不错嘛。不过,少主有那么一位好太太,其他的女子怕是谁都看不上眼喽。"

(那倒不一定……)

他们出了西洞院。

"吉兵卫,这匹马——"他赶紧转移了话题,"越来越瘦了。"

"是啊。"吉兵卫往后瞥了一眼。马儿的臀骨已显嶙峋之态。织田家的武士中,极少有坐骑会这么瘦弱的吧。"不管怎么说都太老了。还是让它在马厩度过余生好了。"

"战场上少不了马。"马匹的优劣,直接关系到骑马武士战斗力的高低。"真想买匹好马啊。"

"这次您加封了不是?再借点钱,应该能买匹像样儿的吧。"

"不成。"多出来的那份得用来养活更多的手下,这与功绩是息息相关的，伊右卫门道，"贫穷实在是痛苦啊。"

伊右卫门若是本地人，或是织田家历代家臣的一员，或许多少会有些财产；但他从前却是个浪人[6]，现在好不容易才让自己一家人吃得饱饭，根本没有什么称得上积蓄的东西。"不过没关系。"

那天他们在木下阵营里待了两个时辰，也没什么要紧事，便回了空也堂的小屋。小玲竟然还在。

"没去找你叔父吗？"

"嗯，去过堀川的新道场了。可是各地的空也僧来来往往十分繁杂，无论问哪位上人，都说不知道、没见过等等，终归是徒劳了半天。能让我最后再住一晚吗？"

"唔。"伊右卫门点了点头，面色不佳的样子。他除了点头外别无他法。

伊右卫门感觉夜幕的来临甚是可怕。可夜终究是来了，不能不睡觉啊。与昨夜一般无二，两张铺靠在一起，脚边放了屏风遮挡。

伊右卫门上了床。少顷，小玲吹了蜡烛，却不意钻进了伊右卫门的被子。

（啊！）

伊右卫门惊愕之余狠命抱住小玲，她的温热在他的前胸引诱着他。"这怎么行呢?"伊右卫门小声道。山内伊右卫门一丰一面思索着不行不行,一面却掰开了小玲的腿。然而又在心底里念叨着"糟了糟了"。

真是窝囊透顶,连他自己都轻蔑不已。他难道就这样被情欲绑架一生,念叨着"糟了糟了"去奔赴黄泉?

(只要是稍微有志气的男人,决不是这般模样。)

他自己倒是很会反省,所以脸上阴沉如铁。铁着一张脸却环抱小玲不放,可见人在欲念面前都是无可救药的。不过一件意外之事发生了。伊右卫门的心脏都快被惊得停了动静。小玲竟然呻吟起来。

(啊!)

他虽捂了小玲的嘴,但声音还是喷涌而出,实在无可奈何。

(怎……怎么办?)

屏风隔壁的两位侍从,本在小声聊天,忽地话音戛然而止。静悄悄的,他们一定是在对目而视。少顷,吉兵卫、新右卫门彼此间默契的鼾声响起。他们一定是意识到伊右卫门终于开窍了,因此才故意配合少主,不让他有多余的担心。

伊右卫门缄口不语进退两难。

夜半时分——遥远处,法螺号鸣响三声,伊右卫门跳将起来。"吉兵卫、新右卫门,出征了!"

"啊?"两人似乎起身了,有打火石的摩擦声,继而屏风背后亮了起来。

此时的伊右卫门急促奔向盔甲箱,猛地打开。"终于要进攻浅井、朝仓啦。"伊右卫门手脚不停,先穿甲衣里衬、衲制短布袜、武士草鞋,系上鞋带、护腿,又从下到上装上武器。最后把长佩刀、短腰刀插入腰间,只剩了头盔还未戴时,他忽然发现——小玲不见了。

"……?"伊右卫门脸色阴晴不定,他想起了数日来军中贴出的告示。

军中贴了告示,说朝仓、浅井的间谍在京城多有出现,并告诫各位千万小心谨慎。

(小玲莫非就是?)

一听织田军出征,即刻便失了踪影。"吉兵卫,那姑娘哪里去了?"他问了一句。

"刚说出去收衣服来着。"

"去带回来。"伊右卫门天生就长了一副看似笑意盈盈的脸,而且这次刻意没有表露内心的动摇不定。所以看起来仿佛是在笑嘻嘻地命令"去带回来"一般。

这让吉兵卫都觉得他不辨时机、不知轻重:"少主,都马上要出征了,您还要去追妹子啊?"

祖父江新右卫门的嘴巴也没闲着："真是看不出来少主还真是痴心呐。"语气里好像还带上了几许轻蔑。自伊右卫门父辈还在世时起，两位侍从就一直在他身旁，有时也不免会像絮叨的叔父一样对他呵责一二。

"昨晚的事咱可清楚着呢。"吉兵卫一边系着腹甲的绳索一边说道，"就算要跟露水姻缘的妹子作别，也得选场合看时机的吧。"

"咱应该不至于把少主娇惯成这样啊。"他们虽是侍从，但三人同时也是在战场上同生共死的兄弟。昨夜伊右卫门一人悄悄捷足先登，撇下一样饥渴的俩兄弟太不厚道，所以今日此时，两人难免会如此义愤填膺。

"这……什么跟什么呀？"伊右卫门跳向门口，自己一个人冲进外面的暗黑之中。他在念佛道场、阿弥陀堂、开山堂，还有其他的武者小屋里都转了一圈回来，却连影子都没见着。而与此同时，其他武者小屋里出来的武士们，打着火把，三三两两已奔往寺院山门。

伊右卫门急速回奔，一到住处便破口而出："笨蛋！那是个女谍！"

"啊？"吉兵卫他们根本不信。间谍怎么会光顾他们这些织田家的下级将士？

但伊右卫门却在木下阵营里亲耳听过。来自朝仓、浅井为数众多的间谍们，大都化作徒步巫女[7]、夜娟、祷告师、放下僧[8]等，想方设法去接近织田家的所有阶层。谍报的焦点在于：织田军会何时发往何地。

"你们俩，"伊右卫门道，"这事绝对不能透露一星半点。否则到时候切腹自尽都于事无补。"侍从们无力地点头称是。

小玲在黑暗的城中往东奔走，稍后来到一个叫京极的寺庙前。破败的围墙上有道小门，她环顾四周，小心翼翼地钻了进去。一到寺内，她便对着暗黑的前方小声自报姓名："在下小玲。"

"到堂头来。"对面的黑暗里传来回话。

走到堂头的小玲，脱去草履，卷起小袖的袖口，把双足拭净。少顷，有一盏手烛逐渐靠近。掌灯的是个僧人模样的大汉，有越前地方的口音。很容易便能猜出，这是位越前的僧人，在替自己故乡的守护——朝仓氏做事。

两人在室内对坐下来。

"是出征的事吧？"似乎已有多数间谍频繁来报。"你要上报的，也是信长将要回岐阜的事？"

"信长要去讨伐朝仓、浅井。"

"一回事。"要回岐阜就必须通过浅井的领地，而浅井自然不会疏于防范。朝仓的援军已从越前南下。近江一地，必将是信长败走的战场。

"大家的情报都是一致的,派往越前的使者已经将消息送到。之后就是一些人数、军容、士气等必须上报的细节了。你就去城里看看吧。"

"是。"

她正起身时,僧形大汉又道:"你的消息来源,是织田家直属、木下藤吉郎的与力,名叫山内伊右卫门的吧?"

"是。"

"他是怎样的人?"

"这个——"好像没有可以一句话概括出来的特征。从拥抱的感触上看,并没有臂力惊人的印象,他也并非才气横溢。只是,人品不错。另外,侍从也不错。

听小玲如此作答,僧形大汉道:"这种人一定会出人头地。"

小玲拿了火把从正门出去。过了四条[9]的板桥,横穿祇园林,出了粟田口,便见到织田的人马陆陆续续离开京城。她在路边疾行,不久来到十禅寺的十字路口,在一户百姓的屋檐底坐了下来。她是要目送织田军离去。

东山渐渐染上蓝晕,元龟元年(1570)五月九日的天空徐徐泛白。

织田军的火把已灭。十面枯叶色的战旗迎风而过,接着，有弓箭组、铁炮组、盔甲统一的马回组五百骑走过，随后就是信长，正骑一匹玄黑壮马经过。他的装束与众不同：紧裹身躯的紫青织金甲衣、头上是深深盖住眉宇的银星三段盔、腰间是一把金太刀。

之后小玲又等了一个小时。木下军队临近。这支武士队伍里面混有一个骑着一匹让人发笑的瘦马，连服饰都在雨雾中失了颜色的人。那便是山内伊右卫门一丰。

松树以及滴落在阴影里的水珠，都被朝霞染上一层彩晕。伊右卫门随着马匹的脚步身形晃悠，茫然望着粟田口的景色渐次退去。

待行至十禅寺的十字路口时，"少主，"牵马的五藤吉兵卫出乎意料地小声叫道，"看右边！"十禅寺的路口，被树龄参差不齐的赤松林包围着，每棵树的树根上都长满了一掌厚的苔藓。

"什么呀？"伊右卫门反问道。

"那是小玲。"

（啊？）

一棵苍老的百年松下的根部苔藓处，小玲半跪着，左手撑在地上，目不转睛地盯着他们。与伊右卫门的视线重合的那一瞬，小玲的嘴唇微微开启，露出一副极为可爱的模样。随后只眼一眨，算是招呼。

（你的身体我可是清楚的哦。）

那表情就好似在这样叫嚣一般。很快松林便遮住了这一切，不过小玲却出人意料地在林中奔跑起来。察觉到动静的织田军，齐刷刷朝小玲看去，转瞬又全部把视线集中到伊右卫门的身上。

伊右卫门噤口不言，只装作毫不在意地望了望天，然而脸却红到了脖子根。

"少主，您不会装一下吗？"吉兵卫很是担心。伊右卫门倒是巴不得能装出无辜的样子。织田方一个有武士身份的人，竟然与朝仓方女谍模样的人有染，真是百口莫辩。

小玲的身影终究是消失了。他终于松了一口气。"女人真是可怕！"伊右卫门作为那个时代的男性，在这点上这么小心翼翼倒是少见。是否是因为深爱着千代的缘故？答案伊右卫门自己也不甚清楚，大概是天性所致吧。

织田军顺着逢坂的红土路下行，一直行至湖[10]畔。这是大津[11]关所在地，军队在此稍作休憩。马匹饮水，将士们就餐。

"少主，少主，您到底在想什么呀？"吉兵卫狠狠地看了他一眼。

伊右卫门坐在草地上，只茫然望向琵琶湖上泛起的雾霭。"没。什么都没想啊。"

"别撒谎了。老对过去的事情念念不忘，这可是少主的坏毛病了。如果不改掉这个坏毛病，想当跟人平起平坐的大将，难啊。"

"……"

"您得往前看。都不知道今晚还能不能活着吃上晚饭，这就是咱武士的命。下场战事或许就在今夜，或许会在明天凌晨。您只须考虑怎样去夺取功名便好。"

注释：

【1】蛸药师：药师如来的俗称。"蛸"指章鱼，传说药师曾乘着章鱼渡海而来。

【2】空也堂：位处京都的天台宗寺——极乐院的通称。空也，是平安时代中期的僧侣。

【3】大和：令制国旧国名之一，相当于现在奈良县全境。

【4】町：长度单位，同"丁"。1町大约有360尺。

【5】肩衣：日式无袖上衣。本为下等武士着装，室町时代末期上等武士也多穿。

【6】浪人：主家没落之后，丧失了家禄与其他恩典的武士。

【7】巫女：迎神，询问神意并转告神之所托的年轻女子。

【8】放下僧：也称放下师，是从中世到近世初期的大道

艺人之一。主要用竹制双板来演唱放下歌等。

【9】四条：京都地名。

【10】湖：这里指的是琵琶湖。位于现今日本滋贺县中央。

【11】大津：地名。位于琵琶湖西南岸，现今滋贺县西南部。自古以来是日本水陆交通要地。

姉
川

织田军虽然大举进入近江，但织田信长现在并没有与朝仓决战的打算，只想取道回岐阜。途中，他们在南近江击破了一支浅井煽动的武装，而后继续朝着岐阜稳步迈进。

回岐阜！回岐阜！织田军继续强行军，步卒几乎都是一路小跑。

"少主，看样子不会有大的战事了。"吉兵卫道。

"但愿！"伊右卫门松了口气。他一直苦于自己懵然之中，竟与那个朝仓抑或浅井的女谍小玲有染，还泄露了一句——这次出征要进攻朝仓、浅井。

不过信长的神机妙算哪里是伊右卫门等人能够知晓的。看似进攻近江的一步棋，实际上只是借道而行。浅井方有备而来却不得战，连织田方的将士都意外莫名——难道不是要作战么？

信长需要备战。他年轻时带了一支小部队，对桶狭间[1]的今川义元阵营奇袭得手，因此名震四方。但此后的战役大都打得谨慎小心。战前他必然会作充分的外交工作，侦察与谋略不可或缺，而且一旦开战，必然集结重兵形成压倒性优势，而后等了又等，才肯开火进攻。因此只要一开战必获全胜。他便是这样的人。

信长现在赶回岐阜，正是为大战作准备。然而在其穿越千草越的时候，却出了点状况。

一个叫杉谷善住房的铁炮名手，应承了南近江的旧势力六角承祯之托，在铁炮里灌了两颗弹丸，潜伏在林间等待信长的到来。距离只有十二三间。

待信长的旗帜过去，旗本的马队过去，信长本人出现在枪口对面那一瞬，引绳被点燃。轰然两声枪响，震耳欲聋。一击而中，不过击中的是信长的和服袖袂。弹头应声而落。旗本们骚乱一片，在山中却搜索未果。

"快走！不用理会。"信长仍未放缓前行的脚步。

终于赶回了岐阜。伊右卫门这天夜里，回到了离别数月的家，有千代等待的家。门开作八字，斜角处燃着篝火。

"俺回来啦。"伊右卫门在门口叫道。

千代在敷台[2]躬身迎接。她的肩就在眼前，伊右卫门忍住了想要紧紧抱住她的冲动。

在这对夫妇的历史里，没有比这天晚餐时的夜话更有趣的回忆了。千代先是重新惊叹了一次伊右卫门脸颊上的伤口之大。"真的好大啊!"她从下颌看上来,"可在城下却听人说,不过是一点点擦伤而已。"

"这个伤的故事,说一整夜到天亮也说不完啊。"这并非寻常的伤口,是一下子换来了二百石的伤口。"一个跟凿子般大小的箭头,射穿脸直抵这边的——"伊右卫门用手指掰开嘴唇,"这边的大牙,就栽在牙龈上。还是吉兵卫踩着俺的脸好不容易才拔出来的。"

(真是命大!)

千代心口疼痛,却没显露出分毫,只稍稍倾首面带微笑。

"怎么了?"伊右卫门望着千代的脸。

"没什么?"

"为何那样盯着人看?"

"呃——"千代在心里笑道,"我倒是觉得,这伤让夫君更有男子汉味儿了呢。"

伊右卫门听了心里也舒坦:"有吗?"

"拿镜子瞧瞧。"她说完拿了镜子来照伊右卫门的脸。

确实更有武士味儿了。以前的样貌柔美,倒是很像能乐[3]师。有了这个伤,就算一众十骑,他也是里面最抢眼的武士面孔了。

"一定是个开运的伤。"千代添了一句,"不过,可别再受伤啦。人家每天都去求伊奈波神宫来着。"

"说不定正因为你的虔诚,所以俺才能活下来,只受了点伤了事。"

"总之,夫君——"

"什么?"

"祝贺你加封。"

"这算什么?征伐千里,就只有这点小成,实在有愧。"

"说得好!"千代痴痴看着伊右卫门。她想说——千万别忘了此时的心境哦——但终究没有说出口。母亲法秀尼曾教导说,对男人的训诫会起反作用,是吃力不讨好的事。千代是极聪慧的,连煽情都在不知不觉之间。而被煽情的对象,即便他只有七成能力,因得了自信,爆发出十成也是极有可能的。

夜里,两人早早躺下了。"千代,给我生个好儿子。"伊右卫门宛如祈祷般念叨着,直到夜半都不肯放开千代。

说到孩子,千代的肚子到现在都似乎没有任何动静。她很是不安,莫非自己是不孕之身?

(希望这颗种子一定要在千代的肚子里种下。)

千代也似在祈祷,顺承着沙场归来的丈夫的激情爱抚。

第二天伊右卫门打算一整天都待在家里,好好修复一下战尘蒙身的疲惫躯体,所以一直睡到太阳露脸时才起。"千代,漱盥盆里装点温水来——"他吩咐了一声便来到走廊,打算刮刮胡子、剃剃鼻毛。

狭小的庭院,笼罩在六月的艳阳里。

(真是命大啊!)

他再次感慨。回忆战时情形,好几次都差点命丧黄泉。

他刮了胡子。要不触碰伤口就把胡子刮干净,确实挺费事。然后剃了鼻毛。把手指伸进鼻孔,逮了鼻毛出来后,用刮胡刀"咔嚓"割掉。这是个技术活儿,着实不易。

之后千代来了:"让我给夫君梳头吧。"她顺顺当当梳好发髻,并换了一根新髻带。而后伊右卫门开始挤压粉刺。伊右卫门晚熟,娶亲至今还有粉刺这种东西长出来。

"一丰夫君,"千代在室内一隅,用火熨斗熨着一条长袴[4],面带微笑,"今天没有要紧事么?"

"没有啊。"

"是你忘了吧。"说罢嘻嘻一笑,虽然在心里对伊右卫门的这种悠闲自得的模样恨得牙痒痒的。俸禄既然已增至二百石,那么迎战之时就应该有二百石的样子,需要增加新的人手。这些人手被称作"军役",按两百石的标准,应有骑马武士两人、步卒六七人的规模。

顺便说一下,战国武士与德川武士有着根本的区别。德川武士那种阴森的忠义观念,在战国武士身上很难觅到。

总而言之，功名是向主人承揽而来的。换句话说，二百石的山内伊右卫门一丰，便似一家小企业一般，要向信长这个大老总承揽功名。

而同样是二百石的德川武士，从门第形式上看，有武士、仲间[5]、小者[6]就足够了（德川中期以后，因经济原因，可以说几乎所有武士都无法雇佣到所规定的军役人数）。战国武士则尽可能地去寻找能人异士，去游说他们，哪怕自己吃不上饭也要尽量优待他们，否则很难有大的功绩。

（他真是太悠闲了。）

千代心底里这样叹道。从今天起就去张罗着物色人选，难道不是理所当然吗？"吉兵卫和新右卫门可是非常高兴呢，说终于当上了能骑马的武士。"

（对啊。）

伊右卫门把剃刀从鼻尖移开："千代，俺得去找些手下来。俺可不像你这么清闲，今天很忙呢。对了，就去父亲的旧领地黑田村（尾张国羽栗郡），俺马上出发去看看能不能招到人手。"

"还真是很忙呢。"千代手持火熨斗，暗自垂首笑了笑。

"今日去黑田村，明日去哪里呢？"千代很是狡黠，总不忘了在前面迂回试探，然后让伊右卫门自己去考虑。

"明天去哪里？"伊右卫门只想到黑田村，明天的事根本没影儿。"尽量去各个地方多走动走动，总会遇到合适的吧。"

"也是。"不过这样很可能是瞎折腾。这个时代要招侍从，一般都是去有缘的地方，或者是血亲之地。与外人不同，这样的侍从士气都是不一样的。有缘的地方，可以是自己老家的村子、封地等等。伊右卫门新领的封地在尾张国内，但还比较缘浅。"美浓的不破等等，不顺便去游历一下？"

"哦，还有不破！"那是千代的娘家，他竟然忘记了。

"那今天就派个信使去吧。伯父市之丞是极为喜欢一丰夫君的，知道了肯定高兴得不得了。"其实市之丞对伊右卫门并非极为喜欢，但只要这么说了，人与人之间的关系就会自然地润滑起来。这个道理千代打娘胎起就一清二楚。

"对了，"千代说，"吉兵卫与新右卫门也是跟随夫君同行的吧？"

"嗯，他们跟俺一起。"

"这两位说一定要在少主前面找到新的侍从，他们可是期待已久了呢。"

"哦。"伊右卫门考虑了一下。原来如此，与其伊右卫门自己去找，不如先让他们去，让他们举荐人才。这样一来，"山内家臣团"的上下关系就一团和气了。"那千代，俺就哪里都不去，只坐镇在家就好了嘛。"

"等夫君当上了大名，肯定就能这样啦。"千代露出明朗的笑颜，"可如今的身份，还是像木下藤吉郎大人一样，就算被人非难轻视，也要亲力亲为去物色人选才好。这样人家投奔过来时会觉得——大人竟然亲自来选中了自己，真是荣幸之至呢。"

"也是。"他说罢出门。到黑田村的这段距离，他驰马前行在艳阳高照的道路上，一时不免狐疑起来。

（好像俺事事都对千代言听计从似的。）

不过男儿的自尊心立刻将其打消。

（怎么会？不都是俺自己的主意吗？只不过被千代碰了个巧而已。）

这之后，伊右卫门在尾张黑田村、美浓不破乡等地盘桓数日，去百姓家物色了些出挑的老二、老三，最后选定步卒十人后归来。二百石在经济上至多只供得了七人，他不禁有些担忧是否选得太多。

大约十日后，新招的十位若党[7]、牵马夫、小者都来报到了，均是年轻力壮的小伙。伊右卫门开始担心自己能否养活这么多人。前面也提到过，二百石最多能供六七人，而现在有十人。更何况，他是新近提升的，今年的年俸还没有入库。很长一段时间只能依靠以前的积蓄，坐吃山空。

"千代，能应付过去吗？"伊右卫门问道。

"车到山前必有路。"

"啊哈哈，你也太乐观了吧。人每天都是要吃饭的，还得穿衣。武器也得给他们配备。"

"还真是呢。"

"喂，你到现在才意识到啊。"

"哪里。是才发现一丰夫君居然肯对这么细小的事情用心，感动着呢。"

"老婆大人太悠闲了，俺才不得不用心哪。"

"真是抱歉得很呢！"

"自从父亲战死后，俺就流亡在外朝不保夕，年少时吃苦不少。你呢，虽说也是自幼没了父亲，可你有个好姨父，所以一直锦衣玉食根本没吃过什么苦。咱们之间也就是吃没吃过苦的区别罢了。看来人是不应当吃苦的，一旦吃苦太多，便总是会为将来的事情苦恼。"

"我正是儿时过得悠闲，所以将来的事才看得很开。如果下次再立战功，养活十来个人不是很轻松的事情么？"

"要立战功，是需要武运的。"

"一丰夫君生来就武运极旺，千代可是坚信不疑的。"

"嚯，真的坚信？"

"坚信不疑。"

伊右卫门与千代这样你一句我一句,不知不觉就成了乐天知命的人了。"原来如此,俺是有武运的人啊。"

"的确如此。"千代断定道。

"那真得感谢上苍了。不过千代,不论下次合战打得有多漂亮,要是连今天明天都揭不开锅,俺还是没法儿养活他们啊。"这是个十分现实的问题。

"一丰夫君,我也一样穿粗衣吃杂粮好了,如果还不够,就去把小袖卖了。"

"真是天真又肤浅。你能有多少小袖拿去卖呢?"伊右卫门感觉这位从小不愁吃穿的千代,真的是太乐观了。但是千代却绝非他想象的那般天真悠闲。她的天真悠闲都是母亲法秀尼教给她的演技而已。

"妻子如果不阳光开朗,丈夫就无法投入全身心去做事。就算是对丈夫发牢骚,如果从阴气沉沉的嘴里说出来,丈夫便会心情委顿失了上进心;但同样的牢骚如果是以阳光开朗的心情说出来,丈夫反而会更受鼓舞。而做到阳光开朗的秘诀就是,总认为明天会更好,就成了。"

说句实话,千代其实也心里没底,毕竟一下子新增这么多人。不过,不都说车到山前必有路吗?

千代是在美浓不破一地被称作"贵人"的不破家长大的，是名副其实的富家千金。但她却好像天生有着运筹家计的能力。本应非常拮据的开支，在她的运筹帷幄下丝毫不显贫相。总是什么都不短缺，生活滋润。

不过，千代虽是掌控山内家整个家计的主妇，却连菜板也没有一块。切菜都用量米的方斗代替。她的这个方斗是竹板制成，是中空的一个竹方斗。反扣过来就成了菜板。

伊右卫门曾在厨房探头探脑，见状蹙眉道："菜板这种东西，就让人做一块好了。"

千代惊讶地抬头看着伊右卫门，道："这个方斗才是最好用的。人家可是特意这样用的。"千代在上面切了根萝卜让他看。亮脆的咚咚声随之响起。"看，像不像小鼓？"

"原来如此。"他对千代的说法不禁由衷佩服。

"顺便跳个幸若舞[8]为夫君助助兴如何？"

"还是算了吧。"

这个兼用于菜板的方斗，在江户时代末期的文化二年（1805），山内家将其赠与高知城下的藤并神社，并长期保存了下来。方斗的背面有无数的庖丁之印。（在昭和二十年，即1945年不幸因战火烧毁，现今收藏的是仿制品。）

千代是个手巧的女人。她有一种艺术才能，可以将一堆普普通通的素材做成漂亮美观的成品。

这也是数年之后的事情了。她用各种各样的丝绸碎片精巧地做出了一件小袖。因做得实在太漂亮，一时间好评如潮。当时刚统一天下的丰臣秀吉听说了竟也十分好奇："给我瞧瞧。"

看了这件作品的秀吉极为佩服。此时正值秀吉一生的建筑杰作——聚乐第[9]完成，后阳成天皇亲临聚乐第时，秀吉特意展示了这件小袖，自诩自夸了一番。或许千代能当一名不错的服饰设计师。不过这都是后话。

言归正传，管理家计这事，要是太苛刻不免会怨声载道；要是用算盘算得分文不差，家中氛围难免了无生趣。还是有点儿艺术家的感觉最好。千代的此种能力与生俱来。"车到山前必有路"这句话亦是艺术性的，若要仔细计算，是无论如何也办不到的。

"那就好。"伊右卫门虽有一颗会计算的头脑，可也渐渐倾向于千代的"艺术"式家计运筹了。

之后数日。元龟元年（1570）六月十九日丑时，从城中忽地传来一阵法螺号角声。

（啊！）

千代猛地起身。旋即打燃火石，点亮烛台。房间一瞬亮了起来。"一丰夫君，一丰夫君！"她摇了摇伊右卫门，而他却似傻子般迷迷糊糊不知所以然,"城里有出征的号角声响起呢。"

伊右卫门"哇"的一声坐起身,望着千代却道:"哦,怎么是千代啊?"

一定是睡糊涂了,兴许是刚刚梦到在战场被对手推来搡去吧。

(真是个糊涂虫。)

千代不禁有些着恼。"一丰夫君,那么响亮的号角声你听不见吗?"

"……"好像清醒了一些。他冲向壁橱,猛地打开装有盔甲的箱子。"千代,泡饭。"

"已经准备好了。"其实千代已有预感,觉得夜里说不定就会响起号角。

前一天傍晚时分,木下藤吉郎骑马经过了他们家门口。因要增建一些长屋,千代与木匠在商讨详情。她领着木匠来到路上,指了长屋门给他看。这时藤吉郎过来,见状朗声道:"这不是伊右卫门夫人吗?"

千代转身,眼见是木下大人,稍觉惊愕,正待言语,却见藤吉郎一扯马缰站定了,道:"真是勤奋上进哪!增了俸禄就马上增建长屋么?"

"啊,是。"千代顿觉有些慌乱。

藤吉郎仿佛对千代这种少妇的羞涩腼腆模样很是中意。"别紧张嘛。伊右卫门好像去过美浓、尾张了吧,招到好侍从了吗?"

"是,非常好。"千代似乎有面红耳赤症,一张粉脸一直红到耳根。这又让藤吉郎十分中意。

"那真是太好了。这样好的侍从,俺藤吉郎也很想见见呢。"

"啊?"千代欣喜万分,而她的表情也恰到好处地表现了出来。此亦可谓她的功德之一吧。千代姣好的笑颜传染了藤吉郎,也不知他想到了什么,竟翻身下马。原来他是想进屋去瞧瞧新侍从的样子,叫千代在前面带路。

对侍从来说,能得到织田家大将的这种破格的礼遇,已是幸运之至。可是不巧,伊右卫门却并不在家。千代领他入庭,然后让吉兵卫、新右卫门以下的新人跪拜在地,每人都有幸得了一句藤吉郎的吉言。

随后,藤吉郎便重回马鞍,离去时看着晚霞当空,道:"明日若是天晴该多好。"像是离开之前的喃喃自语。

千代总觉得他这句自言自语是有深意的。为以备万一,她做好了丈夫出征的准备。

伊右卫门出门口时,五藤吉兵卫一行人已齐刷刷跪拜在地。出了庭院，牵马夫已牵了马匹过来。

"今夜真是星光灿烂啊。"伊右卫门仰头望了望天，纵马启步，"千代，出发啦！"

站在门角的千代，无言地低下了头。无数的火把从她的门前飞驰而去，都是如同她夫君一般，听到出征的号角便即刻奔往城里的人马。

（俺也不能拖后腿。）

伊右卫门很快便被卷入轰隆隆的马蹄声与盔甲的金属碰撞声里。脑子里已经没了千代的身影。

（男人千万别回头——千代说过。）

比起此刻的瞬间，伊右卫门更愿意去遥想将来。

（功名……）

伊右卫门的感情生活是单纯的。或许是聪慧的千代故意促成的。男人是什么？——伊右卫门这样思考着，无论他多么能言善辩，多么风流多才，那又怎样？用以表现男性尊严的，非功名莫属。这是年轻伊右卫门的哲学。

（但此哲学也可能在某天分崩离析——）

年轻的伊右卫门在当时，自然是做梦也想不到的。

拂晓，织田三万大军开始行军出发。众将士此刻还未被明确告知，攻击的目标到底是越前朝仓氏，还是近江浅井氏。

夜空徐徐泛白。总大将信长位于中军的马鞍之上，因不喜流汗并未身着铠甲。他头上戴着黑漆斗笠，身上穿的是单层白色和服、外披一件黑色阵羽织[10]，这黑色阵羽织的背面，银箔织就的桐蝶纹在阳光下熠熠生辉，显得极为耀眼夺目。

先锋部队来到关原附近时，全军将士倒吸了一口凉气，前方之路在此一分为三。若走北国街道，那便意味着此番要挑的是朝仓的居城——越前一乘谷。南方是伊势街道。径直前行的话，就进入了中山道，尽头便是近江。

（走哪边？）

伊右卫门也在猜测。最终，先锋部队径直前往近江的窃窃之声宛如波浪般传来。

（还是进攻浅井么？）

伊右卫门不禁打了个冷战。近江的浅井氏，世人都称其兵将敏捷骁勇，战马膘肥体壮，枪炮多且精良。

在醒井一地宿营时，伊右卫门音色微颤道："吉兵卫，敌人是浅井。"

"明白！"吉兵卫等众人也都很是紧张。大概这次战役，决不会像敦贺的支城攻战那般容易。

"吉兵卫，这次好像得做好随时战死的准备呐。"

"已经准备好了。"武运绝对没有可以白白拾得的道理。

"破竹之势"这个词，就是形容进攻近江的织田军团的。

云雀山、虎御前山山麓一带的农村已被烧光，浅井氏三十九万石的居城——小谷城已经近在咫尺。小谷城的东南方有一个横山城，是小谷城的支城，亦是浅井氏的重要要塞之一。横山城失守，则小谷城的防御力折半。

横山城在卧龙山的山顶，三层楼阁以顶天之势建于湖北面，山脚便是绕城而过的姊川。

织田军总大将信长亲自率兵包围了此城。对方要冲出重围实属不易。浅井方此时已从越前同盟军的朝仓氏处得到一万的援兵。元龟元年六月二十六日夜半，近江战线拉开阵势。浅井军士气极为高昂。为救横山城，他们反从背后包围了织田的围攻军，准备将其歼灭在姊川河畔。

"三河大人（家康）还没到吗？"这句话自打信长包围横山城后，已经问过无数次。

"先锋部队据说已经到达岐阜了。"驿使会时不时传回这样的消息。

"已经到垂井了。"

"现刚到醒井，想是不时便能到达。"

在敌方援军朝仓部队到来的二十六日，织田方的同盟军德川部队一万人马也终于加入了横山城包围的战线里。在龙鼻本营的信长亲自去迎接了德川。

"三河大人，真是感激之至！"信长不禁握住了家康的手。

这个时候浅井方自然不会停止作战活动，他们挟姊川而上，在野村、三田村这些地方集结大批人马，形成了新的战线。二十七日夜，伊右卫门与侍从们在姊川对岸，望见对方如繁星般的火把在频频移动。

"看看那些。"吉兵卫道，"敌方是准备在明天凌晨来一个乾坤一掷的决战呐。"

"原来如此。"伊右卫门透过夜雾，呆呆地望着火把频繁往来。吉兵卫对战事的直觉极为精准。

"新右卫门，你怎么看？"他转问新右卫门。这个男人也有着敏锐的直觉。

"大概，正如吉兵卫所言，是要决战了。连吉兵卫都这么认为，本营肯定早已觉察到了。或许即刻就有部署变动吧。"

伊右卫门的优点之一，就是深知自己并非十分有才。因此总是询问征求两人的意见。两人更是高兴可以成为少主的两翼，助他功成名就。伊右卫门在听取他们的意见之后，会采取其中最为合理有效的意见。伊右卫门的能力就在于选取有用意见的准确度与高效性上。

姊川是北近江的大河，源头在美浓境内的高峰铁粕岳，成川后笔直往南,流经伊吹山的山麓,再从伊吹山往西曲折流经湖畔平原,最后西流十五公里汇入琵琶湖。浅井、朝仓的阵营在姊川北岸,织田、德川的阵营在南岸。就地形来说,浅井、朝仓军更具优势。因他们所占据的北岸有垂直高耸的山崖,织田方要攻破实非易事。

夜间,信长迅速召集诸将至龙鼻本营,召开了军事会议。虽名曰军事会议,但在信长看来并非是要与人商量,只需命令各个部署去攻击便可。不过在军议前,信长倒是征求了同盟军家康的意见。

"你们既然刚到,风尘仆仆的将士们也定是累了。就作为后备部队待阵如何?"

家康时年二十九,一听是作后备部队,愤然道:"恕难从命。在下不到三十,属少壮之列。您把我当个老人放在后面唯唯诺诺待阵,是什么意思?"

"不不,没别的意思,只是考虑到将士的疲乏而已。"

"此种担忧实属多余。我既然加盟过来,就是期望打头阵的。后备部队听起来像是要等到下辈子一样。总而言之,让我去打头阵。若非如此,今夜我便撤兵回浜松。"家康道。

打头阵的损耗是相当大的。大将自己亦战死的情况并不少见。但家康却要去扛这副重担。此人决不是因为血气方刚才如此义愤填膺,他习惯于把利益放在远处,习惯于做长远的考虑。把大利置于将来，对眼前的小利得失毫不计较，这便是这个男人的思维方式。

信长毕竟是信长，他早已熟知家康的思维方式。只要对他说"你做后备部队"，那家康当然会面露难色，争着要"打头阵"了。信长等的就是这句话。他既然自荐去打头阵，那么就决不会随随便便地去战斗。信长对这种心理是深以为然的。最重要的是，家康的军队以三河兵为主力，比以尾张军为主力的织田军要强很多。让这个强兵军团去为自己打头阵，是信长求之不得的好事。

"那么，头阵就拜托了。"信长道。

随后便是军议，信长公布了头阵军团。诸将沸腾起来，愤懑不满之言不绝于耳。对诸将来说，织田家关乎存亡的此战头阵，竟然被客将抢了先，心里委实难受。信长是厌恶议论的人，于是大喝一声："尔等太过无礼！什么都不知道，凭何反对？"

于是军议就如此定下。然而木下藤吉郎的部署——

德川部队为打开渡河作战的缺口，从织田阵地的左翼出发，进入一片叫千草部落的离河畔最近之地，在此等待天明。这一切均是在暗中进行。

信长直属的织田部队里，也任命了先锋。选拔了一位叫坂井右近的惯于冲锋的猛将。第二队是池田信辉。第三队是木下藤吉郎。信长并不认为对岸的浅井、朝仓联军是容易对付的敌人，因此在本营摆了满满十三段纵深的队列。

各个村寺的初夜钟声（晚上八点）传来时，织田军便开始按部就班，两个小时便各就各位。

"咱们是第三队呀。"伊右卫门有些垂头丧气。本来期待此战再夺功名一跃而成一千石的身份来着。若非如此，怎能养活已经超员的步卒们？

"少主不要气馁。武运这种东西，谁都不知道在哪里就碰着了。"吉兵卫安慰道。

"正是这样，"新右卫门也点头附和，"过世的老爷也这么说。只要认认真真拼命努力，武运自然就会被吸引过来。"

是吗，原来父亲竟说过这样的话呀？伊右卫门脸上的忧郁很快散开。其实，他并非是被这般随处可见的安慰话所感动了，而是想满足一下两位家臣的说教癖。可以说，这个男人的胸襟，也随着俸禄的增加而变得宽广了些。

木下队一行人，或在民家轩下，或在树荫里补充了些睡眠。深夜两点，所有人都被叫醒。

"噢，多美丽的星空啊！"伊右卫门望了望北近江的夜空。虽说已是六月，夜雾却仍会透进铠甲下层，浸润僵冷的身体。

凌晨三点，东部千草部落方向，有响亮的枪声响起。对岸的浅井、朝仓阵地上，有繁星点点的火光燃起。顷刻间，振聋发聩的枪炮声席卷天地而来。

"噢！德川大人的渡川作战开始啦。"木下队即刻动身前往。

前方，织田的先锋坂井右近队，正吼叫着冲进河中。伊右卫门身形一颤，打了一个冷战。战斗已经打响。

"少主，少主，您在哪里？"吉兵卫在马背上大吼。

"在这儿呢。"伊右卫门忘我地移动着前进的步伐，与众人推推搡搡来到了河岸。夜色昏黑，虽然看得并不十分分明，但眼前的姊川已经明显化作一幅地狱之图。无数的火把混入河水之中，四周硝烟弥漫，叫喊声此起彼伏不绝于耳。

"吉兵卫、新右卫门，别撇开我！"伊右卫门跳下河。然而不知是否因为马儿拐了脚，他被猛甩了出去。

虽然他是翻了个筋斗才落入河中的，但运气实在不好，落入的是一个崖下之渊，水深不见底。

本来流入琵琶湖东岸的大小河流，从北一一数来，有余吴川、姊川、天野川、犬上川、爱知川、日野川、野洲川等，均是不甚长的河流，一遇大雨便水流湍急，但平素却是河床见白的旱河。姊川也一样。可毕竟是大河，也会有急流，亦会多少有些深渊。

伊右卫门不小心落入的就是这样的深渊。因穿着沉重的盔甲，他下坠的力道很大，眼见着越沉越深，手所触之处，竟已是河底的砂石。

（这下麻烦了。）

他在河底砂石上曲蹐跳跃，蹐了多次才终于浮上河面，而此刻所见，是大队人马正从眼前穿行而过。多得竟数不胜数。好像是第五队、第六队的部队正在渡河。伊右卫门所在的木下队大概早就渡到对岸了吧。

他找了找长枪，没找到。马儿也没了身影。别说马儿，侍从们也都不见了。他们或许是以为伊右卫门早已去了前方，这里竟一个都不剩下。

（怎么办哪？）

他有股想哭的冲动。忽然，头上的繁星晃入眼帘。蓝黑的夜空里挂了一颗极为耀眼的星星，他想或许是金星吧，可那应是日落后挂于西天的一颗星，这个时候决不可能会这样俯瞰着自己。

（啊，是千代！）

那颗星仿佛是千代的面庞，正对他微笑颔首："没了枪没了马没了侍从，可夫君自己不是好端端站在那里么？战斗总是有千般变化、万种可能的。就这样素手徒步，往前走好了。"

（可以就这样往前走吗，千代？）

"嗯，你行的。"

（千代能一直守护我吗？）

"当然。"

伊右卫门扶正头盔，溅着水花，心无旁骛地奔跑起来。这时最后面的信长的旗本们，也正旗鼓堂堂地涉河而过。伊右卫门终于抓住了对岸山崖上的一丛草。使一把劲儿，身子便高了一尺。他就这样沿着崖壁攀缘而上。背后的伊吹山渐渐被染作紫色，元龟元年六月二十八日的太阳也露出了圆脸。

伊右卫门从崖边探出了身子，战场近在眼前。硝烟与朝雾弥漫其间，隐隐约约中，目之所及是一具又一具的尸体，简直就是一幅活生生的炼狱之图。在此间左右往返的，多是浅井、朝仓的武士；织田方的武士们很显然已怯意萌生，攻势衰颓，只剩了防守的力量。

后来才知道，这时的先锋坂井右近之队已然溃败，连其子坂井久藏都已命丧黄泉。三百余位兵将之中殒命的竟达百余人。第二队的池田信辉也被冲破阵势，第三队木下藤吉郎亦处于溃败前夜。伊右卫门若是没有落马，现今或许已是这累累尸体之中的一员了。

当阳光拂去晨雾时，眼前的光景瘆人之至。这样可怕的战斗场景，在伊右卫门的一生中也甚少见到。

失去主人的马匹，在战场上嘶叫着狂奔乱走。各处都有对战的身影，可几乎都是在瞬间便定了胜负。理由很简单，当一人制住另一人时，处上位者会被处下位者身旁的侍从用长枪一枪刺中，待他好不容易起身，准备扯了对方头颅割下，却又会被赶来的对手结果了自己刚才好不容易拾得的小命。

"驾！"伊右卫门身旁出现了一位穿朱色盔甲的武士，他胯下马匹吃痛正跑得飞快。

（噢，那不是——）

他认识此人，此人头上的头盔因装饰着鸡尾而别具一格。于是他明白过来，此人就是第十队里名叫田沼云右卫门的豪士。他撸着一根据说是加了青贝在内，让其引以为豪的长枪，冲入敌阵。可瞬时便被敌军的战马包围，还未来得及交上一个回合，便被数柄长枪刺在空中。他被合刺了三次，大概第三次刺的已是死尸一具了。

信长的旗本们此刻已渡河完毕。浅井、朝仓方可怕的强势攻击，业已摧毁了织田阵营十三纵队里的十一队。

（这可是败势。）

伊右卫门不顾一切奔跑起来。他只顾奔跑个不停，却不明白自己在干什么，该干什么。

（马！要一匹马！）

他终于确定了目标。与其求敌一战,不如求马一匹。在他心无旁骛狂奔乱跑的此刻,眼前突然变作了茶褐色。是一匹马正要跳过他的头顶。

(砍马胫骨!)

这是他对付骑马武士唯一的经验。伊右卫门右肩扛刀,浑身用力一挥。可是斩落的只是马缰。不过这一失手反是好事,敌人顷刻落马。伊右卫门旋即夺过马匹,纵身一跃,双足夹紧马腹,连刀带鞘击中正爬起身来的敌方武士。对方应声而倒。旁边有个步卒如影子般奔来。

(噢,那不是伊作么?)

伊作是千代娘家——不破家领地出身的新任下级侍从,体格强健而动作敏锐。"少主,让我来。"他说罢便与对方斗作一团。

不久吉兵卫也气喘吁吁地徒步跑来,他似乎也丢了马。新右卫门也携了步卒飞奔而至。

少顷,那位浅井武士的侍从们护主心切,急奔过来。有步卒骑士共十五六人,黑压压一片。死斗开始!可怎奈伊右卫门一方人数太少。

伊右卫门连长枪都没有,好不容易抢来的马匹却没有缰绳。于是他抽出短剑,衔在嘴里。马匹飞奔,他趁势从马背跃起，飞身直扑浅井方的武士。

"哇——"在武士仰面倾倒的那一刻，伊右卫门的双刃短剑已经贯穿对手的喉咙。得手后，他夺了长枪一跃而起，朝与新右卫门搏斗的男子右胁下一枪刺去。甫一抽出，又顺势横扫，击中一个扑将过来的敌方侍从的小腿。

"少主，打得漂亮！"吉兵卫大声道。

这时吉兵卫抱住了一名敌军队长的后背，其队的一员正与伊作纠缠。只见吉兵卫抓住枪头，用枪柄挑开对方铠甲下摆，朝腹部一捅。对方立时失了劲道，被压在身下的伊作此时一扭腰，反而骑在了对手的背上。

"伊作，小心！"吉兵卫嚷道。两人对打的此刻是最为危险的瞬间。处于下位的对手还有余力，总不惜使出最后的力气来殊死一搏。

"伊作，不要慌着去砍脑袋，抓牢头盔的护额！"经验丰富的吉兵卫在教伊作实地作战，"右脚，右脚！用右脚踩住肩膀！"

正说话间，敌人握住了伊作去抓护额的手腕，使劲一拧。"啊——"伊作从敌人身上摔了下来，似乎手腕骨折了。

还有这一招啊。这是披甲待战、披甲较量这类的战场格斗术之一。后来逐渐演化成柔术，进而成为柔道。与今日柔道的不同之处，在于当初几乎都是反手制胜的招数。

"看好了!"吉兵卫飞跃过来,与敌人对打数招后终于将对手了结。翻开对手袖印[11]一看,有名字写在上面。原来此人竟是浅井方的一员足轻大将——鬼藤三郎兵卫义兼,是名震数国的豪士。

"少主,武运高照啊!"

(俺真是运气好。)

伊右卫门有雀跃而起的冲动。然而他们所在的木下队却踪影全无,大概已经四分五裂了。

这次合战,借《信长公记》里的文字来形容一下:"一时间你推我搡,喧嚣叫嚷,黑烟冲天,镐锷断裂;着眼处尽是你死我活,分崩离析。"正所谓混战一片。

有一个浅井方排名第一的豪杰,名叫远藤喜右卫门。在混战之中——我定要取下信长项上人头——他扯掉袖印,混进了织田的队伍。不多久,他已经突击到信长的面前。信长的旗本竹中久作(竹中重治之胞弟)勉力应付了过去。竹中久作死力抵住远藤的攻击,最终取了远藤的首级。

形势依旧对织田、德川联军不利。但在战斗中途,信长令整装待命的预备队——稻叶道朝队,去咬住浅井的右翼。同时家康也让榊原康政队去攻击朝仓的侧面。很快浅井、朝仓联军便土崩瓦解了。

当战势一旦开始崩溃，怎么挽救都是白费气力。

浅井、朝仓方当初只有两处处于崩溃之势，但无奈崩溃有着极强的传染力。不多时，便导致了全军的分崩离析。敌方武士们四下散乱，争先恐后择路而逃。很难相信他们就是刚才那群生龙活虎的浅井、朝仓强兵。

"少主，乘胜追击如何？"吉兵卫、新右卫门道。没有比剩勇追寇更容易的事情了，即使这些战功得不到什么好评。

"可是，木下大人在何处？要是不归队，会被指责偷偷摸摸的。"伊右卫门在散去的朝雾之中努力找寻着藤吉郎的身影。当时，信长还未允许藤吉郎使用马帜[12]，所以这个战场上看不到那个有名的金葫芦。

"木下大人去了何方？"

"木下大人您见过吗？"

伊右卫门与侍从们走一处问一处，却收获不大。

"不知道。"大家都在忙着各自的事情。

"什么？木下大人？还有人连自己的主帅都弄丢的吗？"亦有人拿他们打趣，再不屑一顾地离去。

终于在一个叫"大路"的部落边缘，伊右卫门找到了木下队。

"噢，伊右卫门啊，辛苦了。"藤吉郎的微笑里有些许的轻松。此种境况下，本该少不了对部下一顿狂训，质问部下混到哪里去了才是。但他却丝毫不怒。

"伊右卫门，去休息吧。"

"啊，不去追击吗？"

"不追。"

待回过神来，他才发现织田全军已经偃旗息鼓。

从战术上看，就此乘胜追击，扩大胜势，而后集中兵力包围浅井居城小谷城的山麓，再一举夺城才是正道。假若就此罢手，此番战役也只能是以织田的六成胜利而告终。

藤吉郎也多次派人去信长的本营进言。但是信长并未有所动，他是谨慎的人。但他也是一个性格急躁的男人，却除了桶狭间战役以外，再不愿作出其不意的短兵相接，如钓鱼翁一般。其实，越是急躁的人，一旦开始垂线钓鱼，便越是能长时间地专注于此。当然，这仅仅是钓鱼达人才有可能做到的事情。信长正是如此。

"把小谷本城周围清理干净！"终于，他将作战方针明确无误地告知手下武将，开始对小谷城周遭的支城进行溃灭作战。

首先，攻陷横山城，让木下藤吉郎率三千人马镇守。然后让丹羽长秀包围佐和山城。同时，让市桥长利镇守小谷城外北山，水野信元镇守南山，河尻秀隆镇守西面的彦根山，构筑了各个临时要塞。信长自己则在全军论功行赏之后，早早便回了岐阜。

伊右卫门俸禄升到四百石。他仍然在藤吉郎队里镇守横山城，承担着攻夺小谷城的最前线要塞的守备职责。

四百石，此次加封不少。因还在战斗之中，封地等都尚未确定，但无疑十分鼓舞人心。

"吉兵卫，俺能在织田家做事，真是幸运哪。"伊右卫门躺在横山城西哨所的木板地上这样说道。哨所窗外，可以远眺琵琶湖。离湖岸仅有一里半距离。

横山城位处丘陵之上。西面湖水，东面伊吹山，西北方三里之外，便是敌军的小谷城，正是掎角之势。信长率主力回岐阜的这段时间，每日都会有些小纷争，但不会有决战。六月的阳光从箭孔照射进来，哨所里就跟蒸笼一般闷热。

"能为织田大人效力，真是很有运气呐！"

"人一生的运气好坏，就是自己所跟随的大将所决定的，真是难得的荣幸啊。"

诚如斯言。

战国时代走到如今，各个新兴国，无论关东的北条氏，还是中国[13]的毛利氏，都已经在领土扩张上达到了极限，如今已转攻为守，只考虑着如何保全。越后的上杉，甲斐的武田，这两位被称做"日本双璧"的强势武力，因彼此牵制，领土扩张进行得并不顺畅。土佐的长曾我部氏，作为新兴势力之一，已经并吞了整个四国。萨摩的岛津氏，势力范围已扩展到几乎整个九州。但他们终究都离中央太远，正所谓鞭长莫及。

得近畿者得天下。出生于尾张的信长，正好具备这个得天独厚的地理条件。况且，他势力范围的膨胀速度可谓"异常"。领土竟是每月都在增加。所以连伊右卫门这样的人，也自然会芝麻开花节节高了。

"要当好兵，首先就要选好将。"吉兵卫道。这个时代就是如此。

之前的室町时代，再先前的镰仓时代，这之后的德川时代，在这些社会结构固定的时代里，人便不容易摆脱出生环境的束缚。但战国时代则不同。主人可挑选有能之士为我所用，而有能之士也可选择自己跟随的主人。双方都有选择的自由。若是主人无能，无法振兴主家，那就该趁早投奔明主。这个时代就是如此。主从之间的关系，是通过各自的才能交织在一起的，并非此前或此后那般通过忠义、情义而织就。

总而言之，正是所谓"七度浮浪人，始得一武士[14]"的时代。伊右卫门畅言"跟了一位好主家"这句话，是有其时代背景的。而无功、无才者，自然不受待见，时刻会被这个时代抛弃。

"受人尊敬的木下大人也是智勇兼备。此人说不定会成为织田家首屈一指的大将呢。"这本是千代的推测，伊右卫门现在借来一用。他心里充满了对未来的憧憬。

信长虽在姊川战取胜，但并不意味着浅井氏就此灭亡。此战是在元龟元年六月二十八日，此后浅井氏的小谷城，依然在伊右卫门所在的木下藤吉郎队镇守的横山城对面屹立不倒。此城被攻破，已经是数年之后的事情了。

漫长的包围战开始了。

这之间，信长并非只是着手于对浅井的攻势。与摄津石山本愿寺挑起战事之后，又跟浅井、朝仓的奇袭部队在琵琶湖畔的坂本城有了小摩擦，其间与两氏佯装议和。后更与伊势长岛的一向一揆引发了战火，陷入苦战之中。之后又夺取了睿山。总之繁忙得紧。

不过伊右卫门他们却不甚忙。他们一直镇守在横山城内，而且，兴许以后数年都得滞守于此。元龟元年已经秋去冬来，而后，又到了翌年春天。

"哎呀，信长公可真是耐性甚好的大将呐。"言语中尽是无奈。

敌方的小谷城在三里之外的丘陵上。天气晴朗时，甚至能看清城门处进进出出的人马。却不能强攻。守城大将木下藤吉郎，担心将士们因久滞城中而惰气弥漫，所以采用了各种各样的方法来避免。

比如由己方的人马去时不时生点儿事端，去敌方城下的稻田搞点儿破坏，去烧一个村子什么的。与战局无关的小打小闹可谓层出不穷。不过说到底，都是小卒小兵的打闹罢了。对方也不会有名将出来露脸。因此对伊右卫门他们而言，就等于丧失了建功立业的机会。

藤吉郎对"人"这种动物看得极为透彻。他察知了阵营里的气氛，于是允许将士们在横山城脚的村外，筑起小小乐园，还默认了游女[15]小屋的存在。城中之士，成群结队定了日子外出。但伊右卫门却与此无缘。

"俺不好这口。"他总是一口回绝。其实伊右卫门还从未碰过游女这类人。

"吉兵卫、新右卫门你们去。"

"少主可真是守身如玉啊。"吉兵卫他们也实在没辙。不过，他们也决不会跟主人一样客气。他们三三两两快活地出了城去，再回来对游女们品头论足兴致勃勃。有时在伊右卫门面前说话也毫无顾忌，简直就是炫耀。可伊右卫门仍旧无动于衷。

（真是怪人。）

连自小就对伊右卫门一清二楚的吉兵卫与新右卫门，对此事也是极为纳闷，暗地里会说："兴许是少夫人太可怕了吧？"或者会说："应该是性格问题。不过上次在京城的空也堂，那位小玲的事，反而显得蹊跷了。"

正当他们如此这般讨论时，那位小玲果真出现在横山城下。

小玲此次来到横山城下，已不是女谍的身份了。她心底里念叨着"就是他了"，所以才特意来到这战乱之地。

（他说过他叫山内伊右卫门一丰的。）

这个织田家平凡的武士，身上还留有些许少年的气息。她想着一定还要再见他一面。

（不过他并非有趣的男子。）

可她自己也不明白为何会被他所吸引。"不，不会是爱恋。"她对栖身于浅井小谷城内的表兄望月六平太，这样肯定道。

望月六平太是南近江甲贺一地有名的乡士，是顶着所谓忍者、甲贺者[16]等头衔的男子。在足利氏的鼎盛期，此人是南近江领主六角氏的下属。六角氏与浅井氏结为同盟，亦加入了对战织田军的阵线。因此望月六平太便领着下级忍者们滞留小谷城，从事间谍活动。

小玲作为望月一族的一员，也处处帮衬着六平太。

请读者们回忆一下当时空也堂的情景。"叔父成了空也僧。"小玲在武者小屋里对伊右卫门他们说过的"叔父"，就是这位表兄六平太。六平太实际上是化装成空也僧的模样潜入京城，目的是为了把握织田军的动向。

他比小玲年长九岁，已经没了牙齿。平素，嘴里装着用黄杨树枝加兽骨制成的假牙，出行的时候就取下来。若是没了假牙，再穿一身空也僧的装束，怎么看都是年过七旬的老人。

小玲与六平太之间，已经有了肉体关系。不过任何一方都没有所谓爱情的存在，无非是彼此间的生理需要而已。当小玲说，她要到三里外的敌军阵营——横山城山麓去的时候，六平太道："毫无意义。"战斗已经打响。甲贺者在战场上的任务，就是放火、打劫而已，不会用到女人。

"也许是毫无意义，可我要去。"小玲这样回答他。

而后六平太扑哧一笑："是有意中人了吧。"顺便意兴阑珊地添了一句："无聊。"他并非是因为嫉妒。这个年轻人，或许是因为总是化装成空也僧模样的老行者，连心都变老了。他对世事有一种奇怪的体悟，本来与自己年龄相仿的那些霸气、嫉妒、出人头地的欲望，都被他故意扼杀了似的。

"那个叫山内伊右卫门的，就是你中意的人？他哪里好？"

"我自己也不明白。"莫非是因为小玲她自幼生长在甲贺者的周围，像伊右卫门身上的那种平凡无奇，在她看来反而动人心魄？

横山城东麓有一个叫乌胁的部落。一日，正在周围晃悠的五藤吉兵卫，被扮作割草女的小玲叫住了。"哎呀，这不是小玲么？"

"是。"她垂目娇声道。

"你这个样子又是怎么回事？好像你并非此地的乡下人吧？倒是听你说过，是石上村的人，好像要往京城去寻找什么叔父来着。"

"我还想跟伊右卫门先生见上一面，所以从京城赶来了。这身打扮，是因为怕被武士们当做是游女，所以才出此下策的。"

"要撒谎也要看场合吧。"吉兵卫满面胡楂的脸上露出咬牙切齿的模样。这是这个男人最大限度的恐吓神态了。

"你，难道不是浅井的女谍吗？乔装打扮的伎俩高超得很呢，是在甲贺出生的吧？"

"不，不是的。"小玲已经泪眼朦胧，"不是的，吉兵卫。"

"喂，你还敢直呼俺的名讳？"

"求你了，让我见见伊右卫门先生。"

"当人是傻子么?"吉兵卫狠狠擦了擦脸,被姑娘这么求着,他总会变得心很软,"你自己想想,小玲,像你这样长了尾巴的女人,俺会巴巴地牵着去见自家主人么?"

"我没长尾巴呀!"小玲双手移到背后,摸了摸自己臀部,"真的没有啊。"

"俺说你女谍气味儿太重。"

"那个……吉兵卫大哥,如果我是女谍的话,也求你想一下,作为女谍的我,怎么会接近伊右卫门这样身份低微的武士呢?有什么用?"

"态度倒一下子变严肃了。"

"本来就是这样的嘛。"小玲双手仍放在臀部,望了望吉兵卫的脸,"干脆,都跟你说了吧。吉兵卫大哥,你刚才的猜测就你而言已经是做得很好了。你面前的小玲的确是甲贺乡出身,我父亲侍奉的是近江六角大人,表兄侍奉的是近江浅井大人。但是,父亲已经过世,六角大人也已经半死不活了。如今我跟表兄六平太虽然身在小谷城,但谈不上对浅井有多少恩义。我已经不是女谍了,现在没了去处,这才滞留在小谷城里的。"

"你的话真是够唬人的啊!小玲,那这么说,你到京城空也堂来的时候,就是女谍啰?"

"那自然是。"

"啊？自然是？"

"难道不是？那个时候我不过在执行任务而已。吉兵卫大哥若是执行任务，也会一样的不是么？"

"倒也在理。"

"你看，你自己都这么说啦。况且我现在根本就不再是女谍了，你就别再害怕啦。"

"俺有什么好害怕的？"

"那就请引见啰。"吉兵卫的双手被小玲握住。那是一双小巧可爱的手。

五藤吉兵卫实在是心软。小玲手掌的柔软、纤细、可爱，让他顿生好感。

"你不是坏人。"他道。这种事情对常人来说好像时有发生。就算当初认为是个讨厌的人，可当看到他耳根子红得发烧时，也会不自禁地想：

（或许是个意想不到的好人呢。）

人这种动物，总是对自己的同类时刻怀有敌意、嫉妒、冷酷、憎恶等情感，而心的另一侧却时刻在找寻着心与心相通的地方，哪怕这样的地方仅有一处，也会动了心去爱。

"你不是坏人。"吉兵卫这句话里，大概便藏了如此深意。"不过，在这个乱世上，你也够怪的。干吗不回甲贺乡，当你的土豪武士之女？"

"这个嘛……"

在甲贺乡，分了家后造新宅，新宅造好又设隐居，一块地被割得七零八落，所谓土豪武士，也只徒留了一个空名而已，大多数都是有了上顿没下顿的。因此间谍在这种地方自然如鱼得水，发展得蓬蓬勃勃。靠卖情报为生的人越来越多。

不过，与山峦那边的邻国伊贺里的忍者不同的是，甲贺者的地域凝结力很强，而且对既有权力十分顺从。六角氏在作为近江守护时，他们出力甚多亦很忠心；当浅井氏登上战国大名之位时，他们更是忠心耿耿。可是，自从织田信长开始侵略近江，甲贺也不再是原来那个和平的山乡了。可这种事现在看来也都无所谓了。

"总之，就算回到甲贺乡，父亲与伯父都不在了，一样活不下去。我是没有办法才滞留小谷城的。在城里，可以造箭，可以修补盔甲，反正能吃得上饭。"

"是么？"对方可是大名鼎鼎的甲贺忍者的女儿，她的话吉兵卫怎敢轻易相信？然而情感占了上风。"你在这里等着。"吉兵卫奔走起来。

待他回到城中找到伊右卫门，便立即告知了事情的原委。

"什么？小玲？"伊右卫门的脸铁青一片。不过亦有几许温存在心里，这种温存，像是一种爱慕。

（那是一个与千代不同的女人。）

"不见。"

"这个妹子也没什么好怕的。仔仔细细想来，不过就是那个雨夜里的小姑娘罢了。"

"真的？"他动摇了。

"以保万一，在下跟新右卫门陪少主同去如何？不过少主也是响当当的男子汉，去见个妹子哪有要人陪的道理？"

"呃嗯。"那天夜里小玲的身子在他脑里浮现出来。伊右卫门出城了，被小玲吸引着。

伊右卫门下了山，在栎树林中唯一的一条小道上行走。不过，林中倒并非只有栎树，还有栗树、枹树、楢树穿插其间，最为高大的当属楠木，树梢上挂着一片被落日烧红的天宇。他见到一棵楠木树干上，缠着茑蔓。

（吉兵卫确实说过，是在这样一棵树附近的。）

他背后有沙沙之声响起。

（是小玲么？）

可待他转过头去，却见一个戴白色空也头巾出行的空也僧站在那里，是一位老人。这么想就错了，那是甲贺者望月六平太。不过伊右卫门当然不明所以。

"敢问僧人,在此处有没有见过一位姑娘?"

"嗯?"六平太扬起下颌,"姑娘?是施主的女人?"

"我只问了尊驾见过与否,其余的不用尊驾费心。"

"你倒是口齿伶俐。"空也僧六平太,在一个朽木桩上坐下身来,"老衲看人面相看了五十年。之所以问你,是因为你的面相让老衲不得不问。"

"面相?"伊右卫门想是遇到了一个不讨人喜欢的和尚。可一听这话,他难道还能若无其事拂袖而走?"我的面相有何不妥?"

"已经显出了死相。"

"啊哈哈,别想用这种招数唬人,不过是想诳人钱财的假和尚罢了。战场上的武士面带死相,倒不如说是一种赞誉。人的命运,岂是你这种将死的老糊涂能懂的?"

"能懂。"

"那你再算算别的。"

"你要找的人,名叫小玲。"

一听此言,伊右卫门一下子呆若木鸡。

"你是织田家的人,现在在掌控横山城的木下藤吉郎手下当差。尾张出身,姓山内,通称伊右卫门,名一丰。"

"你个混蛋!"伊右卫门旋即抽出祖上传下来的美浓千住

院[17]的一把刀，朝着空也僧砍去。铛的一声，空也僧取棒招架。

"你还太嫩。"他退了几步，举棒在前。对面前的伊右卫门，他已起了杀心。

"你到底是何人？"伊右卫门怒道。

六平太垂棒扫过青草地，直指伊右卫门下腹。伊右卫门赶紧避开，接着挥刀而上砍向长棒。六平太往右边轻盈一跳，下落时顺势反手持棒在空中翻了一个筋斗，"啊"地大叫一声打将过来。若是被打中，伊右卫门的头盖骨大概已经变作碎片。不过他是习惯了战场上长枪太刀嗖呼往来的伊右卫门。只见他侧面飞身而起，砍倒一棵幼龄枹树。树倒将下来，挡住了六平太的脚步。

伊右卫门这个人，绝非英雄亦非豪杰，不过令人称奇的是，每次遇险，总会变得聪明玲珑起来。

起风了，青草随风而动。六平太的长棒从对面逼来。他再一跳，就能打到伊右卫门的天灵盖了。

（来了！）

伊右卫门想的不是六平太来了，而是自己的心境到来了。每当有这种感觉时，都会跟在战场上所经历的一样，身子仿佛会浮起一般，肉体的意识消失了。在越前首坂体验过的心境，现在到访了。最后剩下的，只有功名的意识。而最后终将连这点意识也会消失，残存于虚空之中的，只剩伊右卫门手中的太刀。

（咦？怎么——）

甲贺乡士望月六平太心中生了些许怯意。

但六平太并不是好对付的。所谓甲贺乡士，大都是从幼年起便经历严格的训练成长起来的，放火、偷盗、混入城郭、乔装易容、投毒等等是家常便饭，还有对投石术、飞镖、刀术等伎俩的学习与格斗训练都是必不可少的。他们为武家所不齿，正是因为武家看到了其阴暗的一面。

山内伊右卫门一丰，却是武家正统的武士。成日里骑马战斗、指挥步卒，安身立命之后则能调度兵将运筹帷幄，他便是在这样的世界里生存着。

双方均瞧不起彼此。

（不就是个忍者么？）

伊右卫门思忖。

（战场上就不说了，眼下一对一的布衣，这类货色怎么可能赢得了我？）

六平太也对自己的技能信心颇足。然而，让六平太感到"不可大意"的，是对手的心境。本以为是个无足轻重的功名饿鬼，可似乎却不全是。伊右卫门的样子，就好似消了肉身一般，只一缕白色焰火熊熊燃烧。而正是这缕白焰，把意想不到的功名带给了平凡的伊右卫门。

"看棒！"六平太的长棒从天空轰然而落。

伊右卫门却不接。若是他接下此招，六平太便会有算计好的另一招袭来。可伊右卫门却连看都不看，趁势蜷作弹丸反弹而上，朝六平太飞身而去。仿佛他那把太刀是活物一般锐不可当。

"啊！"六平太收回长棒，架势走样。千钧一发之间，好容易避开了伊右卫门太刀的来袭。

"住手！"六平太退到十间之外，大声道，"虽说你是织田家的武士，老衲今日却很中意，此后定当登门拜访。现在暂且先把老衲的女人给你。"六平太从草丛里抓了小玲出来，冲他扔了过去。她的手被绑，嘴里塞了布。

六平太离去，留小玲一人在草地上。

"……"

伊右卫门愕然面对刚才所发生的一切。甲贺、伊贺的人，并非像传说或谣言里那样身怀奇术。但伊右卫门作为武士的一员，委实难以理解他们的道德与行为。

没有比自己无法理解的团伙更让人生畏的了。这些人，并不是正人君子伊右卫门这种武士所应该接近的。

"……"小玲在草丛上扭曲着身子，一双黑眸在倾诉，"伊右卫门先生，您在干什么呀？为何不替我解开绳索？"

"哦！"伊右卫门似乎有些胆寒地望了望这个甲贺出身的女子。

（不想再跟这个族群有任何瓜葛了。）

他怀了这样的心思。可被绑摔倒在地的小玲，是一种多么蛊惑人心的生物啊！伊右卫门在小玲身旁蹲下，抽出短刀。绳索已松，杂木林逐渐被暮色包围。

小玲自由了，却一动不动。在草地上曲腰侧卧，一如先前。

"怎么了？动不了吗？"伊右卫门担心地看过来。

"扶我。"小玲只一双眼睛在笑，仿佛在说，抱我。

（这是怎样的女子啊？）

完全不循常轨。世间普通女子的常轨，在她身上踪影全无。她双眸凝视着伊右卫门。牙齿也蕴了笑意，很白。暮色下的明眸皓齿，搅乱了伊右卫门的常轨。这个甲贺的女人，身上就有这种让男人逸出常轨的魔力。他掀开了小玲的裙裾。

"不要。"小玲道。暮色愈来愈浓，伊右卫门抱紧了她的纤腰，天地之间只剩了她血液里的温度。伊右卫门恼乱之至。

"不要啊。"小玲的声音低沉而湿润，身形扭动。她似乎天生就知道，自己越扭动，伊右卫门就会越恼乱。

终于，四周黑暗一片了。天边有细细的一弯月儿挂在那里。在这片黑暗之中，伊右卫门忘记了世俗的一切，变作一个纯粹的男人，与鬼斧神工般纤巧细致的小玲的身体一起，心无旁骛地融而为一。不知何时，本在楠木树梢上的月儿，已经挂到栗树枝叶的那边。

"好高兴！"小玲在虚脱倒地的伊右卫门耳旁窃语，"我要带伊右卫门先生逃离这个战场。"

"逃？"乍然听到这个词，伊右卫门回过神来。重新变回曾经的那个功名饿鬼。这也是这个男人璀璨的本性。

"你说要带俺逃离战场？"

"我来养你。你不如干脆离开像织田家那种高高在上的地方。伊右卫门先生有勇有谋也不缺才干，如果把这周围的浪荡子搜罗了来，你就是野武士的头头了。等合战一结束就出来，掠夺田野，剥下尸身上的盔甲，盗走刀枪什么的。偶尔受雇于某位大将，去放火、扫荡、借阵帮战等等也不错。"

"当野山贼？"

"是野武士！"

"不都一样吗？俺是高高在上的织田家的人，不会做那样的事情。"

"轻而易举的。"小玲道，"一样在世道上混，却不用跟人低头哈腰，可以随心所欲过自己的日子，想睡就睡，怒了就吼，而且还有钱进账。那个六平太也说，小谷城陷落了就当野武士的头头。"

"俺不愿意。"

"呵呵，那是因为你还不清楚这个世界的滋味。要说的话，其实就是跟我的身体一样的味道。"她用手挽过伊右卫门的脖子，一只红唇等着伊右卫门的浸润。

咕咚一下，伊右卫门的喉结上下移动，他吞了一口口水。

"无论甲贺还是伊贺，都是人多地少，所以大家都干着这样的事过日子。这可比穿着肩衣在城下走来走去要轻松多啦。刚才，我可是看见了的。"

"什么？"伊右卫门像是被说动心了似的问道。

小玲用她柔软的手指轻按伊右卫门的下颌："你跟六平太的比试。望月六平太这个人，可是甲贺数一数二的棒术高手。那人的长棒，可是人称'六尺处处是刀刃'的长棒。跟他对打的人，至今还没有人活着回来的。可伊右卫门先生却完好无缺，六平太反倒处于下风。所以你一定行的，一定可以组成近江最大最厉害的野武士集团。"

"那样就偏离世道正轨了。"

"那又怎样？"小玲笑道，"所以轻松嘛，刚才不是说过么？只有偏离正轨，才能过得像个人样儿。到时候，我就是野武士头头的老婆。"

"……"

"情人也行。只要伊右卫门先生当了野武士，我就能永永远远都跟你在一起了。"

"先把话说在前面，"伊右卫门仰望夜空，"俺并非强人，只是有天运眷顾罢了，是天运在保护俺。千代这样说过。"

"千代？"小玲坐起身来，"是你夫人的名字吧。这种时候别扯出来行不行啊，你要是再说一次，小玲就去一刀杀了千代这个女人。"

甲贺者的心绪，终究是无法查知的。

照旧是围城里百无聊赖的一天，伊右卫门牵了马出来，打算骑到远方。木下队所镇守的横山城外，西北二里、东三里、西三里、南数里，都属于警戒地域。他是准备出来自由地走动走动。

姊川北岸，有个叫宫部的部落，是宫部善祥房的出生地。此人曾是睿山最后的僧兵[18]，如今跟在木下藤吉郎身边，最终成为一代大名——这当然是后话。

这个宫部部落的街道旁边，有个茶店。伊右卫门在松树上拴好马匹，叫了一声"来碗泡饭"，便掀了苇帘往里走。

待他坐下，才发现旁边有个年轻的卖药郎君，肤色白皙，像是京城里人。

对方笑着开口道："我猜一定能在此处见到你，所以先你一步在此等候。那天还请多多包涵。"言语神态很是亲切熟稔。

"你是何人？"

"认不出来吗？望月六平太。"

一听此名，伊右卫门一瞬间脸色煞白，旋即又绯红如潮。那时的老行者空也僧，竟是个年轻人。

"还要打吗？"伊右卫门站起身来。

"不不，不用。那天我说过一定去拜访你，是因为对你很是中意。而且，咱都清楚小玲的身子，也不是外人。"此话从他嘴里轻轻巧巧就出来了，"言归正传，我有话要说。等你吃完泡饭，能否赏光到背面的桑田一聚？别担心，不是坏事，是让你高兴的好事。"

泡饭来了，伊右卫门却难以下咽。勉强灌入肠胃后，他搁下筷子。卖药郎君先起身出去。终于来到桑田地里，他躬身下蹲，然后叫伊右卫门也蹲下。

"咱们长话短说。伊右卫门，就当是你信赖的友人在跟你说话。"六平太用手帕擦了一下汗。手帕里面藏着毒针，若是伊右卫门起了异心，六平太便会用此毒针结果他的性命。"小谷城早晚都是死局。不过要强攻却并非易事，毕竟是首屈一指的浅井居城。要夺此城，只有一个办法。"

"……"

"内应。"甲贺者道，"城里有我们甲贺者共五十人之众。若是约好时日在城里放火，同时织田方从正门、后门同时进攻，定能夺得此城。怎样？只要你一点头，我就去办。到时候你就是大功臣了，加封两千石是绝对没问题的。"

"六平太，"伊右卫门看了看这个怪物，这种毫无品性可言的行为，也就只有卑鄙的忍者才干得出，武士是看不上眼的，"你要什么报酬？"

"我想要你的灵魂。"

"灵魂？"

"卖给我怎么样？我用浅井的小谷城来跟你换——"

"卖灵魂？"从未在世间听过如此诡异的话。灵魂是可以拿来做交易的么？

"卖了吧。"卖药的望月六平太道，"你很划算呀，浅井的居城——整个小谷城哦。换句话说，就是用近江浅井家三十六万石，来换你伊右卫门的灵魂。"

面对这般的甲贺者，真是自叹弗如。居然要烧了自己应该保护的城，还用它——来跟人做买卖。

"卖了灵魂会怎样？"伊右卫门仿佛是在跟恶魔交谈一般，心情压抑，手也微微颤抖。

"很简单。我们甲贺者在你们夺城后立刻离开。说句实话，因为还有其他的事等着要办。你也知道，中国的毛利已经跟大坂的本愿寺结成同盟了，目的是为了阻止织田家势力的进一步扩展，将其困在摄津（现今的大坂府与兵库县部分地区）。我们小谷城里的甲贺者，下一个主子，就是毛利。"

"哦？"

"伊右卫门，船在失火前，船上的老鼠总是会成群结队先人一步跳进海里，最后消失不见，这个故事你听过吗？"

"听过。"

"我们甲贺者，就是船上的老鼠。又不是历代侍奉浅井家的家臣，没必要陪着失火的城郭殉葬。所以，就去毛利那里。"

伊右卫门只听得愕然。

"到毛利那里以后，织田还是敌人。我会时常来看望你，你就把织田方的机密、军略、谣言、铁炮数量、部将之间关系的好坏，统统告诉我如何？比如木下藤吉郎跟明智光秀关系欠佳呀，柴田胜家和丹羽长秀之间又怎么样啦之类的。如何？"

"……"

"你要是跟我结成了这种关系,我明天就可以双手奉上小谷城。两千石的军功哦。"

"所谓卖灵魂,原来是这么一回事啊!"伊右卫门终于开口说了一句,嗓子干得要命。

"如何?"

"六平太,该轮到俺说——"伊右卫门口吃了一下,"——话了,你不妨听听。"

"好啊,你说。"

"俺这个人,正如你所言,可能就是个功名饿鬼。因此你才拿了这种话来攻俺弱点的吧。"

"也算是。"六平太扯下几片桑叶,放入口中大嚼特嚼起来,"听好了,甲贺者的嘴是很严的。你今后泄露织田家机密的事,永远都不会有第三个人知道。"

"可是六平太,俺还没说完。俺的确很想建功立业,很想安身立命。不过想归想,哎,那个……总之,俺是对天上掉馅儿饼这种事非常小心的人。"

"——?"

"俺没法儿演戏。抱歉!俺要在正午的太阳下功成名就,若做不到就不能安身立命。这是俺老婆大人说过的。"

"老婆大人?"对六平太而言,这句话好像太过意外。

"无论如何,恕难从命!不过六平太,这里的话俺决不外漏一字。后会有期。"

注释：

【1】桶狭间：即尾张桶狭间，今爱知县丰明市。

【2】敷台：也称式台，是武家住宅里送迎客人时说话的地方，位置在门口。

【3】能乐：日本中世舞台剧形式之一。

【4】袴：男式和服的下身装束，覆盖从腰到脚的部分。有裤子一样两脚分开的样式，也有裙裾样式。

【5】仲间：介于足轻与小者之间的杂兵。

【6】小者：武家下等杂兵，经常充当跑腿等。

【7】若党：武家身份低微的家臣。

【8】幸若舞：主要流行于室町时代的舞曲，是配合扇拍子、小鼓、笛子的节奏，边跳边说唱的舞蹈形式。

【9】聚乐第：丰臣秀吉在京都建造的城郭样式的邸宅，于1587年完成，极为庄严华丽，属桃山文化的代表性建筑物。但在外甥秀次死后被毁。

【10】阵羽织：武士出阵时经常穿在铠甲外面的无袖外罩，样子跟无袖无扣的小褂相似。

【11】袖印：在战场上为区分敌我，套于铠甲袖口上的标志。

【12】马帜：在战场上，武将为识别敌我或夸示自己的存在而使用的标志。有名的比如丰臣秀吉的金葫芦马帜、德川家康的金开扇马帜等。

【13】中国：日本的中国地方，包括本州西部、冈山、广岛、山口、岛根这五县所占的地域。

【14】七度浮浪人，始得一武士：若非反复七次成为浪人，经历七次换主家的历练，就难以成为一名真正的武士。浮浪人，即浪人，丧失主家的武士。

【15】游女：在宴席间跳舞陪酒，或者陪睡的女子。

【16】甲贺者：甲贺郡土著乡士。在战国时代，甲贺者同时也作为忍者活跃在各地。

【17】美浓千住院：日本中世刀剑工匠的流派之一。

【18】僧兵：古代以及中世的僧侣武装集团，在平安末期势力强大。

唐国千石

小谷城的浅井方亦是能战之辈。离木下藤吉郎的横山城仅仅三里之远的小谷城，一直未被攻破。自姊川决战至今，算来已经进入第四个年头了，如今已是天正元年（1573）。这个"三里"，仿佛比天涯海角更遥不可及。小谷城依然矗立于湖东的丘陵之上。

"浅井的近江武士很厉害。"

对此话感同身受的，正是镇守横山城的木下藤吉郎。藤吉郎后来对采用近江武士很是积极，虽然也有其他理由，但此时的感念与佩服却是最重要的。

说个题外话——

后来丰臣家的大名里，近江出身者极多。首屈一指的当属石田三成。另外还有长束正家、增田长盛、藤堂高虎、宫部善祥房、田中吉政、木村胜正、大野治长等等，不一而足。这些人里，有一点是共通的，极少有猛将型的。可以说不是谋将型，就是官吏型。

浅井、朝仓联军的小谷城防御战，实际上除了守城战士的勇猛以外，近江武士的外交之巧妙也发挥出了极大的力量。

正所谓上兵伐谋。为使敌方织田军疲于奔命，他们不仅请足利将军义昭，来沟通彼此促进讲和；还同时联络睿山的僧兵团、南近江的六角承祯（即佐佐木义贤）、大坂石山本愿寺、甲斐的武田信玄、河内的三好氏等，在各地挑起战事，分散织田军的兵力，使其各处起火进而无暇顾及小谷城。

小谷城的浅井久政、浅井长政父子俩，其外交策略其实是在搅动天下。因此织田信长的军团只得在四面八方应战。

可就算如此，信长也会偶尔想起似的，一年一度左右率大军兵临小谷城下。元龟二年八月、元龟三年七月，均是在夏日时分。尽管攻势如荼如火，可小谷城岿然不动。

——还不行啊！信长不容人多想，干干脆脆又撤了大军回去，之后又一如既往，将一切交给横山城的木下藤吉郎去打点。

信长就是这种打法，就好似拔虫牙的牙医一般，决不蛮横地去拔，先去麻痹神经，等疼痛退去后时不时用钳子拔一拔。

——还不成啊！这时就用止疼药缓着劲儿，等待下一个时机。这颗止疼药，就是横山城的木下守备队。

从横山城到小谷城，不过三里之遥。可就在这么短的一段路上死去的武士、杂兵，双方加起来竟达数千！当时在这持久战之中，两军的年轻武士们还相互"歌斗"来着。

横山城的木下队又唱又跳：

浅井的城呀小又小，

哎呀好吃的小茶点，

哎呀早餐的小茶点。

浅井方也不甘示弱：

浅井把城叫小茶点，

糯米红豆的小茶点，

顽强勇敢的小茶点。

之后浅井方还意犹未尽，更是又唱又跳：

信长大人是小土龟，

探头探脑又缩回去，

探头探脑又缩回去，

再敢探头我砍你头。

这支歌据说一直流传到近年，化作了滋贺县（近江）北部的割草歌。

伊右卫门在这满打满算的四年持久战里，立下了数桩战功，但一直未能回岐阜的家。千代频频写了书信过来，她的信写得极好。伊右卫门拿着美浓纸一个人"啊哈哈"傻笑的时候，大抵都是正在看千代家书的时候。

"吉兵卫、新右卫门，你们也念念这个。"他会把信拿去跟大家分享。新右卫门往往看了会大笑。吉兵卫不笑，只是瞪着双眼。他不识字。那个时代能念书写字的武士，为数甚少。待新右卫门大声为他念出来以后，他才张开大嘴哈哈笑起来。

千代的书信里没有什么大事，写法是所谓的描写主义，而非说明主义。

比如，踞洗池[1]旁，总会有三只麻雀来访。有一天，千代放了些米粒在踞洗池上，于是，来了四只。这第四只麻雀的脸，跟吉兵卫君一模一样。它可是个心急火燎的家伙，争先恐后去啄米的时候扑通一声摔倒了。

麻雀不可能会摔倒嘛。

"真的不骗你，千代可是看得清清楚楚的呢，那个滑稽相儿！"就这样千代认认真真地，用自己跟自己打趣似的文笔写好了寄过来。

吉兵卫、新右卫门的妻子、孩子们的一言一颦，也是通过千代的笔墨告知的。大家都过得有精有神的样子，比他们自己亲眼所见还要清楚。千代还亲自到访新任侍从们的老家，把老家的样子也写好了寄来。里面人物一个个都活灵活现，写得实在让人开心。

于是伊右卫门的手下人人都对千代的书信翘首以盼。

（她可真有趣啊。）

在远方战场上的伊右卫门这样思忖，像是对自己的妻子千代有了新发现一般。

不过，千代有她自己的心思在里面。她期待这些书信，可以团结丈夫伊右卫门的手下，让他们互亲互爱、步调一致。但在书信内容上，她却只字不提，让人完全感受不到那种意图。

"此信伊右卫门夫君亲启。"

这种家书也有。写的是夫妇之间的私房话，笔之所触娓娓道来，伊右卫门面前不禁浮现出千代的身影，弥漫着千代的味道，让他欲罢不能。有想念的话，有梦中相会的场景，就是没有"盼你归来"这种词语。偶尔也会有因家事而回到岐阜的围城士卒，但她从来不会写上哪怕一句让他请假的话。

相反，倒是这样的言语更多："运气这种东西，总是在意想不到的时候悄然现身。只要夫君不离城就好。"

元龟二年（1571）十二月快到年底时，木下藤吉郎突然把伊右卫门叫到跟前。

守城大将木下藤吉郎道："岐阜突然有急召，俺要离城一两日。你可愿跟俺一起走?"

(啊,可以见到千代啦!)

伊右卫门不禁高兴得要飘起来一般,可是忽然想起了千代的信。

——运气总是不辨时日便匆匆造访。夫君不要想着回岐阜,一时半刻都不要离开岗位才好。

他想起的就是这句话。伊右卫门对千代的话总是十分相信。莫非,藤吉郎走后会出事?

"这么好的机会,"他对藤吉郎道,"敌方一定会趁着大人离开而有所行动。武士的珍宝就在敌阵里,我不能丢下珍宝自己回岐阜去。"

"伊右卫门,你求取功名没错,但有时候也是需要轻松轻松的嘛。"藤吉郎一脸不悦。他好心好意让伊右卫门回趟家,可却拿热脸贴了冷屁股。

(他老婆可比他有人情味儿多了。)

于是藤吉郎想起了千代的样子。

(真是个好老婆啊。)

他切切实实地这样认为。难道不就是因为伊右卫门是千代的丈夫,他才肯这么费心照顾的么?

"那你自便吧。"

藤吉郎在年底二十九日这天,率轻骑五十人回了岐阜。

果然——可以说是果然不出所料，开年的元龟三年元旦，浅井方骤然大军来袭，把横山城围了个水泄不通。浅井方已经许久都未曾反击了。

横山城内的留守队长，是竹中半兵卫重治。半兵卫是美浓国菩提一地的一万石的小领主家的总领，很早就一直跟着信长。信长在命木下藤吉郎任横山城守备时，将竹中半兵卫放在了参谋长的位子上。

他是有"神机妙算"之称的人物，白皙、瘦削、沉默寡言，与同是美浓出身的明智光秀一样，是当时少有的读书人。只是身子羸弱，时时会迸出几声不合时宜的咳嗽。或许正因如此，他在城里都是穿的常服，不愿套上沉重的盔甲。

出城时，也是挑了温驯的马，静静地骑行。一把名叫"虎御前"的刀插在太刀鞘里；铠甲是用马皮做的，皮上涂了粗粗的一层漆；头盔是一谷冠[2]盔；最为别具一格的是，他不用阵羽织，披一件印着黑饼家纹的木棉披风，长长地飘在身后。或许是因身体虚弱，为避免着凉的缘故吧。

当他穿上这身装束骑于马背翩然而立时，全军上下立时肃然无声。有言道："半兵卫，雷电落于左右亦纹丝不动！"

他这一生短短三十六载，虽然未曾有一次亲手斩杀敌人的功劳，但全军中像竹中半兵卫这样可以随心所欲运筹帷幄的名人，当时还无出其右者。这位半兵卫，现在是伊右卫门他们的队长代理。

伊右卫门极为喜欢这位安静的竹中半兵卫。

这日夜半,横山城周围骤然冒出一片火把的海洋。"哇——敌军来袭啦!"城内很多人跑来跑去。这是趁藤吉郎外出发动的偷袭,军中上下一时不免狼狈。伊右卫门从自己岗位上的箭孔处望见了城外大片敌火,不禁身体发颤。

"吉兵卫,这人数之多,怎么看都是敌军总将浅井长政亲自率军来了。"

"少主,咱们出城迎战吧。这次咱们要亲手取下敌将的首级!"吉兵卫喜欢战斗,凛然之声激励着伊右卫门。

(原来如此,要取的是长政的首级啊!)

现在他终于意识到了。千代总是说,人要朝着最大的目标奋进,小事不必斤斤计较。"那就冲进敌阵去!"他眉眼上扬。这是一个悲壮的决断。伊右卫门主从们要孤身冲进挤挤挨挨的大军里。"大家都来!"他噔噔噔下了哨所,猛然冲向大门。

——可是,大门开没开呢?

这种疑问在他脑里全然不见踪影。待走近了,只见大门内侧燃起了十来处篝火,篝火中央立有数人,均悄然无声。正中,就是竹中半兵卫重治。他坐于布凳之上,甲衣外的那件别具一格的长披风正翩然而动。

"噢,第一位是山内君啊。"半兵卫这样的人物,居然还记得他山内伊右卫门的名字。

"是,在下山内伊右卫门一丰。"

"我记得。"半兵卫一笑,"我收到过你夫人寄来的有趣的信。"

千代连半兵卫也写了信的呀。

"麻雀好像摔筋斗了嘛。"

"这个——"伊右卫门很是悚然。竟然连这个也写了,这是怎么一回事!

"山内君,等到天明大门就开,此时全军突击。但当撤军号令一响,立即归来。这一进一退,不得有误。"半兵卫的语气是极为亲切的。正是千代的书信,才令他对伊右卫门刮目相看的吧。"听明白了吗?"

"是!"

听了伊右卫门的回答,半兵卫笑眯眯道:"你去当先锋。紧靠大门内侧站好了!"伊右卫门主从闻言,即刻奔往门侧。少顷,城内的武士们也都陆陆续续汇集到大门内侧。

天明——

几乎与开门同一时间,半兵卫命城内的铁炮足轻组全员一齐射击。而后弓箭组射击。之后又是铁炮组。第四回合则命令武士一齐突击，伊右卫门第一个冲出去。

（敌人就是总将浅井长政！）

伊右卫门埋头前冲，只听见弹丸嗖嗖地掠过左右。敌军的铁炮组从竹制盾牌的空隙处，冲这边一顿狂射。眼前硝烟弥漫一片灰白。自己人一个个扑通扑通倒地而亡。

（武运——）

只有坚信自己的运气了。敌方弓箭组到位，这次轮到箭羽四下乱飞。伊右卫门终于冲进敌军的足轻组里。他撇下大小杂兵，径直往前冲。吉兵卫、新右卫门两骑一左一右，紧随其后。

最初的敌人，策马出现在伊右卫门面前。

"织田弹正忠手下，山内伊右卫门一丰。"伊右卫门自报家门。对方也报了"草野河内守义仲"的名号，悠然纵马骑圈。

纵马骑圈，是骑术的一种，尽可能地让马匹在原地转圈，转的圈越小骑术就越精湛。早在源平时代[3]，平家武士里会此种骑术者少之又少，而坂东武士[4]几乎人人都已习得，特别是熊谷次郎直实，堪称名手。平家败北的原因之一，就是在骑术上与坂东武士相比，纵马骑圈的技术低人一等。

（噢，此敌不可小觑。）

骑术简直太精！他身长近六尺，身形矫健。胯下一匹寿星马亦是彪悍，头盔上有璀璨夺目的金鲷冠，身上一件白色阵羽织披在黑色铠甲外。无论怎么看，都是一万石以上的大将级别。另外，还有数量众多的骑士围在左右。

（没法儿近身呢。）

正想着，城墙上的总指挥竹中半兵卫重治所指挥的进攻鼓声，骤然急促了起来。鼓音节奏分明，实在奏得漂亮。织田方又有少数人马一齐奔杀过来，伊右卫门周围自己人多了些，顿时乱战一片。

"要是没法儿攻击长政，至少得解决了草野河内守。"伊右卫门驱马上前。可是敌方人数众多。织田方包括伊右卫门在内，实际上都在节节后退。浅井武士确实厉害。只见织田方的人马一个接一个倒了下去。

此时，从背后传来半兵卫命令撤退的鼓声。伊右卫门跟大伙一道，朝城门散逸而归。

紧接着，半兵卫命令铁炮足轻组就位，对紧追过来的敌军一顿猛扫。之后是弓箭组进攻，然后又是铁炮组。就这样不留间隙地周而复始。铁炮硝烟还未散尽——"骑兵突击"的鼓声又再次响起。可是，敌方是大军。这种轮番进攻，也就相当于在厚实的墙壁上赤手空拳打两下而已，敌军毫无痛痒。

有句谚语说，大军无战法。浅井方有明显的数量优势，只须逐步推进即可。事实上，在浅井军的逐步推进下，织田方的知名武士一个接一个倒了下去。

神机妙算的织田方指挥官竹中半兵卫见状，却毫不动摇，面带微笑道："就这样便好。"

这种周而复始的防御战看起来确实有些凄凉，只在不停地损耗、死亡。伊右卫门终于来到半兵卫的布凳前，鼓起勇气进言。

"竹中大人，也许我等小辈的意见实在不足挂齿，但能否请您赏光一听？"

"嗯？"半兵卫仰望松树梢，像是正在思索着什么，此时闻言才回过神来。"哦，"他还是一脸微笑，"这不是山内伊右卫门君吗？从今晨起你的努力，我都看在眼里，很是不错。你请讲。"

"我有一事不明，"伊右卫门道，"城门开，则兵将出；兵将退，则城门关。这样反复再三，周而复始。可敌方是大军，此种战法只能越战越疲，毫无战功可言。不如干脆像蝾螺那样盖上螺盖，紧闭城门，只用弓箭、铁炮防御。直到木下藤吉郎大人率队回城。这样，可少些伤亡，也可解围城之困。大人意下如何？"

"考虑得不错。其实我也数次考虑过这种方法，也不失为策略之一。"半兵卫脸上无半点怒气，"现在的战法看起来略显傻气，但傻有傻的道理。请坚持直至明晨，好么？"说罢很祥和地一笑。

伊右卫门不得不退下。

其实半兵卫在查知浅井方将要出战的第一时间里，就已经派了轻骑前往岐阜。他的作战策略是：主将藤吉郎在岐阜集聚一支大军，急行至战场后方，对敌军形成夹击之势，从而一举歼灭浅井方包括总将长政在内的大军。

藤吉郎对参谋半兵卫之策极为中意，现在一定正率军急速前行，大概已经接近北近江的战场了。但直至主将出现，城中的军队必须轮番出战。否则，若完全采取守势，闭门不出，敌方定会认为有蹊跷：

（莫不是有援军要从后面席卷过来？）

半兵卫算好主将藤吉郎会在次日凌晨归来。终于，在炮弹、鲜血与剑戟之中，元龟三年元旦的太阳落了下去。第二天拂晓，藤吉郎率亲兵二千，在战场南方出现。

此日晨，从琵琶湖到横山城的丘陵地带，一片浓雾深深。两军的攻守，调了个头。处于胜势的浅井军团，意想不到背后竟会出现木下藤吉郎的军队，不免军心动摇。

（被竹中半兵卫说中了！）

伊右卫门佩服得五体投地。所谓神机妙算，就是说的半兵卫这样的人吧。半兵卫令城门八字大开，手中金色采配[5]啪啦一挥。进击鼓按序、破、急的顺序敲得震天响，法螺号也在雾中此起彼伏地奏起。伊右卫门等守城将士们则立时心无旁骛地冲向浅井军。

乱战开始了。偶然，不，该说是有缘——乱军之中头戴金鲷冠盔的草野河内守义仲，再次出现在眼前。草野的动举非比寻常。他拿着在当时已属稀罕的大薙刀，如水车般挥动不停，每旋一圈都有织田方的人鲜血飞溅，马匹倒毙。

"吉兵卫、新右卫门，要砍的就是他了！"

（不可能！）

吉兵卫心里思忖。他策马靠近，大叫三声"少主、少主、少主"，并要引着伊右卫门的马匹调换方向。

"吉兵卫，你干什么？"伊右卫门的眉眼上挑。他血气上涌，已辨不清敌人的强弱，眼里仅有功名一词。"冲啊！豁出去啦！"他策马疾驰，奔向草野河内守。

"噢，怎么又是你。"草野对伊右卫门的出现亦略显吃惊。他露齿而笑，像在缅怀昨日的初次相识。当时的武士，敌我双方并非因为仇恨而战。对有名号的武士来说，战场不如说是一种竞技场，彼此间有种坦然的默契。

草野的马极其壮实。他就这样驾驭良马，居高临下地过来了。

说点题外话。草野河内守是位驯马高手，他此时的坐骑，据说是声名远播的奥州[6]悍马。草野曾把这匹马拴在马厩里，长时间不喂水和草。待到差不多了，就拿胡萝卜等马儿喜好的东西去亲自喂它，一边喂食一边抚摸。这样反复数次，几天之后马儿就跟小猫似的温驯下来。然而一旦出战，其狂野戾气便显现出来，与主人人马合一排山倒海而来。

"啊哈哈，真是无知者无畏。"草野将大薙刀回旋一周，要削了伊右卫门的马足。这是薙刀的常用刀术之一。

"哇——"伊右卫门立即垂下长枪护马。

"咔！"一声后，伊右卫门发现枪柄已经断成两截。

（哇！）

伊右卫门像是窥探到地狱之焰一般，全身被恐怖包围。枪柄只剩了两尺在手，其余的已掉落在地。怔怔之中，他只感觉草野河内守的大薙刀在空中盘旋一圈，旋即直指他的脖颈。

（死了！）

伊右卫门顿时万念俱灭，脚踩马镫，仰腰后倾，在薙刀迎面划过的一瞬，下意识地抽刀即刺。出鞘的同时，砍中对方握刀的手。

砍中了！他反应过来。并非是耍了个花招，只是缘于一种九死一生中的彻悟。然后就是伊右卫门的运气，把他从死亡之渊拉回来。原本在马背上持太刀，与薙刀、长枪等长兵器对峙，可以说是绝对不利的。

此后（也就是十一年后）在贱岳之战里，出现了所谓"七长枪""三太刀"的十位名手。这"七长枪"里，有后来大名鼎鼎的加藤清正、福岛正则等人，读者大概是早就知晓的吧。"三太刀"指的是手持太刀的三位武士，他们虽说也成就了一段功名，但因手伤，战后竟都过世了。

马上的太刀，就处于如此不利的境地。可以说唯一的办法，就是攻击持长枪、薙刀者的手指，这算是秘诀吧。伊右卫门在情急之下挥出的这一刀，就这么偶然地切断了草野河内守的右手拇指。

"哦啊——"随着草野一声怪叫，薙刀滑落。他迅速抓了刀柄，可拇指已不在，怎么都握不住。

（趁现在——）

伊右卫门抓紧缰绳，右手挥舞着太刀向草野的马匹靠近。"吭"的一声，他只手斩向对方头颅。不过刀刃撞上头盔的坚硬之处，被反弹了回来。正在这个当口儿，草野驱马近得身来，伸出左手迅捷地来抓伊右卫门的手。

在马背上对打，能先抓住对方的手并进行牵制者，大都可以立于不败之地。而伊右卫门的右手则在疏忽大意间被抓牢，并且连身子都不由自主被牵了去。对方的马匹彪悍，骑手技艺亦是妙不可言，伊右卫门的半个身子就这样浮在马鞍上了。

"喽啰，拿命来！"草野用他远超众人的神力，扣住伊右卫门的脖子往马鞍上摁。当他用受伤的右手抽出短刀的那一瞬，吉兵卫与新右卫门骑着木曾马[7]那样的小马赶了过来。

"少主！少主！您不能把命丢了！夫人会伤心痛哭的——"在战场上能说出这种蠢话的，除了伊右卫门的侍从，还找不到第二家。

脑袋被扣在对方马鞍上的伊右卫门，猛地一惊，脑子里顿时浮现出千代的面庞。

（啊，千代！）

——用短刀刺敌人的马，刺呀！

千代确实这样说了。于是伊右卫门拔出短刀，旋即刺向草野河内守义仲的马匹肋间。马儿吃痛，嘶叫着立起前蹄，两人都摔了下来。

这时草野的三个步卒跑过来，倒拿长枪，眼见着就要刺中伊右卫门。吉兵卫立即赶来挡开步卒，新右卫门更是抡起长枪，一杆击中草野的头盔。

"哇!"草野像被震晕了。伊右卫门趁机一纵，跳上马匹，右手拿刀刺向对方右胁下，此处没有铠甲的保护。

这一瞬间，草野的一个侍从对准伊右卫门的头盔，拿一把大太刀砍下来。当的一声，他一个眩晕，昏死了过去。

"新右卫门，别愣着!"吉兵卫他们使出了浑身解数。首先把步卒解决，抽枪回来护住伊右卫门，又同时朝着还未丧失战斗力的草野河内守的脸，直直刺入。枪尖从口部直灌后颈。

"得手!"吉兵卫飞身过去，把草野的首级割了下来。这之间新右卫门正跟草野的侍从打得不可开交。

可是，伊右卫门却做了个梦。虽然已经晕厥过去，说出来都没人信，他却梦到了在被子里与他缠绵的千代。人在拼死一战后的晕厥里，似乎是有这么一说。他的双腿之间已湿。

"少主!"吉兵卫摇醒了他。

伊右卫门睁开眼睛，缓缓站起身，道："这……是哪儿?"他在战场中央，茫然四顾。晨雾开始散去，湖上已是晴朗一片，还剩了些雾霭流往东方的丘陵地带。战场上轰雷阵阵，数百名骑马武士在狂奔乱舞。这些武士的袖印几乎都是织田方的，而草地上、红土地上、水坑里散乱的无头尸身，几乎都是浅井方的。

"少主，我们赢了！少主可是取下了近江大名鼎鼎的草野河内守的人头呐！"

"千代，是这么说的？"脑子被震晕，伊右卫门至今还未能辨清真实与梦境。

"少主，这是战场啊。夫人怎么可能在呢？"

"哦？"

己方武士都追击敌军去了。此战役进行到一半之时，伊右卫门却由侍从们搀扶着回到横山城里。

天正元年（1573）八月，小谷城陷落，浅井久政、长政父子自刃，近江一国（南近江此前业已平定）都归于织田名下。

此番浅井讨伐战，自始至终都是木下藤吉郎的部队处于第一线，功劳最大。织田信长将小谷城赐予了这个曾给自己提过鞋子的部将（之后在长浜筑城），并将浅井氏旧领地里的二十二万石也给了他。

藤吉郎时年三十八岁，第一次加入了大名的行列，于是改了姓氏，称羽柴藤吉郎。不久，信长承认秀吉"筑前守"的称谓，同时赐予秀吉使用朱柄唐伞的资格。

这朱柄唐伞的伞柄极长，由侍者退一步为主人撑着。公卿、门跡[8]、大名以外是不被允许使用的。

（千代的眼力果真厉害！这个提鞋小厮，竟然成为领取二十二万石高禄的大人物，谁能预料得到啊？）

伊右卫门心里思忖。织田家中，秀吉位分卑微时的那些事总是传得满天飞，伊右卫门也多多少少听了一些。秀吉还在做信长的提鞋小厮时，经常被唤作"猴子"。

一天，他经过松木大城门时，从近处某个木板孔里突然射出一条水柱，浇在了猴子的脸上。此水尚且温热，带有臭气，原来是小便。

猴子大怒："是谁？谁敢在俺脸上小便？"随后他往门内冲去，于是见到了还未褪顽童脾性的信长，正藏于松木后面。信长的袖子露了出来。

"看你往哪里跑！"他飞奔过去。

信长连忙道："是我，三郎。"之后便闭口不言。三郎是信长的小名。

可是猴子却不屈服："是幼主啊。但即便是幼主，也不该在男人脸上撒尿。出来！俺绝不饶你！"他真的发怒了。

猴子说怒就怒，虽不知真正有多怒，但总而言之是个演技超群的人。而且，演得超凡脱俗，演得信长这个常人对他怎么都摸不透。信长由此十分佩服，原来猴子并非像别人所说的是条哈巴狗——这个家伙，是条汉子！

在猴子咄咄逼人的口气下，信长捺不住了，道："饶了我吧，我只是想试探你一下而已。"竟然用小便来试探自己，猴子听了更是恼怒。信长只好安慰道："今后就多多抬举你好了，就把脸擦了忍耐一下吧。"

这个故事千代也是知道的。

就是这个被小便试探的猴子，得到了使用朱柄唐伞的资格，官至筑前守，成为二十二万石的大名。在战国乱世，这是何等惊天动地的大事啊。

随之水涨船高的，是山内伊右卫门一丰。他在近江唐国得到封地，俸禄升至一千石。跟以前一样，他直属于信长，但同时又是秀吉的与力。

伊右卫门终于回到阔别多年的岐阜。

"千代，久违了。"伊右卫门在仅有个样子的小小书院里落座后，就要来握千代的手。

"哎呀，有人会看到的。"千代笑道。

"有什么关系？我对我的守护神，要抱也好要拜也好，还需要考虑别人的目光么？"

"说什么守护神呢？千代可不是神仙。好了，恭喜夫君稳步高升！"

"一千石呢，千代！"伊右卫门像个少年似的笑着。近江唐国这一片封地，虽然还没亲眼见到，但一千石这个数字，可不是小打小闹。作为领主，实际上是不需要亲自去封地治理，也不需要去筹措年贡的。这些都由织田家的堺[9]市代官[10]松井有闲的衙门代为管理。

"可是，那片唐国的土地，还是挺想去亲眼见上一见呢。"千代目光里露出憧憬之色。她虽如此说，但并非真的这样想。说实话，千代是个不喜外出的人。到泉州这种原本无甚缘分的地方去，她并非十分乐意。不过她觉得这样能让伊右卫门心里涌起一股自豪之感。

"那好，就去一次吧。"伊右卫门单纯得可爱，又被千代的话牵了鼻子走。

"唐国这个地方，在泉州应属于泉北一地。"这个地名听来有些奇妙。据说古时，是韩国氏的移居地。仅仅百余户人家，可土壤却比美浓还要肥沃许多。

"还有，听说羽柴大人要在湖岸的今浜一地建筑新城呢。羽柴大人认为，比起小谷城来，今浜不仅背靠湖水，而且是中山道的要冲。"

"你知道得不少嘛。"对千代的顺风耳，伊右卫门早就甘拜下风了。

"那是当然。就住在离天下的织田家这么近的岐阜，各位将领的动向怎能不了如指掌呢？"

"……"

并非只是近的原因。岐阜的确是织田的策源地，可诸将的动向怎可能这么轻轻巧巧就传入了一个普通武士的老婆耳朵里？那还有必要防什么间谍吗？那些决不是简简单单就能知道的消息。

"千代，你可真有些奇妙的本事呐。"伊右卫门不禁对自己的妻子感到有些不可思议。

"哪里呀，千代什么都不懂的。"千代慌乱道。其实，千代家隔壁就是茶坊主[11]，每每不破娘家拿些好东西来时，她便带去孝敬茶坊主，于是自然就听到了些织田家的动向。可以说，千代是有情报源的。对这些消息，千代自己作了分类判断。

如果千代是男儿身，至少当得了五十万石以上举足轻重的大人物，可惜是个女儿身。千代认为，作为女人，哪怕有点儿少不经事，也必定得可爱才行。

"那，还有么？"

"那，之后呢？"

千代有把自己的聪慧隐藏起来的本领，道："今浜改名作长浜，羽柴大人就在此处建筑自己最初的城郭。我知道的就这些啦，其他的都还不太清楚。不过——"千代欲言又止。

"不过?"伊右卫门还想听下去,"不过什么嘛?"

"那个……可以提到千代过世的父亲么?"

"说什么呢!虽说令尊已不在世,可对俺来说一直是雷打不动的岳父大人呢。"

千代的父亲若宫喜助友兴,在千代还未曾记事时就已经过世,这在前面已经提到过吧。据说若宫喜助,曾在近江湖畔——也是纯属偶然——离长浜很近的地方住过。

"父亲是在长浜住过的呢。"

"哦,怪不得你对长浜这么热心,原来是思念长浜了呀。"

"……"千代未再言语,唇角带笑点了点头。其实这也不是她的本意。父亲曾住过的地方,对千代也并非有那么强烈的魅力。但是,她却央求道:"羽柴大人若是筑好了城郭,那么城外就肯定有城下町,当然也会有些土地赐给武士们建造房屋的吧?"

"那是肯定。"

但是伊右卫门是直属于织田家的武士,所以才领到这岐阜的一处房屋。对羽柴家来说,自己只是与力而已,长浜的屋宅本是得不到的。但若是去求,秀吉定然会把自己这个仰慕者当手下看待,会欣然允诺屋宅土地事宜。

"好想住在长浜啊。"千代的口气宛如小女孩一般。

"啊哈哈，你就这么思念长浜么？"伊右卫门觉得有趣极了。不过他可猜不透千代的心思。总而言之，千代的心思就是——

（要更加紧紧地跟着羽柴大人哦！）

在千代看来，织田家的各色人物中，不论身份贵贱，只有羽柴筑前守秀吉才是第一等的。只要丈夫跟着这个人走，就不会错到哪里去。所以，别为了"织田家直属武士"的身份只在岐阜安一个家，长浜也是可以有家的嘛。不过，她决不点破其中的奥秘。

"啊哈哈。"伊右卫门愉快地笑了，"千代总是这么小娘子气，也不用多费心想事儿。看你这么期期艾艾的，你是想在父亲故地近江长浜那里也要座房子么？"

"千代就想住那儿嘛。"

"真是个让人惊愕的孩子！"伊右卫门顿觉自己是名副其实的大人，"好，不为别的，就为千代这句话，俺就向羽柴大人求块屋宅地去。"

初更的钟声传来时，伊右卫门已经在被窝里了。他在等千代，脑子里在想：

（武士夫妇真是奇妙。）

一年之中，不是在战场就是住在占领地，夫妇彼此之间能够这样面对面说上话的日子，几个指头都能数得清。

（等到大人一统天下就好过了。）

到那时，夫妇间幸福和睦的日子就该来临了吧。织田家的所有武士，无论大小，都有着这同一个信念，那就是信长肯定会一统天下……

当然，这是信长灌输给家臣们的。这个信念已经成为织田家士风的一部分。原本在信长立国之本的尾张一地，武士孱弱是近邻皆知的事。然而邻国的三河（尾张、三河现今都在爱知县内）一地，家康麾下的武士却以强勇而闻名天下。可见，风土与人的关系是何等微妙。

信长此人，能率尾张的孱弱之兵（伊右卫门也是尾张出生尾张养育的武士之一）而一步步走近平定天下的最终目标，他天生的才能，连秀吉、家康等等都是远远不及的。

其实不如这样说，尾张武士是喘着大气好不容易才跟上信长蓦直前行的脚步。他们在苛刻暴烈的信长身后，感觉无奈烦腻，却不辟不易不四散逃窜，究其原因，正是因为有"只有大人才能夺取天下"的信念。

（以后一定能跟千代过上好日子。）

伊右卫门并非生来就有英雄豪杰的资质，他的梦想也就在于此了。（作为笔者，其实也是边写边感觉不可思议得很，这样的男人以后居然能成为土佐二十四万石的太守，这到底是为何呢?)

说点题外话。战国乱世里,兵力最强的要属甲斐的武田家。其次,是越后的上杉家。此二家并称战国时代二大强兵团。第三就是关东的北条,加上他,便是三大强兵团。另外,还有势力范围在山阴、山阳道的毛利军团。

在僻远之地,比如萨摩的岛津、奥州的伊达、土佐的长曾我部等也都极强。但因地理位置的关系,还无法远征天下权力中心的中原。

总之,无论哪家都是兵强马壮。就拿武田家来说吧,传言道,武田一武士对尾张五武士绰绰有余。

伊右卫门身上一直都不曾有战国武士的武者风范,那是因为尾张出身的性格使然。

这个孱弱兵团,就这样靠着"大人定能一统天下"的信念,跟随织田信长的脚步,最终在长筱之战一举战胜武田。所谓强势集团,真是让人敬畏。

千代终于寝妆完毕,坐到屏风后面来,吹灭了烛灯。

"……"

伊右卫门在等待:"千代,快点儿。"典型的尾张武士性情。

"知道啦。"千代在黑暗里小声答道。

伊右卫门在床上抱住了千代的丰腰。

（小玲……）

如伊右卫门这般的男子，此时都会思迁，可见男人的内里是多么奇妙。在伊右卫门的记忆里，小玲纤腰细腻，似乎抱一抱都会折断似的。而千代不一样，蛮腰丰满，肌肤也不似小玲般干爽，总有些润润的感觉。

（哪种女人更好呢？）

这种问题伊右卫门是不会考虑的，他本就没有多余的精力来考虑这种问题。这也可算作他的长处之一了。伊右卫门像在战场上面对敌人一样，心无旁骛地攻略千代的身体。

"完了？"千代微笑问道。

伊右卫门太忘我了些，以至于把千代晾在了一边。"嗯。"他少年般略带羞涩，"咱们说说话吧，说到天亮。"

"嗯，好。"千代把脸靠在伊右卫门胸前，忽地像是想起了什么似的，于是小声问道："咱们的约定，你没有忘记吧？"她指的是初夜那晚两人的约定。一丰不能在外拈花惹草，而千代则会尽心竭力辅助一丰成为一国一城之主。

"当然。"伊右卫门在黑暗里涨红了脸。

"真的？"

"绝对是真的。"撒谎的人谁都说过的这句台词，在伊右卫门的嘴里显得甚是笨拙。

"可是，人们不都说，战场上的男人要是不碰女人就会变得狂乱的吗？"

"俺也听说过。"

"听说过？那一丰夫君自己怎样？"千代很巧妙地步步诱导。

"俺自己？俺也不清楚到底有没有狂乱。不过平素不节制的人，拿了武器战斗时，总会在重要关头咔一声上不来气，造成不经意间的失败。可俺从没碰到过那种事。每次都能全身而退，不已经是很好的证明了么？"他弱声道。

他荏弱的语气反倒带来一种真实感，令千代很是满意。"那——"千代又强调了一遍，"就算夫君出人头地，当上城主、国主了，千代也不喜欢夫君身旁有妾室。"

"嗯。"

"一丰夫君，请你好好回答——"

"啊，好，听你的。千代是俺的守护神嘛。"伊右卫门再次抱紧了千代。但心底的某个角落，不免念起了小玲。

（妾室若都是那种感触，倒是很想要的啊。）

相对于五十石时就结婚的那个伊右卫门，他现在的眼界，算是多少开阔了些。

第二天早上，伊右卫门进城后，一个奇怪的僧人来到他的府邸。

此人是空也僧的模样，取下斗笠后，看似七十来岁的老人。因为没有牙齿，他话音外漏，很难让人听得清楚。

五藤吉兵卫前来应付，问："尊驾可否告知名号？"

"名字嘛……"对方讪笑。他相貌奇特，两颊深陷，都陷得发黑。正是甲贺者望月六平太。"只要说'好友空也僧'，你们当家的自然就明白了。"

"我们少主进城去了。"吉兵卫有些不快。

这时，刚拜过寺庙的千代回来，从大门旁望见了空也僧，问道："吉兵卫，这位僧人如何称呼？"

"噢，想必这位就是夫人了吧。果真如传言所说，是织田家中数一数二的美人呐。"

千代秀眉微颦，这样一个脏兮兮的老空也僧，口气里竟把自己当熟人了！

"尊驾是谁？"

"哦，问名字啊？"他挠了挠脸，"老衲名号数不胜数，报也好不报也好，反正到头来却无甚区别。不如换个话题，你家主人得封千石，老衲恭贺来迟了。"

"你这——"吉兵卫对空也僧的嬉皮笑脸不免生出一肚子气。

"不看僧面看佛面。还请施主不要生出口舌是非啊。"

"……"望月六平太一句话堵得吉兵卫哑口无言。

"老衲过些时候再来。不过，请务必转告伊右卫门大人，既然加封必定会录用新人，还望大人考虑考虑可以留用老衲。"

伊右卫门下午三点出城归家。"什么？空也僧？"他反问之时只觉得冷到骨髓。他会不会把小玲的事情告诉千代呢？不过千代的脸色不像是已经知晓的模样。

"他说是你的朋友，问能否帮你做事。是什么人啊？"

"甲贺者。"伊右卫门吐出三个字。伊贺、甲贺的人都不为信长所喜爱。织田军自年初以来，已经多次进攻伊贺、甲贺二地了。这种情况下他可不想蹚什么浑水。

"是忍者么？"

"对，甲贺的忍者。他曾在浅井家栖息了一些时日，不过浅井落败后就没了可去的地方，这才找到我这里来。是在战场上偶然认识的。"

"听说忍者很是反复无常。最好别去接近那种易过容的人。"

"呵呵。"这笑出声来的，并不是伊右卫门。不知何时，檐下竟出现了一个背影，正是空也僧模样的望月六平太坐在那里。

"老天！"就算千代这次也是唬得厉害。

令千代吃惊的并非仅限于此，还有望月六平太转过头来的脸。早上那张老态龙钟的面孔已经全然不见踪影，牙齿白美，面颊丰满，连皮肤也有了光泽，怎么看都只有二十八九的年纪。

"尊驾何人？"

"今晨与夫人照过面的呀。那时在下易容扮作一个老头儿，现在的样子才是本尊。"

（果不其然，是易过容的！）

千代警惕地盯着望月六平太。

"夫人，何不收下一位忍者？若是真想让丈夫当上一国一城之主，放一个忍者在身边可是绝对必要的。"

"……"

"首先申明，在下不会让任何人发现在下的忍者身份。织田家中的各位自不用说，当家的祖父江新右卫门、五藤吉兵卫也当然不会知晓。怎么样？……买下老衲如何？"

"……"千代神色无惧地盯着他。

"顺便说一下，像老衲这般技艺高超的人，随便要归入哪个大名门下都可以说是易如反掌，立时就能实现。而此番千辛万苦偏要跟着区区千石的主儿，那是因为老衲已经看到了主人的将来。"他一副施恩的口气。

可是千代想到的是：

（养虎为患。）

于是厉声道："出去。否则叫人了。"

"哎呀，夫人，"望月六平太还是不肯走，"别像赶一只小猫小狗似的行么？明日再登门拜访，请务必细细考量一番。"他说完便站了起来。

待千代走到檐下去看时，竟踪影全无。

"夫君怎么跟那样的人搅在一起了呢？"千代性情再好，此刻也不免焦躁。

"纯属偶然而已。"伊右卫门一脸苦相。是通过猿女[12]认识的——这种话怎么说得出口？

第二天伊右卫门一整天都闭门不出。

（六平太这个家伙，又要来啊？）

他只要想到此节便心气不畅，心里有种仿佛魔鬼来临的恐怖。

可夜幕降临了，六平太一直没有来。千代好像也松了口气，道："那人，终究是没来啊。"不过千代此刻的想法已经有了变化。

（如果是个讲道理的忍者，善用之，则对战事是极有裨益的。）

就跟毒物一样，使用得当则是药；使用不当，反会夺命。

"夫君，那人怎么办呢？如果是个心地正直的人，留他为我所用也并无不可呀。"

"此言——"突然地面榻榻米被掀开,"实在受之有愧!"一个穿蓝色肩衣,同色长袴,头顶清清爽爽结好发髻的武士,从榻榻米下面蹦了出来。

不管怎样,从当夜开始,望月六平太就住下来了。连五藤吉兵卫也没有发现,这个新人就是那天的那个老空也僧。

"在下食客。"他与吉兵卫、新右卫门等大哥打招呼,"肥后国出身。"

第二天早上,他的武士肩衣已换,上身粗麻布服,下身伊贺长袴。这在当时是常见的浪人装束。侍从长屋正好空了一间,他就自己搬了进去。而且一早一晚的府邸扫除等等,他就混在小者里面,来来回回忙个不停。

"那是怎么回事?"祖父江新右卫门等人,未曾听伊右卫门说过与此相关的任何一个字,完全摸不着头脑。

"好像是希望当亲卫兵。"吉兵卫的回答也是想当然,"山内家已经是千石大户了,那样的浪人自然会慕名而来。新右卫门,回想当年,少主真是了不起啊。"

"可不是嘛。"

这是常有的事。一千石、两千石的府邸里,总会有各个地方战败后流离失所的浪人前来,作为食客求取温饱。那些长屋里的浪人，可以说是随处可见。起了战事，就会披挂上阵。如果武功、战功好，同样有机会被新主家留用。比如在织田家，要是被织田看中，直接升到其麾下都是有先例的。

"咱家里有食客了。"这成了吉兵卫与新右卫门得以自卖自夸的借口。

望月六平太也是应对得当。对老资格的这二位大哥，他是随叫随到，又听话又乖巧，从不有所违拗。他本就是个变幻莫测的人。数日后，吉兵卫与新右卫门对他可是喜爱有加。

"这位哥儿挺不错的嘛。"有时更是鼓励他道："六平太，要是有战事，放开手忘我地去打就好。那样的话，少主就能得到加封，你也就能分到家禄了。"

"在下谨遵两位兄长教诲，定当赴汤蹈火在所不辞。请兄长多为挂心了。"望月六平太时时不忘取悦两位，话说得谦恭又圆满。

不过心底里觉得不是滋味的却是当家的山内伊右卫门。

（那家伙，什么时候开始住得这么舒心了？）

允诺留用等话，伊右卫门一字都未曾出口。可此人却以食客自居，自作主张搬了进来。"给我出去"这类话语，伊右卫门是无论如何没有勇气说出口的。更为意外的是，千代竟然对这个男人越来越中意了似的，道："虽说是个甲贺者，不过看来性格人品倒是很不错的嘛。"

（早说过了不是，女人见识短浅啊！）

伊右卫门心里七上八下。六平太的厉害，除了伊右卫门以外谁都不清楚。

（他葫芦里到底卖的什么药啊？）

不久，又是出征的日子。

注释：

【1】踞洗池：庭院里，采取蹲踞的姿势舀水洗手的地方。踞洗池的外观大都一样，据说可以洗去身心的尘埃。

【2】一谷冠：一谷是位于现今神户的古战场之一，以长斜坡著名。一谷冠就是形似斜坡的冠。

【3】源平时代：平安末期，源氏与平氏争霸的时代。

【4】坂东武士：关东出身的武士。

【5】采配：武将指挥士兵所用的工具。

【6】奥州：今岩手县南部、北上川中流域一带。

【7】木曾马：日本原种马之一。饲养地以今长野县木曾地域为主，个头矮小。

【8】门跡：高规格的寺院。平安时代指继承祖师法统的寺院或僧侣；平安末期以后，指皇族、公家的子弟所住的特定寺院。

【9】堺：今大阪府中南部的一个市。

【10】代官：中世以后，代替主公官职进行管理的官吏总称。具体有守护代、地头代、目代等等。

【11】茶坊主：室町、江户幕府的职位名称之一。是经常出入武家城中、府邸供奉茶水的官，常做光头打扮。

【12】猿女：在祈神仪式里奉献神乐之舞的女人。

长筱合战

之后，伊右卫门一丰随着织田家的膨胀而四处征战，与千代相守的日子就更少了。

"是因为这个？"一天，从战场归家的伊右卫门歪着脖子这样说道。多年来，他们一直没有孩子。"真是奇怪。"说罢他很不可思议地看了看千代。

千代红了脸。碰到这种事，再聪明的千代也没有办法。

"这到底是怎么回事呢？"

"谁知道？"伊右卫门茫然看着庭院，面色好像在说：千代都不明白的事情，俺就更不明白了。

"难道，我是不孕之身？"

"俺不知道啊。"

"这不等于不回答嘛。说不定是一丰夫君不好呢。"千代说笑归说笑，仍然一次也没有提过让一丰迎娶侧室的话。

就武家的习惯来讲，这种情况下，由千代推荐侧室是很普通很正常的。甚至那样做的话，更能彰显忠贞。延续香火，与其说是武家的道德习惯，不如说是为了切身利益。在战场上出生入死打拼下来的俸禄，需要有下一代来继承。因此，要迎娶侧室。

侧室，也叫做"女奉公人[1]"，作为家臣住在同一宅邸内。即便是生儿育女，也因其女奉公人身份的原因，仍然隶属于正夫人，需要接受正夫人的监督。

续妾在当时是极为普遍的习惯，可伊右卫门却从未提过一句。他说不出口。在新婚那夜，千代对伊右卫门发誓道："我一定尽心竭力辅佐夫君成为一国一城之主。作为交换，请夫君不要拈花惹草。"

另外还有一句："要是无论如何都没有孩子，就领养一个吧。不必烦恼。"说完便不再言及此事。

久久没有孩子却不纳妾的伊右卫门，在织田家中仅凭此一事便得享盛名。

"他可真是固若金汤啊。连吃饭的时候，也只把筷子沾湿那么一点点。喝酒也是，三杯过后无论别人怎么劝，决不多呷一口。听说女色也是不碰的，对老婆大人的话唯命是从呐。"

织田家中还有一人没有子嗣，就是近江长浜的城主木下藤吉郎，现称羽柴筑前守秀吉。秀吉之妻宁宁也有一个让人侧目的丰满身子，可就是没有孩子。她也跟千代一样，不允许丈夫秀吉娶侧室。（不过秀吉原本就与伊右卫门不同，常常背着宁宁拈花惹草，闹出事来了就夫妻大吵，吵得惊天动地以至于不得不让信长来调停。）

总之，伊右卫门夫妇在当时算是世间少有了。

这天夜里，年里第二次出征的鼓声响了。日落后下起雨来，淅淅沥沥的雨点打在雨篷上砰砰作响，出征的鼓声起先听得并不分明。

（……？）

千代任由伊右卫门抱着，只凝神侧耳倾听。远远的如潮汐般的声响隐隐混杂在风雨声里。

（确实是太鼓……）

声音从城楼上传来，不久便混入了螺号声。覆于千代之上的伊右卫门，好像是听不见这些的。千代闭着眼睛，红唇半启，一副无关痛痒的神情。

——宛若观世音菩萨一般。

这是伊右卫门为博千代一笑，经常挂在嘴边的话。现在千代就用这副神情对鼓声充耳不闻。"——那个，该出征了"这样的语句被她深深咽在了肚子里，反而故意让一丰更加意乱情迷。

"千代，你今晚怎么了？"伊右卫门在耳旁轻言道。

"没怎么呀。"

"你跟平时不一样呐。"伊右卫门傻呵呵地乐了。

不过，千代的意乱情迷或许是她的本心。一面听着那一阵把丈夫从自己身边生生剥离的太鼓声，一面又担心着这或许是生命里最后一次的温存，心里不乱才怪。终于伊右卫门的耳朵里也似乎传入了太鼓声，于是他停了下来。

"千代，有没有听见什么？"

千代无言地摇了摇头。

"从城里传来的，不会是出征号令吧？"

"一丰夫君，"千代伸出素白的手臂摁住伊右卫门的两只耳朵，"看，这不什么都听不见了？"

"那倒也是。"伊右卫门继续爱抚着。

"还要，"千代轻声道，"一丰夫君，跟刚才一样嘛——"

"这样吗？"

太鼓声越来越大，已经差不多震耳欲聋了。

"千代——"

"不嘛，我不要放你走——"千代摇着头。

终于伊右卫门的种子在身体里种下了。然后她在床上迅速整理好裙裾，扑哧笑道："好像该出征了呢。"

"啊！"伊右卫门跳将起来，直奔壁橱那口装有盔甲的箱子。

千代也到走廊上，一盏一盏把灯点了起来，当最后点亮厨房的烛台时念道：

（这次一定行。）

千代有一种预感，伊右卫门的种子会在身体里发出新芽。

雨，依然下个不停。

持续行军中。伊右卫门所属的羽柴队进入岐阜城下时，雨也下个不停。这是在天正三年（1575）五月初。

（这次的对手，是甲州武田吧。）

伊右卫门他们虽未被明确告知，但此时也能推断出来了。织田家终于迈出了独霸天下之路上极大的一步——长筱合战。不过如伊右卫门这般的小头目，是无法得知信长心中真实打算的。

武田家的一万三千人马，此刻已经由主将武田胜赖率领，侵入了德川家康的领地三河一地，把设乐郡的长筱城围了起来。当时的甲州武田家为一百三十三万石，共有三万三千人马。

武田信玄过世后，武田兵士的神勇迅捷仍然堪称天下第一，德川军已节节败退、多处受制。此时的家康三十四岁，因武田的攻击，领地已经损失九万石，仅剩四十八万石，兵力一万二千。

家康在国境处使出浑身解数抵住对方进攻,可无奈敌军太强。他已经多次急报信长,请求增援,信长却按兵不动。

岐阜城下各支军队也已经集结妥当,可许久都等不到出兵的命令。

"到底怎么一回事儿啊?"吉兵卫向伊右卫门问道。在岐阜的宿舍是借用的寺庙。主从数人每天就看着雨打发时日。

"不清楚。"伊右卫门也着恼地摇摇头。敌军若是武田武士,这次还真不知道能不能保住小命。

"织田大人这次,"望月六平太趴在地上,对五藤吉兵卫扬起下巴道,"好像遭遇大劫难啰。"

时至今日,织田家已经成长为一支大军。领地远超武田家,有四百多万石,兵力十万有余。可信长似乎仍然胆小怕事一般畏惧武田家的兵马,不愿与其正面对战。这种信长惧怕武田的心思,已经几乎在织田武士之间传遍。

"什么嘛,武田武士罢了,"吉兵卫铁青着脸道,"又不是鬼。"

"难说,兴许比鬼还厉害呢。据说,武田信玄亲手带大的猛将马场、小幡、穴山、山县、甘利等人,都一股脑儿把长筱城围了个水泄不通。"望月六平太道,脸上泛起一层甲贺者特有的微笑,如烟雾般。

"说什么呢!六平太!"祖父江新右卫门批评道,"战事中讨论敌我双方的强弱是不合法度的,你不知道吗?"

"我不过食客而已,有什么关系?"六平太笑了。

伊右卫门沉默着未吐一字,只装作在倾听窗外的雨声。

(武田武士又不是鬼。)

他虽也如此认为,可对于自己微微颤抖的身子却是爱莫能助。

家康军在前线长筱已经几乎溃不成军的当口儿,信长的出兵命令终于发出了。

至于信长一直按兵不动的原因,在此加一段笔者自身的题外话。我在跟作家海音寺潮五郎氏聊天时,他忽道:"是因为梅雨的关系吧。"笔者眼前突然一亮,感觉激动不已。事实上,关于长筱合战时信长出兵之晚的理由,历来是没有定论的。

有一种说法是信长打算消灭同盟军家康。因此故意利用长筱这个前线要塞,借武田之手来达到目的。家康盼信长的援军,可是盼得心急如焚火烧火燎。然而信长还是纹丝不动。有名的鸟居强右卫门事件[2],便是在此时发生的。

家康等待信长援军,等得可谓是椎心泣血。实际上德川军也确实每分每秒都在流血。

可是,究其原因竟是"梅雨"的这种解释,从来就没有过。也就是说，信长是一直在等雨停。如此一来，所有的疑问便都可以迎刃而解了。

信长在这次战役里，准备了世界战史上最初的"万枪齐发"。他想用这个方式一举扫平武田的骑兵队。可若是遇到雨天，铁炮导火线则会濡湿无法点燃了。

以上是题外话，言归正传。

这些对区区一千石身价的小头目山内伊右卫门，怎样都无关紧要。此时的伊右卫门只有一个念头："武田的骑兵队！"这个神话般令人战栗的敌人形象，已经占据了他的整个大脑。

天正三年（1575）五月中旬，信长对麾下诸队作了详细部署，命令诸队一一出发。出发前一天，伊右卫门给妻子千代写了一封信，大致内容如下：

"也不知道这次还能不能活着回来，要保得住这条命，那此番合战定是俺这一生之关隘。"因寄的是到长浜的飞脚便[3]，第二日便已送到了千代的手上。

（关隘——）

这个词在千代心头震撼良久。

（希望那夜合战的种子，也能在我体内开花结果。）

她这样祈祷。若是他们的孩子听着战鼓声孕育而出，那长筱合战对千代来说也将是尤为值得纪念的一战了。

千代看信的时候，伊右卫门正在三河之东冒雨前行。

织田军这次出兵二万。足轻组众人都扛着一种奇怪的东西，是直径五寸左右的圆木。另外还有一支未曾见过的新编部队。那是从织田家诸队的铁炮足轻组中挑选出来的三千精兵，名曰"炮队"，由佐佐成政、前田利家、野野村幸久、福富贞次、塙直政这五位旗本指挥。

长筱城所处地势，可谓绝妙。周围山岳环绕，西面泷川、东面大野川两条河在长筱合二为一，名曰丰川，此后再流经五十公里最终流入渥美湾。这三条河流在长筱形成一个"丫"字，流域平原也因此被一分为三。

离长筱城两公里远的下游处，有一块不大不小的平原，叫设乐原。作为织田、德川联军与武田军团的预定战场，大小正好合适，增一分反而嫌大。

信长的作战实在是精妙。他在山与山之间的这块平原上，再用大栅栏阻隔内外。大栅栏的前方有条小小的连子川正顺栅栏而下。这样便构筑了一个绝妙的野战阵地。或者更浅显地打个比方，构筑了一个鬼斧神工的牧场。

织田、德川军进入这个栅栏之中，抑或是牧场之中。炮队三千精兵分作三段，采取单膝跪坐的姿势，枪口一致朝向牧场之外。枪口方向，正是武田军的阵地。

伊右卫门所属的羽柴秀吉队部署于左翼，左邻丹羽长秀队，右邻泷川一益队，均已进入栅栏。他们都撇下战马，徒步而行。连羽柴秀吉也不例外。

关于秀吉，倒有件逸闻轶事值得一提。秀吉看到足轻兵们把栅栏的圆木纵横绑在一起的样子，道："尔等的手可真是慢呐。栅栏应该是这样绑的，看好了！"随后他脱了头盔，裸着上半身示范给大家看。不愧是从提鞋子开始摸爬滚打一步步爬上来的武士大将，绑得实在漂亮。

他像个木工匠一样爬上栅栏顶端，一边哼着歌儿一边兴致勃勃地绑着。伊右卫门见状佩服得不得了。织田家为数不多的武士大将里，能媲美木工匠的仅此一人，旧称藤吉郎的羽柴筑前守秀吉。而且他还轻松地哼着歌！足轻兵们就这一点便已经打心底里觉得暖暖的，一面叫喊着"咱的大将"，一面满脸溢笑仰望秀吉。

秀吉所在之处，便如阳光照射到了一般瞬时明亮起来。这自然是他天生的性情所致，但更是一种其他大将所不具备的独特的统率能力使然。

"伊右卫门，伊右卫门！"秀吉在头上笑道，"你也爬上来。敌人自己人都一览无余，风光甚好呢。"

"呃是！"伊右卫门被叫了名字，一时间感激万分，立刻嘴里衔了绳子就开始攀爬。

"真是傻瓜一个，有你这样空手就爬上来的吗？"秀吉张开大嘴笑了。

（原来如此，得背一根圆木上去才行啊！）

伊右卫门右肩上扛了圆木，靠左手与双足爬了上去。途中，因木材濡湿，他一个不小心踩滑了，于是跟圆木一起重重摔落在地。

这般的大合战，只写些伊右卫门的身边事未免有些可惜。这次提一提敌方大将武田胜赖的情况。

胜赖时年三十，绝非一位平庸的大将。他若非生于武田家，也定能凭着自己一杆长枪，爬到武士大将的位置。但是，他却没有超过武士大将的器量。这大概是胜赖最为不幸的一点。其次不幸的是，他是战国群雄之中已被奉为军神的武田信玄的儿子——你父亲可是厉害得紧哪！他总会被拿来跟父亲作比较。于是，信玄一辈的老将们会用看小舅子一般的眼神来看这个第二世。胜赖无论与谁为敌，首先就非得摆平这些眼神不可。

虽然他也知道，要超过父亲信玄是不可能的，但自认为可以做到信玄麾下最优秀的学生——"因为我是最了解父亲的"。信玄是在所有方面都有所独创的大家，不过因他心性更喜保守，对铁炮这种新兵器并未大胆采用。

父亲的这种对铁炮的消极态度，则被胜赖解释成了对铁炮自身的批判。胜赖做的是一个连他父亲想都未曾想过的新诠释："铁炮是飞弹暗器，卑鄙无耻。"

信玄若是地下有灵，听了也只能苦笑连连。长筱合战之前，武田军一直在围攻长筱城。得到织田信长出马的消息时，胜赖信心满满道："决战，求之不得！"

本来他围攻长筱城，目的在于逼出守在浜松居城的家康。他要把德川军主力逼到野外一举歼灭。然而家康对武田军甚为惧惮，并不敢轻易出来，只剖肝泣血地等待信长出兵。终于，被他等来了。

面对织田的这支蔚为壮观的大军，胜赖充满豪情壮志："真是求之不得的好机会！看我一举攻破你织田、德川联军！"

可是织田德川方有两倍的兵力。信玄一辈的马场、内藤、山县、原、小山田等数名老将，看到左右无法取胜，便一齐向胜赖谏言道："收兵回甲州吧，下次寻好时机再战不迟。"

这些老臣们无言的蔑笑，实在是让胜赖无法忍受，于是他道："战！"应战的理由，说起来也是毫无战国武将风范，且不甚合理："不能撤退。武田家从未有过不战而退的记录，撤退可耻！"这应该是一对一决斗时的武者美德，而非关系一国兴亡的大将的思维方法。

胜赖最终是置众老将的谏言于不顾，决意应战，并对诸队做好了部署。渡过泷川的那天，是天正三年五月二十日。二十一日凌晨，胜赖命全军突击。

伊右卫门在栅栏内。织田军所有将士，若非有其他任务，都决不允许离开栅栏半步。信长打算所有的战斗都由铁炮足轻队来完成。所以伊右卫门他们一众将士，都宛若圈养在栅栏里的家畜一般，无所事事。

"吉兵卫，咱就好像饭桶似的。"这样的玩笑话也蹦了出来。

不过要是连玩笑也不开的话，这身上的战栗该如何抵挡才是？看看栅栏外边吧。武田的骑兵队踩着震天响的太鼓声，黑压压地奔过来。大多数穿的都是人称"武田赤铠"的朱色盔甲。一浪又一浪的红色海啸，正朝着伊右卫门阵营方向袭来。

（那就是武田军啊！）

多么整齐划一的步伐！

步兵的密集队形与骑兵的狞猛突击，是信玄开创的祖法之一。一万五千的武田兵凝聚一起，好似一头红色怪兽渐渐逼近。

"真是蔚为壮观啊！"五藤吉兵卫不禁惊叹道。

"果然不愧是日本第一！"伊右卫门也不得不如此感慨。

战国百年来，几乎被称作艺术品的杰作诞生了，就是甲州武田军。自此以后，武田的战法、编队等，成为贯通德川三百年的兵学基础。

"不要开火！不要开火！"羽柴秀吉道，他的眼光左右横扫分作三段的足轻铁炮队列。这是信长的命令。铁炮的有效射程，是四十间。信长有令，若不是敌军充分地进入到这个射程之内，就不要发射。

（信长大人到底有没有把握啊？）

伊右卫门无法消除心底的疑惑。军队的主战力应该是骑马的长枪武士，铁炮足轻兵最多只是辅助部队而已——这种陈旧观念在他的脑子里怎么都挥之不去。不过有此观念的，并非他一人。敌将武田胜赖也是如此认为。这种战法在整个日本、抑或同时代的西洋，若非百年之后，是见不到的。

武田军终于逼近射程范围内了。只听见武田方的鼓声忽然变得急促，骑兵队的速度加快。待到已能看清敌方的容貌时，枪队队长终于发号施令："开火！"

第一队列一齐发射，炮弹犹如雨滴般飞驰而去。想冲上来推倒栅栏对敌厮杀的一众骑马武士，一个个扑通扑通倒地而亡。

或许该用"凄惨万分"来形容吧。

武田军各部一波波冲上前来，寄希望于能冲散栅栏。但织田方的铁炮不间断地猛火射击，五十骑、六十骑，就那样一批一批次第倒了下去。

"啊！啊！"伊右卫门像个傻子似的叫着。这也难怪。本来发射铁炮这个过程，放弹、装火药一系列准备工作需要花三分钟时间。骑马武士们通常会趁着准备枪弹的间隙急冲而来。但信长却不允许这个间隙发生。第一列一齐射击完毕后即刻退后装弹，第二列则马上前进填补空缺继续开火，然后是第三列，如此这般循环往复。这就好比后世的机关枪，子弹会不停歇地朝着对方喷涌而出。

有一个成语叫飞蛾扑火，武田武者就正如飞蛾一般，一批冲到栅栏前便倒下，接着又一批冲上来，倒下。只短短一瞬，一百、两百个生命就彻底消失了。硝烟在设乐原的天地之间弥漫盘旋，偶尔一阵风后又淡了许多。薄烟之下的一片原野上，只见武田军朱色盔甲的尸体横七竖八重重叠叠。

天才胜，庸才亡。

天正三年（1575）五月二十一日的会战，充分地表述了这句话的内涵。武田的勇将们谁都未曾想到，这片原野竟成了自杀的场所。退却这一词，是不为他们的习性所认同的。

（武田家迟早要亡。为了留得英名永存，命有什么可惜，兵有什么可惜？视死如归，冲啊！）

这样的激愤冲昏了全军指挥官的大脑。他们对胜赖的愚蠢是心存憎恨的，他们认为从胜赖成为主帅的那天起，就已经走上了灭亡之路。悲戚之战继续进行着。手中长枪连敌人的影子都还未曾碰到，便在栅栏前凄凉地化作孤魂野鬼。

山县昌景、内藤昌丰、马场信春等天下闻名的将领，竟因无名小兵的铁炮而一个个殒命而去。二十一日清晨六时至午后二时左右的这段时间，设乐原化作一片修罗场。

——差不多了。

当太阳开始斜倾之时，信长做了这样的判断。茶磨山本营的太鼓敲起了进攻的节奏，号角也已奏响，突击开始。栅栏在一瞬间打开，完好无缺的织田、德川两军三万将士，洪水般澎湃涌出。

"吉兵卫、新右卫门，跟上去！"伊右卫门策马疾奔。

此时武田胜赖与数骑近卫武士一起正逃往甲州。伊右卫门他们如猎犬般对敌方穷追不舍。

（什么嘛，这就是天下第一的武田军？）

武田军像失了魂似的四下逃窜，简直一抓一个准，轻松之至。不过，在追击战里取得的战功，本就得不到多少奖赏。

待战事结束，回到近江长浜城下时，夏日已近尾声。白日里，湖边沙地依然灼热无比，不过湖北的天空，苍翠之色渐浓。

凯旋而归的羽柴队进入长浜城下时，徒士[4]、足轻兵的留守家人、农家男女等等在街道旁一字排开跪拜在地。武士府邸的门都大开着，其家人亦站在门口迎接。

千代穿了新草履，盛装立于门前。

先头部队过去后，中央的骑兵队举着金葫芦马帜过来。大将羽柴秀吉，骑着挂了朱色马鞍的山鸟栗毛马[5]，头上戴着风折乌帽子[6]，悠然自得地迈着小步。

秀吉驱马前行，一路跟沿道的男男女女亲切地开着玩笑。此时一个貌似农夫之子的两三岁孩童，蹒跚着晃到了马队中。秀吉见了立即下马将孩子抱住，高高举起，笑眯眯道："好重啊，谁家的孩子？"

孩子猛地被抱，却不哭，睁着一双溜溜的黑眼睛望着四周。秀吉走近跪拜的人群，对一农妇说了句话。这农妇抬起头，一张脸吓得快变形了。

"是你的孩子呀。啊哈哈哈，幸好他跟你不同，是个蛮大方的孩子。到十岁了你就让他进城来，我给他差事做。"随后还了孩子给她，并留了一名手下打听其父的姓名。

回到马上的秀吉继续前行。千代远远地看到了一切，猜透了秀吉这个男人的心思。秀吉毕竟是从一个提鞋子的小厮爬上来的，并没有历代辅佐的嫡系家臣。而嫡系家臣在这个时代，就宛如自己的左膀右臂一般。有无此类家臣的帮助，对大将自身的作为是很有影响的。

所以，秀吉努力地希望找到能替代的东西。无论与力还是新来的家臣，抑或是其家人，都可以说是潜在对象。因此，对一个足轻兵的老婆他也会亲自下马去说上两句话。不仅如此，连对平常百姓，他也是平易地打着招呼。

这种大将绝无仅有。

无论怎样秀吉都是长浜二十二万石之主，虽说是新任，但也的确是位不折不扣的大名。与之前的浅井家主宰时不同，这片土地的主人已经换做一个极为平易近人的领主了。

像刚才那样，秀吉会抓住一个两三岁孩子，说"不错不错，我给你差事做"。其母作为一名普通农妇，实在难以理解到底发生了什么，所以脸上才露出了难色而非喜悦。

（怪人！）

说实话，在千代看来，秀吉比自己丈夫更有一种男性的魅力。

"呀，这不是伊右卫门的夫人么？"秀吉在山内家门口驻足而立。

"是。伊右卫门之妻千代。"她垂下头去。

"抬起头来。要看到你美丽的眼睛,俺!俺!俺才真的认为是回到了长浜。"秀吉用他众所皆知的大嗓门喊道。他的嗓门人称"天下三大声"之一,形容得夸张一点就是,他一说话全军都听得见。

"哎呀,您真会开玩笑——"这句话溜到千代嘴边,差点儿就说出口了。

"恭祝大人凯旋而归、武运昌达!"

"噢,谢谢。不过夫人,"秀吉在马上前倾半个身子道,"有一句悄悄话我得先说,这次的武田攻击战并非俺的战事。"

"哦?那大人说是谁的战事呢?"千代轻快地回了一句。

"绝对是主公(信长)一个人的战事。俺只不过去转了一圈回来,实在是轻松之至啊。"秀吉的意图,好像是要让全军都听到这个"悄悄话"。

武田一百三十万石,尽数归于织田家与德川家,诸位将士在这次战事后所得的封赏甚少。秀吉希望众人不要对此愤愤不平,所以就跟千代一唱一和地开玩笑,好让全军都知道是怎么一回事。

秀吉走过以后,伊右卫门终于骑着一匹又老又瘦的马经过家门。伊右卫门的十几位手下都在他身后排着队。不过,也不知什么缘故，这一众数人看起来竟是十分的穷酸落寞。

家主伊右卫门的马已经又老又瘦了，吉兵卫、新右卫门的马更是瘦骨嶙峋老弱不堪。而且，盔甲上的线都已磨断，胸甲也掉了漆还生了锈。一个新进的叫芳藏的年轻手下，胸甲竟是用绳子绑上去的，腰间挂的长刀一看就知是廉价货。

他们的贫穷，大概是因为伊右卫门所养手下人数太多，入不敷出，但或许也跟伊右卫门的性格有关。就算跟其他人穿着一样，可要是穿得久了自然就看出穷酸相了。千代对此也是爱莫能助。

这天傍晚，伊右卫门回到家中便道："千代，俺活着回来啦！"说罢，他露出珍珠般的牙齿灿烂地笑了。

"感谢上苍庇佑，夫君到底是有武运的。"千代应道。

伊右卫门让手下帮忙把盔甲卸下，并嘱咐将其一一风干。然后用热水洗去身上长时间在战场蒙上的尘埃，再稍稍用了些晚餐后，便拿了酒器来到寝屋，张罗着与千代两人的庆宴——是对生还的庆祝。

千代在伊右卫门的劝酒声中喝了一杯又一杯。但伊右卫门自己却只喝了两三杯，而且还花了一个小时慢条斯理一滴一滴地呷着。可就这样他还会醉。千代不醉，她要真喝起来，大概一升都不在话下。

伊右卫门在第三杯时醉意朦胧起来。酩酊之中，将长筱的枪炮攻击一事细细讲与千代听了。

"两个武士、五个杂兵，对俺来说战绩还算不错吧？"伊右卫门知道自己的斤两。

不只伊右卫门，织田信长麾下的尾张武士本来就不甚强。可以说尾张出身的豪杰是极其稀少的。织田家的武士后来变得强壮，那是因为信长把邻国的美浓合并了过来。美浓一地的武士很是强健。三河也是武士强健之国。所以在长筱的追击战中，家康的三河武士们可是杀得震天响。

据说，在合战时，信长从弹正山的本营处瞭望整个战况，对家康的家臣大久保七郎右卫门、大久保次右卫门兄弟的表现赞不绝口："三河大人（家康）可真有福气，竟有这般杰出的家臣。我就没这么好运啰。你看他们就跟极好的膏药似的，只要粘住敌人，怎么甩都甩不掉。"

总之，就兵力强弱来说，信长的尾张武士，要比邻国三河、美浓、或者近江等要弱一个层次。尾张最后赢得天下，那是因为总指挥信长的天生才干吧。

"总之啊，这次的长筱合战，都是因为主公（信长）指示正确，所有的功劳都是主公一个人的。羽柴大人也说他只不过绑了几根栅栏而已。这样一个极大的胜利，却得不到什么封赏。"伊右卫门这样说时，千代笑着蜷起肩，道："说什么封赏呢，应该对主公心存感激才对。织田军跟那么可怕的武田军作战，可是在长筱战死的将领中，却一个织田家的都没有，德川家也区区一人而已。正是因为有主公的智慧，所以才能捡回一条命的嘛。"

"有道理！"

"不过，人家千代也有功劳的呢。"

"你有功劳？什么功劳啊？"伊右卫门纳闷地望着千代的脸。

千代的面颊一片绯红。

"怎么了？"

"夫君不知道吗？不过也不是人家一个人的功劳，是跟一丰夫君两个人的功劳……"说到这个份儿上了，伊右卫门才醒悟过来，挂起了一张因狼狈而泛红的脸。

"千……千代，有了吗？"

"嗯。"千代点了点头。

伊右卫门掉了酒杯，双手持于胸前，脸上笑意愈来愈浓，浓得一张面孔差点开花。"是真的？"

"肯定是的。"

"千代的功劳啊！"

"也是一丰夫君的嘛。"

"对呀，也是俺的功劳呐。那……是出征那天夜晚？"

"嗯。"千代的俏脸越发红彤彤的。

"噢，这就是长筱合战的加封啊！无价之宝啊！"伊右卫门激动得站起身，来回走个不停。

第二年天正四年（1576）的初夏，伊右卫门参加石山本愿寺攻击战时，一个来自国内的辎重押送者说："听说在长浜城下，您的孩子出生了呢。"

伊右卫门一直等着这个消息，赶紧问道："夫人可平安无事？"

辎重押送者明白无误地点了点头："嗯，听说恢复得很好呢。"

"那，是男孩儿女孩儿？"

"不清楚。"

"什么？你是怎么当差的呀？"

"抱歉，鄙人并非信差，只是途中听到消息来转告您一声。应该很快就有信差过来的。"

于是伊右卫门只好等待，等得坐立不安、心急火燎。

（那可是个听着长筱合战出征的太鼓才生下来的孩子呀，一定能将我们山内家发扬光大！）

他在这样的憧憬与期待中心潮澎湃了数日，从长浜来的飞脚[7]信差终于到了。

"祝贺大人喜得贵子——"

伊右卫门打断信差啰唆的开场白，迫不及待问道："是男孩儿吧？"

"不，是一位小姐。"飞脚信差说的是别人家的事情，所以语气里并无喜乐。

伊右卫门听了不免有些失望，但终究抵不过心底的喜悦之感。他本以为不可能有孩子了，现在居然当上了父亲。千代的信写得极佳，寥寥几笔便清楚明了地报告了女儿出生的事，并附上嘱托，希望给起个名字。不过伊右卫门想了一个晚上也没能想出好名字来。

第二天，天王寺门口发生激战，直到日暮时分才结束。他仍苦苦思索着。终于，他想到一个平凡的名字：与祢。

在信纸上写好自己的想法后，他便命望月六平太跑一趟长浜。这年一直到年底，伊右卫门转战摄津、河内、和泉、纪州数地之间，完全无暇回长浜去看自己的女儿与祢。

第二年天正五年（1577）四月，大大小小的合战终于告一段落，他这才回到了长浜家里。

"千代，让我看看与祢！"他刚到就嚷嚷开了。

与祢还睡着，千代抱了她来到门口。这是一个眉目细长跟千代极为相像的女孩，黑黑的双眸正一眨不眨地望着伊右卫门。

伊右卫门抱过来高高举起，道："千代，这个女孩儿能否被称作与祢小姐,就看俺的了!"

千代感觉甚为滑稽有趣。伊右卫门那神采四溢的样子,要比怀中幼儿的脸显得幼稚得多。

注释:

【1】奉公人:在他人家里劳作的人,佣人。

【2】鸟居强右卫门事件:长筱城被困后,鸟居强右卫门被派去向德川家康求救,回城时被武田军抓获。因他喊出"援军三天后到"的消息而当即被杀。

【3】飞脚便:相当于今日的特快专递信函。

【4】徒士:不允许骑马的下等武士。

【5】山鸟栗毛马:山鸟是锦鸡的一种,山鸟栗毛马是一种毛色以栗色为主,锦鸡色为辅的马匹。

【6】风折乌帽子:一种尖端部分折起来的袋状帽子。

【7】飞脚:传递紧急消息或信函物品的人。

乱世奉公人

石山合战之后，羽柴筑前守秀吉请求信长把他借给自己的那些与力，都归到自己麾下。"与力"也可写作"寄骑"，以前也曾写过，与江户时代奉行所里的"与力"不一样，相当于现在的外派公司职员。也就是说，本来是从总公司外派过来的将士，如今成了羽柴这家子公司的职员了。

伊右卫门也是其中之一，俸禄增至两千石。他这次加封可以说是不劳而获，因本是信长直属的旗本，现降格成为陪臣，作为补偿便增了些俸禄。

迄今为止都是叫秀吉为"筑前大人"的，现在得改口称"主公"了。对信长也得称"大主公"。从此与信长便不再有任何瓜葛，无论好坏都将与羽柴秀吉一起同浮沉共进退了。

在秀吉眼里，伊右卫门虽不是个不可或缺的人才，但也并非像家中其他人所揣度的那样平凡。甚至还说过这样一句："山内伊右卫门是个奇人。"

所谓奇人，就是有奇才、奇骨、奇癖的人。当这句评语传至伊右卫门耳里时，他自己反倒觉得不可思议。

（俺是个奇人？）

没有比自己更平凡的男人了——这一直是伊右卫门的伤心处。终于他从同僚的口中得知了"奇人"的真意。

"人的武功就好似打猎，哪能次次都满载而归？"秀吉似乎这样说过，"连豪士上了战场有时也会被杂兵削了脑袋。可是山内伊右卫门却跟一个种田的农夫一样，准保每次都有收获。不管有没有大的战功，每次都能旱涝保收，这绝非寻常。"

换句话说，如果其他的大豪士是猎人型的，那伊右卫门就是农夫型的，这不是普普通通就能模仿得了的。

（俺被赞扬了么？）

伊右卫门听了并不是很高兴。回到长浜宅邸，他将此事告诉了千代，千代竟笑得直不起身。

"喂，笑什么呢？"

"没……没什么。"千代立时噤声，板起一副严肃的面孔，道，"我并没打算笑的。"

"没打算笑不也照样笑了？"

"可是筑前守大人的话简直就是一语中的嘛。"

"真是无礼的家伙。"伊右卫门用一张不痛不痒的木脸望着千代。

于是一瞬间，千代的脸上又绽开了花朵，怎么都停不下来。伊右卫门的面色愈加苦闷，千代的笑就愈加灿烂。正是如此！千代觉得丈夫正是那样的人。

天正五年（1577）秋，已经占领日本中央的织田王国，终于不得不开始面对最可怕的敌人——中国的毛利氏。

毛利主宰的是横跨山阴山阳十国的强大领国，兵强而智将勇将甚多。信长一直以来都在避免与这个大兵团对峙。而毛利同时亦惧怕织田，一直在暗地里给织田的敌方提供兵粮、弹药之类，但并未与之直接对战。

信长至此认为，时机已经成熟。这位司令官在自己的部将里挑选出了一名最为合适的将领，就是秀吉。对秀吉来说，这该是无上的荣誉了。

一直在四方各处战事连连的织田家，这次的毛利攻击战，算得上是最庞大的一次。稍有差池，多年来构筑起来的织田王国便有可能毁于一旦。

秀吉被任命为司令长，同时多位大名也被织田派往秀吉麾下，听从秀吉的指挥。秀吉时年四十二。能从一介浪荡子爬到今天这个位子，可以想象秀吉如今是多么的意气风发。

当然伊右卫门也必定是要追随主人，加入这个阵列的。

（能从那么多大将里选中羽柴大人跟随，真是幸运啊！）

千代这样思忖。

战国武士，是可以选择主人的。就跟现在的年轻人选择公司就业一样，武士们是有选择权的。得弄清楚主人的器量大小，辨明是否足以托付自己性命，这才能在战场上出生入死。秀吉选择了信长，伊右卫门选择了秀吉。

在出兵毛利一事定下的当晚，千代为伊右卫门准备了饯行酒。

"第一杯献予军神摩利支天[1]。"她在神龛点燃明灯，供上神酒。

"第二杯献予羽柴筑前守大人，祝武运亨通！"她将一个装满酒的朱漆大杯放于神龛上。

"好了，夫君也喝吧。"千代把神龛上献给秀吉的朱漆大酒杯拿了下来，递给伊右卫门。看着这个至少有半升左右的大杯子，伊右卫门唬了一跳。

"千代，这怎么喝啊？你帮帮我呀。"

千代要是想喝，多少都能喝得下。于是点点头应允下来。伊右卫门侧着酒杯稍稍尝了一口。

"不够不够，一丰夫君！"

"喂，俺会醉的！"

"怕醉的人是成不了大事的，古书上面都这么说啦！"千代笑容满面地说道。当然这种古书是不存在的。

"是么？"伊右卫门接着喝了三口，松了口气。

"再喝点儿，再喝点儿嘛！"

"你就饶了我吧。剩下的都是千代的了，你不是答应要帮忙的吗？"

（真是拿他没辙。）

千代接过酒杯，举至唇边。只见素白的喉颈不停地动，她竟一口气喝光了所有的酒。

在本次出征前一段时间，伊右卫门应食客望月六平太的邀请，一起去伊吹山麓用铁枪打猎来着。随从就六平太一人。

这人在伊右卫门府上跌跌滚滚已有数年，其间多是沉默寡言，说话的次数都能数得清。毫无疑问这是个怪人。让他当自己家臣，他却回答："不用了，食客更轻松些。"

不过，他在战场上可是生龙活虎，特别是格斗术极佳，只要跟敌人对上了手，不到最后决不会放手。更不可思议的是，他常把功劳让给别人，比如杂兵让给吉兵卫、新右卫门他们，自己制服的武士就让给伊右卫门去削脑袋。

"这是为何？"吉兵卫与新右卫门这样问时，望月六平太回了一句极其难以理解的话："我讨厌地狱。"

"地狱"对这个男人来说，好像就是"奉公武士"的意思。若是取了知名武士的头颅，自己的名字便会被记录在册，从此就安身立命了。可一旦安身立命，自己所属的那片社会就会越来越复杂，再也无法过上轻松简单的日子。仿佛是一种给人印象极其强烈的哲学。

有次吉兵卫问道："六平太，你所谓的轻松简单的日子，是什么样的？"

"就是猫一样的日子。"

吉兵卫他们听了实在不甚明白。六平太想要的日子，除了睡，就是睡，仅此而已。吃也只是果腹即可，决不多吃不必要的。睡也只是有个铺了草垫，足够五尺身长之人安寝之处便可。

"猫多好，我就有猫的品性。猫是不会多跟饲养自己的主子多亲近的，至多是不离开府邸这个睡觉的地方罢了。"

"狗怎么样？"

"你们就是狗啦。优秀的武士奉公人的品性都跟狗一样，一看就明白。狗跟猫不同，对主子那可是忠贞不贰的，只要为了主子什么都可以做。跟猫这种个性十足的动物不一样，狗是没有自我的。除了主子以外对谁都龇牙咧嘴，主子一受到威胁就狂扑上去。可那些家伙跟自己的狗伙伴儿们却关系糟糕得很，浅薄啊！"

"啊哈哈，这么说咱们府邸的全是狗，就你一只猫啰？"

望月六平太的"猫"用现代语言来说，大概就是"自由

201

人"吧。在那个时代还没有这么方便的词汇，所以他才拿猫打了个比方。或者还可以形而上，唤作"猫性主义"。也就是说，他不愿失去猫的自由，因此拒绝做伊右卫门的家臣。

难道，还有别的什么理由么？

伊右卫门弄明白这个，就是在他们一起狩猎的伊吹山上。得知这个理由时，他心惊肉跳差点儿给吓瘫了。

伊吹山地处近江、美浓两地的边境之上，是一座直插云霄的山峰，高四千三百尺。北方有连峰座座，一直绵延至越前；南方则是如天堑般的峭壁，峭壁之下有条路，称中山道。

两人从西南山麓一个叫春照的山村出发。

"六平太，听说今年伊吹山上羚羊多了不少。皮毛用作马鞍相当不错。"伊右卫门这样一边说一边慢慢爬着，到一个叫上野的部落时便决定在此歇脚。

上野正如其名一样，是山上的原野。松树、柏树甚多，峡谷间多生药草。山上的人很多都到这里来采草药，然后拿去卖给从京城或堺市来的药商，仅此一项便可得到不菲的收入。

他们的住处是女一神庙的宿房，是个约二十间左右的大宿房。可六平太却不愿住，道："上面还有一处三神参笼[2]堂。都走到这里了，索性今夜我就上去拜访拜访。"旋即在林间消失，甚至连让伊右卫门挽留一声的空隙都不留。

（怪人！）

此人看似与伊右卫门打成一片了，可仍免不了在某些地方让人有格格不入的感觉。

太阳业已西沉，伊右卫门困惑起来，还得去找人给自己解决吃饭问题。此时，隔壁的一个女音响起："让我帮您做饭吧。"

"太感谢了，拜托！"伊右卫门一边把灯放入烛台，一边这样回答。可忽然像是想起什么似的头颅微倾。

（这个声音仿佛在哪儿听过。）

"莫非……是小玲？"

"嗯。"隔壁的语音里像是带了笑意，"这么久了，亏您还记着。"

"怎么可能忘记？俺接触过的女人，除了老婆就只有你一个了。可是，你为何会在这穷乡僻壤？"

"特意的呀——"

"什么意思？"

"我是特意来的。听六平太说，先生会到这山里来。"

"吓俺一跳呢。"伊右卫门拉开隔壁的推门。灯一下灭了。"为何吹灯？"

"那之后，已经过了七年。我不想让您看到我年老色衰的模样。"

"这可不像你小玲做的事啊。"黑暗之中,他拾起小玲的手,拉了一下,整个人就过来了。他紧紧抱着她,顺势倒下。吻着她的唇,嗅着她的体香,七年的岁月仿佛在瞬间消失,他又回到了京城空也堂的那些日子。

"最后是在横山城下的树林里吧。那之后你在做什么?"

"我死了。"

"啊?"伊右卫门这一生虽说平凡,但还是有那么一两桩奇事发生。这个宿房的一夜便是其中之一。

小玲怕灯怕得厉害。无论伊右卫门如何请求,她就是不肯把灯点上。

(她在说什么浑话呢?)

他思忖片刻,却找不到反驳的由头,于是一切在黑暗中沉寂下来。小玲终于起身,消失在厨房里。片刻后她再次现身时,已经做好了膳食。

(这么黑灯瞎火的居然也能做得了饭。)

伊右卫门不由得钦佩万分。

小玲打开格子窗,半空的月儿透过格子照进来。伊右卫门拿起了筷子。他眼前的小玲,半个身子都笼罩在月光里,美丽得仿佛不属于这个尘世。

小玲给他斟满了酒。

"不了，俺喝不了。"

"是啊。"小玲好像很开心似的，"我记得您只要喝过三杯，脸就会红得不得了。伊右卫门先生的事，我是一星半点都不曾忘记呢。"

"多谢。"他这样回答了一句，但同时一股凉意爬上背心。他与小玲只不过是一时半刻的露水姻缘，可她却念得如此之深，不由得让人感觉窒息。

"不过，俺是个德行不好的人。这么一个德行不好的人，还是忘了的好啊。"

"怎么可能？"小玲眼角微眯，也不知是否是因为月光的缘故，看起来有一种凄艳之感。

"为何不能？"

"先生或许是一时兴致所至，可对女人来说，可能就是一生里最重要的东西了。"

"俺并非是要吓你，俺有千代这个最重要的老婆。"

"想必很幸福吧。"

"呃，是，孩子也出生了。"

"听说过了。"小玲沉默下来，过了一会儿又道，"您还住在岐阜时，我在您家府邸门前晃悠了好几次。可每次都被六平太叱责，终究是没能进得了门。"

"你……你真是懂事啊，要进了门就麻烦了。"

"真无情。"

"本来就是这样。俺有俺的世界,你要是来捣乱,就全毁了。"

"伊右卫门先生,女人是很可怕的。"

"小玲,你别吓唬人。俺又没对你做什么伤天害理的事情,不过一起取了下暖罢了。"

"这便是男人。"小玲的眼角眯得更细了些,"您是说您只是一时花心?女人可不这么想。"

"那你要怎样?"看着浮游于月光里的小玲,伊右卫门不禁害怕起来。

(报应啊!)

他额上浸出了汗水,是违背千代誓言所遭的报应啊。

(此后一生再也不对别的女人花心了。)

筷子已经放下,菜里的干鱼都硬了。

"快请用膳吧。这里面没有下毒。"

"你还会下毒?"

"——请,"小玲举起酒杯,"把这杯干了。"

"俺已经醉了。你就饶了俺吧。"

"才不饶呢。今夜我要把这些年的恨全都一一讲给您听,您得乖乖听话,让喝就喝。"

"小玲,俺觉得害怕了。"伊右卫门举起酒杯,可手却颤抖着，没法儿斟酒。

"真是耿直啊。"小玲靠了过来，捧住伊右卫门举着酒杯的颤抖的左手腕。"看，这不停下来了么？人家小玲又不会做坏事，只是，想今晚跟您喝点儿小酒，再好好温存一番罢了。"

"是真的？"他一脸轻松地望向小玲。

"真的。我住在遥远的地方，今后再也不会说要跟您温存了。"

"你在哪里？"

"很远很远的地方。"小玲靠在伊右卫门的膝上，仰望他道。

她的身子，暖乎乎的。

（嗯，不是亡灵。）

伊右卫门松了一口气。

"俺有精神了，喝酒吧。"

"太好了。这个杯子我也要用——不，我要喝您嘴里的。"

伊右卫门含了一口酒，抱过小玲，凑近她的唇，缓缓送了出去。

"真好喝。该我了。"小玲也含了一口酒，送到伊右卫门嘴里。当酒滑入肠胃后，伊右卫门感觉到一阵不可思议的酪酊醉意，仿佛踩着淡红的云彩飘飘欲仙。

"小玲，这不是普通的酒吧。"

"那自然。或许可以称作'花心酒'？为了一时半会儿的快活，到头来却后悔不已。"

不久，两人来到就寝处。醉意仍然继续着，月至中天还未散尽。

"小玲，"伊右卫门道，"刚才你说你在哪里？"

"就在伊右卫门您的身旁呀。"

"我问的是你住在什么地方。"

"您可别吓坏了。"床上甚是温暖，"在极乐净土。"

伊右卫门想她定是在开玩笑，于是哈哈笑起来。

"这哪是吓人的话？"伊右卫门安安心心地继续笑着，"要是有你这么可爱的亡灵，倒是很希望能时不时见到呢。"

"又是这种话。那小玲就真的常常出来找您啰？"

"你说蠢话的嘴唇真可爱。"伊右卫门俯在小玲身上亲了一下她的唇。适才的恐怖已经淡去，浪荡子的情绪浮游上来。那杯酒渐渐引诱着伊右卫门进入一个让人陶醉沉迷的世界。

"真的是在极乐净土哦。"

"那肯定是个好地方吧，俺也想去看看呢。可是，你怎么会去那里?"

"实话告诉您吧。其实,就是为了告诉您,我这才千里迢迢到这伊吹山村里来的呢。"

"辛苦你了。"

"您还真是好心情啊。男人们只要自己安全,都会这样语调轻佻的。"

"哪里,这实属真心。"

"说什么真心?真心到底藏在这身皮囊的什么地方啊?"小玲在伊右卫门胸口挠起了痒痒。

"噗——好痒!"

"只有痒是真心。"小玲说罢竖起了指甲。

"痛——"伊右卫门身子一蜷,顺手想抱住卧在右侧的小玲。可是,却抱了个空。小玲已不见了踪影。

(……)

他似乎感觉不对劲儿,可醉醺醺地想不清楚。而后他发现小玲躺在自己左边。

"什么嘛,原来你在这里啊,看我都搞错了。"他一脸苦笑。

"我跟您说,"黑暗之中,小玲侧脸靠着枕头道,"我已经死了。"

"啊?"

"在横山城下的树林里与您相逢之后,我便回了甲贺老家。在那里,孩子——"

"孩子?谁的?"

"当然是伊右卫门您的。可惜,没能生下来。"也就是说是死产。

"俺都不知道啊。"

"不光是孩子,我的命也跟着孩子一起去了。"

"可是你在这里。"

"是啊。"她一直靠着枕头,凝望着伊右卫门。"我来是想告诉您,我有了伊右卫门您的孩子,还差点当上了他的母亲。可惜母子两人都死了。这些事您一概不知,却在长浜的府邸跟千代夫人快快乐乐恩恩爱爱,我实在气不过。"

"喂——"

"我不会让您再说什么只是花心的话了。"

"喂……"

这之后的事情他不记得了。待睁开眼时,已是清晨。

到底这种事在这个世上有可能吗?第二天清晨,伊右卫门睁眼时,发现是在自己的房间里,还盖着棉被。

(——这?)

他一跳而起,推开了隔壁的推门。隔壁没有丝毫人的气息。

（一股霉味儿！）

他又打开格子窗，阳光照了进来。枯叶在地面上散乱着，像是有数月都未曾有人踏足此处。

（难道，是遇到了狐仙？）

小玲确实来过，那些铺在地上泛青的榻榻米还鲜明地留在记忆里。终于，望月六平太回来了。

"怎么了？脸色不妙啊。"他在檐下问道。

"六平太，俺见到小玲了，就在这里。"

"这里？"六平太笑了起来，"怎么可能？小玲五年前就已经死了，难产死的。她说是您的种，不过，是我的也说不定。"

"已经死了？昨晚的那位？"

"定是您做梦梦见的。不过大人，狩猎的事先放放。"他在檐下坐了下来，"您不考虑考虑离开织田家另投明主？"

"什……什么？你冷不丁的这么突兀，到底在说什么啊？"

"啊哈哈，不过对鄙人来说并非突兀之事。自那日成为大人府邸上的食客起，这件事便一直在进行。"

"什么意思？"

"唉，大人愚钝啊！我的主子是中国的毛利家，任务就是把织田家的动向逐一禀报上去。"

"间谍?"一战战栗袭向伊右卫门。本以为他是个律己奉公的织田武士,可哪想到事实竟是如此!"你竟是间谍?"他取出刀来,就要一步迈出。六平太飞身上前,用一枚针抵住了他即将迈出的右脚腿肚儿。

"大人别动!此针涂有剧毒。请平心静气听完我的话。"六平太语速极快,"大人,现在织田家任命羽柴筑前守为大将,准备组军征伐毛利氏。之后就是战事。因此间谍也再无用武之地,我就回毛利家去了。也顺便建议大人另投明主,织田家怕是没有将来的,定会灭亡。"

"为何?"

"织田家现在虽已夺得北陆、甲斐、信浓数地,可今后恐怕就没这么好运了。以信长的实力,能攻破西部大国吗?中国方面有山阴山阳十国的毛利氏,四国方面有长曾我部氏。南九州方面有兵力甲天下的岛津氏在把关。他赢得了吗?"

"……"

"是时候另投明主了。织田家必定会因为信长的扩张减速而产生内部矛盾。一定会有反叛者出现。毛利家是这么认为的。那样的话,离四分五裂的日子就不远了。您还是转投毛利麾下吧,我自当为您引荐。"

原来，望月六平太一直与毛利家曾经的外交官，一位名叫安国寺惠琼的禅僧，有很密切的联系。

安国寺在给毛利的信件里，对信长这样评价道："现在宛若一片日出之势，不过终究只能是站得越高摔得越重。"这与六平太的观察是一致的。所以他才提议——离开织田家另投明主。

六平太对伊右卫门是一片好心，他脸上的真情表露无遗。

"六平太，你很聪明，俺很愚笨。千代说，对奉公人来说，愚笨者更幸福。俺觉得也对。"伊右卫门道，"千代认为，奉公武士里有一种叫做'无用之智'的东西，也就是把主家和他家用以比较的智慧。没有比这种智慧更能消磨奉公之心的了。六平太，你可算是这'无用之智'的证据了。无论你在这方面多么聪明，但终究不过是个甲贺者罢了。俺从一介浪人跌爬滚打，现在已得封两千石。"

"这两千石在人的一生之中算什么？对这个问题从来都没有过疑虑的人，有资格说这种话么？"

"俺也有过疑虑。"伊右卫门脸颊上浮起一丝不易觉察的笑，"不过，只是自寻烦恼而已。六平太，你走吧，俺不会要你命。"

六平太就此别过，他走出檐下，跳入庭中。伊右卫门追了上去,问:"六平太,等等,小玲的事——"

"什么?"

"那位……她确实是死了吗?"

"谁知道呢?"说完,六平太意味深长地笑笑,"伊右卫门,多谢数年来的照拂。昨夜的小玲,就当是六平太的礼物吧。"

"礼物?"

"此事虽不通情理,我还是点破为好。小玲还活着。不过因为年老色衰,她才用那种方式陪你睡了一晚。不愧是小玲做的事。自此以后,她或许还会在梦中跟你相会,别忘了跟昨夜一样对她好点儿。只要你还活着,小玲就会在你梦中出现。"

"现……现在小玲在哪儿?"

"早该下山了吧,我们正打算一同去毛利家。"六平太踩着墙垣,纵身消失在杉木林那边。

第二天伊右卫门回到了长浜。"千代,没打到猎物。"

"哎呀,怎么脸色铁青?"

"是庭里的绿叶映衬的吧?不过,在伊吹山里,六平太跑了。"

"他是个间谍嘛。"

"啊?你知道?"

"嗯。我一直没跟一丰夫君说这事儿,那样的人养上一个也是挺有意思的。织田家的事、各国的事,各种各样的他都跟我说。千代足不出户就好像畅游在大世界里的十字路口上一样呢。终有一天,他还会回来的。"

"……你……你到底有多聪明啊?!"伊右卫门不禁觉得千代可怕起来。

注释:

【1】摩利支天:本是印度民间信仰之神,在日本被认为是守护武士的本尊。

【2】参笼:指的是在一定期间内,一直守在神社或寺庙里祈愿。

十两的马

羽柴秀吉作为信长的派遣司令官，于天正五年（1577）十月二十二日从安土城下出发，踏上讨伐毛利氏的征途。伊右卫门当然亦随其出征。

正如望月六平太所言，这次战役对织田家来说是最为艰难的一次。不过因是秀吉领军，他不会用兵将的性命做无谓的消耗，采取的是战事与外交相得益彰的策略，因此自然就化作了持久战。

无论如何都不得不承认，毛利氏实在是太强大了。秀吉还未曾踏入毛利氏领国一步，便被入口处播州（兵库县）三木一地二十万余石的领主——别所长治绊住了脚，为围攻三木城耗费了许多精力。

"何时才能得见毛利之兵啊？"有年轻武士这样无奈道。

这种心情很容易体会。他们进入播州时是天正五年（1577），天正六年（1578）就这么对峙着耗了过去，直到天正七年（1579）的正月仍在播州没有挪过一步。更何况正面敌人还并非毛利，只是作为毛利同盟军把守前哨的别所氏而已。

"这样下去，得打很久啊。"伊右卫门也这么想。更有同僚笑道，待到攻入毛利领土，他恐怕都变成老头儿了。

最伤脑筋的莫过于战马了。已经病死一匹，换乘的那匹也不幸中弹而亡。现在骑的是从敌方夺过来的，已老得不成样。伊右卫门跟侍从们抱怨道："还跑不到一町远就气喘吁吁上气不接下气了。"

吉兵卫、新右卫门更是可怜，骑的竟是拉货的马。"大人，下次战斗杀敌的事先放放，抢匹好马才是真格儿的。"吉兵卫道。

就这样他们一直盼到天正七年（1579）。被困城里的人终于耐不住饥饿了。

三木城位处播州美囊郡的西部，城郭所在的山丘仿佛一只倒扣的碗，北方有条三木川流过，东方覆盖着繁茂的竹林。本丸、副城楼、新城楼，还有稍远处的鹰之尾、宫之上这些支城都连成一片，有七千五百的守军滞守于此。

二月六日凌晨，城门突然打开，对方发动了对围攻军的最后决战。

战斗在各处打响。伊右卫门此时正在平井山的秀吉本营附近驻扎，他一得知敌人来袭的消息，二话不说便上了马背，疾驰起来。吉兵卫等侍从慌忙紧跟其后。"大人、大人，比起杀敌，夺马才最为要紧啊。"

"早知道了。"伊右卫门冲进敌方的先锋队里，横穿过去，到田埂上调了个头，手里攥紧马缰，凝视着敌军动向。

伊右卫门一动不动，他已胜券在握。执念是一种可怕的力量，伊右卫门已经练就了一手独特的夺马技能。

（就看成功与否了。）

敌方有一骑发现了伊右卫门，于是举一根泛着寒光的长枪冲了过来。敌人一身黑色铠甲，戴着一顶金色半月冠盔，胯下一匹鹿毛马[1]皮厚肉多骨骼强壮。就这匹马咯噔咯噔跑了过来。

（不错嘛！）

伊右卫门"啪"的一鞭子抽在自家老马臀上，老马吃痛狂奔，速度却很慢。而对方举着长枪，宛如疾风般猛扑而来。将要错身而过之时，伊右卫门忽然斜身，左脚脱镫飞起，狠命踢中对方的马镫。这一脚踢得相当漂亮，对方一个失衡，从马鞍上滑落，跌了个仰面朝天。伊右卫门迅疾调头，追上空鞍之马，抓了缰绳翻身一跃，稳稳地坐了上去。

秀吉从平井山上把这一番情景尽收眼底，笑起来："伊右卫门这小子！"

不久，秀吉视野里的伊右卫门开始纵马骑圈，以此化解落马男子的长枪攻击。最终伊右卫门不再理会对方，逃之夭夭了。或者应该说是他成功躲避了对手，转而冲入敌阵之中。

"看他那神气自大的样儿！"秀吉拍着铠甲下摆，大笑起来。他思忖，不回去对付那个落马的敌人，倒是很有伊右卫门自己的风格。若从敌人的角度来看，自己的马已经被抢走，若是连小命都保不住，那也太没有面子了。伊右卫门还不至于这样落井下石。

"不愧是伊右卫门啊。"秀吉心里满是对伊右卫门的赞许。不过这与实际情况是有很大出入的。伊右卫门其实并非那样高风亮节，只是那位落马的敌人持枪站起的模样，看起来实在是凶神恶煞，他不由得心底一哆嗦，决定走为上策。

不一会儿，他发现自己冲入的敌阵已开始有溃败迹象，而不幸的是，自己正处于敌阵中央。伊右卫门自己也吓了一跳，四面八方竟然都是袭来的长枪。

（糟了！）

他打算撤身，可路已被堵死。五六名步卒挥舞着丈余的长枪，朝伊右卫门的马匹刺了过来。

"走开，走开！"伊右卫门一面处处防备一面大吼数声，可敌人很是执拗。

"织田武士，报上名来！居然在战场上耍滑抢马，真是有辱武士名号！快快报上名来让所有人看看到底是哪个孬种!"其中一个这样嚷道。大概是被抢武士的侍从吧。

伊右卫门的马蹄踢倒其中一人,他的长枪又解决了一人。可寡不敌众,从背后绕过来的一人竟一枪刺入马身。"哇——"马儿登时纵立而起,伊右卫门眼前所见竟是蓝天一片。身体仿佛飘了起来,而后重重摔倒在地。

敌人终于败走城门。

这日的战斗结束后,秀吉在平井山麓设帐论功。秀吉坐于中央的布凳之上,背后围了一道幔帐,正逐一评审武士们所持的敌将头颅。别所方在这次战斗里一共损失了三十五位知名武士。

"就这些了吗?"秀吉最后特意问了一句。

"是。就这些了。"

"山内伊右卫门怎么没来?今天早上从平井山上望去,见他很是勇猛嘛。"

秀吉这才知道,伊右卫门好不容易夺来的马立时便毙了,连自己也给摔折了腰椎,在地上爬都爬不起来。幸好有五藤吉兵卫、祖父江新右卫门他们前来驱敌,才保得他安全退回后方。

夜晚,秀吉到各队阵地巡视时,探访了伊右卫门借宿的民家。"怎样了?痛么?"他亲切问道。伊右卫门慌慌张张在草垫上坐起来行礼。"好不容易得来的鹿毛马又没了?"

"您都看到了?"

"俺什么都看得到。那匹鹿毛,虽在围城里瘦了些,可是挺好的一匹悍马啊。"

"最后连自己的老马都弄丢了,真是没脸见人哪!"

"这才是你的有趣之处嘛。没得什么战功也无妨,把这故事跟千代讲讲也挺不错。"

"真是不好意思。"

此后一旦有了战事,伊右卫门只好徒步往返于战场之上了。不过徒步移动只是多了些焦躁,根本没有机会让他去赢取那些醒目的功名。

三木城在不久后被攻破,之后又用了一个月左右清扫了一些地方武士盘踞的小城,整个播州便归于织田的名下了。秀吉在三木城留了一支守备队后,领着众将士朝信长的居城安土凯旋而归。对毛利的正式进攻,需要重做准备。

伊右卫门也回到了长浜的府邸。到下次出征之前,他有足够的时间来休养生息了吧。

"哎呀,千代,这次战役那个惨啊!"他一到家就说开了,"俺好像是被武神抛弃了似的,眼见着运气一个个从面前溜走。"

"怎么会呢?"千代笑着上下打量伊右卫门的身子,"貌似没什么被抛弃的迹象啊。"

"不骗你的。俺这次是无功而返。"

"不过，夫君还是把这条命好好地带回来了嘛。这难道不是最大的武运？"千代垂首思索了些好词出来，抬眼又道，"一定是武神想让一丰夫君博取更大的功名，所以这才让夫君先保住性命的。"

伊右卫门这个人，只要老婆千代这么一鼓励，自己也会觉得真是这么回事儿，于是就又精神起来。"真的么？"他的脸上明显很高兴的样子。

长浜以南十里的琵琶湖畔，信长新居城安土的城下町[2]正在建设中。

伊右卫门这天做了一件大事——自此以后，"山内一丰"这个名字便成了后世子女广为传颂的对象。之前数日，他都在安土城内的羽柴府邸逗留，为的是去城外逛马市，思忖着要是有合适的良马就买下来。于是这天一大早，他便从羽柴府邸出发了。他的背后是一座从未在这片国土上出现过的高达七丈的七层天守阁，耸立在湖畔云层前面，蔚为壮观。

（真是壮丽啊！）

天守阁——这个新词，也是因为这座巨楼的出现而得以普及的。连在城下的那些来传教的南蛮[3]人，也不得不啧啧称赞。织田家的领域虽然还未超过五百万石，但已经将京城、大坂尽收囊中，有了向天下发号施令的一番气势。而这巨城，便是这番气势的象征。

（咱们织田家，真是厉害啊！）

伊右卫门为自己运气之好，胸中再次澎湃起来。拥有这种澎湃心绪的，并非只有伊右卫门一个，织田家的所有武士都毫无例外。

（只要兢兢业业，以后成为大名也不是不可能啊！）

这个想法亦不再只是个不着边际的梦想，因为迄今为止，还有很多地方诸如奥州、关东、北越、中国、四国、九州等大片广袤领土，都还等着他们去征服。信长毫无疑问将会一个一个征服下去。而每次成功都会连带着一位或大或小的大名，从织田家的武士团里脱颖而出。

在织田家中，连足轻小者们都抱有大名的梦想，而支撑他们有勇气怀抱这种希望的，正是这座七层七丈的巨楼。

安土是水乡之地。天空广袤，田野辽阔，遍洒城郭与城下的阳光也自然是最明亮的。

（筑城之地，真是个好地方啊！）

伊右卫门在街路上缓缓而行。往返的行人熙熙攘攘。此城下町的武士多，商人更多。这是与其他诸位豪族的城下町所不同之处。因为信长制定了一个招揽商人的政策，使买卖变得更为便利。

若是在其他诸位豪族的城下，商人活动会很不自由。不是营业权被神社佛阁牢牢抓住；就是领主乱设关卡，到处收取过重的税金，从而使得物资流通变得艰难。然而信长却打破了所有这些妨碍，设立了一种自由商业，也就是所谓的"乐市乐座[4]"政策。

安土的马市这般繁荣，也是有这一层理由在里面的。马市就在城外的原野上。伊右卫门到达时，已经有五百匹以上的马儿聚集在此，到处都可以看到栅栏内外的伯乐与武士们，一个个兴高采烈的样子，嘈杂犹如战场。

"噢，伊右卫门大人，您也来买马啊！"一个壮汉冲他喊道。此人不过十六岁左右，却身高六尺，壮实的筋骨是伊右卫门等人远不能及的。他是秀吉之妻宁宁的远房亲戚，从十四五岁就开始跟着秀吉打杂，常被秀吉亲热地称作"阿虎"。数年后，他成为远超伊右卫门实力的大名，姓名正是加藤虎之助清正。

"这不是阿虎么？您也来了？"因是秀吉的亲戚，伊右卫门态度很是殷勤。

"听说今天马市从东国奥州运来了一批名驹，不过就我这般人物，怎么都是买不起的。我觉着反正看看也好，就来了，可哪里知道越看越窝心。"虎之助说道。

"俺也深有同感啊。"

"瞧您说的！伊右卫门大人可是两千石的主啊！"

"不不，俺家手下太多，修补盔甲的钱还犯愁呢。"

"原来养手下比养马匹重要啊，看来您是一心要当将校的啦！"虎之助对伊右卫门仿佛很有兴趣。他认为这样一个并非能力出众的老武士，却每次都能在战场上夺得不菲的功名，定是因为拥有众多优秀侍从的缘故。

"不过俺的马也实在鄙陋，根本拿不出手啊。"伊右卫门打心底里说。"阿虎，那匹栗毛怎样？"伊右卫门指着栅栏里的一匹问道。

"要黄金两枚呢。哎呀，不是像我这种单枪匹马的近卫可以买得下来的。"

"黄金两枚……"伊右卫门喃喃念道。

虎之助自己又不买，却把各种少见的名驹价格记得清清楚楚，带着伊右卫门看了一匹又一匹。"那匹鹿毛要黄金一枚。""那边在挠脚的星鹿毛要白银七枚。"等，他都一一做了说明。

"原来如此。这么多名驹都到这里来了，说明东国商人们也知道织田家的隆盛兴旺了嘛。"

"岐阜那边如何？"虎之助似乎想听些过去的事情。

"信长主公刚刚进入岐阜城那会儿，东国来的马商一年也见不到几个。那时，东国的马匹几乎都被小田原的北条氏买走了。在北条城下卖剩的，又拿到甲州的武田、越后的上杉那些城下町去卖。记忆中，好像在岐阜城是很难有名驹出现的。"这样边说边走，伊右卫门锐利的眼光一直不停地在各种马上扫来扫去。

一晃已是午后。伊右卫门也实在看累了，便找了块儿石头坐下，取出饭团想填饱肚子。虎之助正好碰到他的朋友，便离开随朋友而去。

就在此时！有位迟来的马商，只身牵了匹马走了进来。伊右卫门惊得站起，手里的饭团都掉了。

（天哪，多俊美的马儿！）

这样暗自揣度的人可不止伊右卫门一个。原本喧嚣嘈杂的马市，因这一匹马的出现，瞬间变得鸦雀无声。

一片肃静之中，马儿悠然前行。

其毛色被称作"山鸟芦毛"，是一种较为复杂的毛色。身上有褐、赤、黄三色，偶尔夹杂些许白色；马鬃为暗褐；尾巴是鲜亮华美的黄色。马腿好似琵琶，有种强劲的张势；肩胛骨宽阔地张开；四条小腿宛如紧绷的麻绳，没有一丝赘肉。其行走的姿态，是俗称"鸡足"的那种轻快灵巧之态。说实话，伊右卫门还从未见过这般神骏的马儿。

武士们已经在马儿周围筑成一道厚厚实实的人墙。

"看哪，面上显现寿星之象了呢。"刚以为会有人来一通马相论，接着又有人说："眼睛不错。初看柔和可亲，可眼底里藏的竟是极不寻常的光彩，而且，还会在不同的地方看出不同的颜色来。都说会变色的是最上等的，可我从来都没见过这样的眼睛。"

"是哪里的马呀？"有人问道。

马商是位矮个子老人，骄傲地回了一句："奥州南部。"他从遥远的奥州南部，就带了这一匹骏马来，傲然立于武士群的中央，想是决不会对买主妥协了。

"老爷子，卖价多少？"一武士问道。

"卖价？您说呢？难道这就是所谓天下最强的织田家中各位豪士的眼力么？这般的骏马就这样站在诸位面前，难道不是应该一眼就能看出它的价值么？不然请诸位先估一估价？"

"黄金四枚。"一个颤抖的声音响起，说话者是伊右卫门的朋僚藤堂高虎。

"啊哈哈哈！"南部的马商高声笑了。高虎的估价就这样在笑声中被无视。

大家心底泛起一股凉意。能拿出更多黄金的武士，在织田家中并不多。这时，从人墙里挤出一人，名叫杉原治右卫门,是信长部将之一的明智日向守光秀的侍从,正奉了主人之命前来买马。

"黄金五枚。"

马商鼻孔朝天毫不理睬,仿佛没听见的样子。

杉原碰了一鼻子灰,只好再次藏进人墙之中。要是比这价还高,就会超出主人允许的预算了。

"老爷子,到底卖多少?"加藤虎之助出了人墙问道。

"你要买?"老爷子淡然地看着虎之助。

"呃不,就是想知道价钱。"

"啊哈哈哈,真是不好意思。鄙人也正在询问诸位的意见呢。鄙人做马匹生意做了五十年了,可这种名马不仅从未卖过,更是见都未曾见过。鄙人愿意走遍天下,让天下的慧眼之士给它估一估价,再为它相一位伯乐。"

织田家的武士,正在被这位老人试探。若是价格估得太少,定会被嘲笑一顿,说他们只有这点眼力。

一直盯着马看的伊右卫门只觉得气血上冲。他的脸颊赤红得厉害,像是立时便会从毛孔里喷出血来似的。

(想要!)

他都快想疯了。如果这才是真正的马,那自己所乘的那些马不过是大号的狗罢了。

"这不是马，是龙。"老爷子一脸得意的神情。

（原来如此，是龙啊！）

这样一说，倒还真是！几十万、几百万匹马驹里面，混了一条真龙的龙驹，这种事也无法肯定就是完全不可能的吧。正所谓世界之大，无奇不有嘛。

"老爷子……"伊右卫门竟出了人墙，"俺……俺来估一估价。"

"哦？那您是准备买啰？"

"……"伊右卫门胆怯了。倒是十分想买，可自己连一枚黄金都没有，拿什么去买？

老爷子看到伊右卫门涨红了脸一个字也不再多说，顿时神色和蔼下来。

"在此所拜见的织田家诸位武士当中，就您的眼神最合我意。您是懂这匹马的。您先等等，先别估价。"他这样说，是因为看到伊右卫门穿的粗布麻衣了吧。这个奥州的马商大概已经看出伊右卫门执意想要却又囊中羞涩，觉得可怜，这才给了他一个台阶下的吧。

伊右卫门这时已经再没勇气估价，两腿都在微颤。冲着伊右卫门微笑的老爷子，像是在告诉他"那回头见……"，然后就把眼光移向别处了。

"哎呀，这可真是的。正因为想到是天下的织田家，所以鄙人才千里迢迢从奥州过来,看样子得原封不动带回去啰。或者——"老爷子叫了一声马儿的名字,"咱们不如改道去安艺广岛的毛利大人城下看看。"他这句话像是在对马呢喃。这位老爷子想是很喜欢做戏的人。"那,咱们就在城下住上一晚,慢慢考虑考虑好了。"众人听了均是一脸茫然。被老爷子这样数落却没有一个人生气,那是因为这匹马实在是太出众了。

老爷子牵了马缓步离开。

伊右卫门不知怎么回事,像是着了魔一般,一直跟在马儿后面走。前方有棵老榛树。到了树荫底下,老爷子回头道:"这位武士小哥,您还真是执着啊。"他拴好马儿,露出一副跟刚才完全不同的表情,充满了善意的微笑。

"俺很想要,可是没有钱。"

"不好意思,敢问小哥是几石之身啊?"老爷子从穿着上揣测,至多不超过五六十石,因此问得都有些不忍心。

不过一听对方回答"两千石",老爷子不由得身形一震。"这……这可是大户啊。鄙人真是有眼不识泰山!不过说句失礼的话,从您的穿着上看最多不过百石之身啊。"

"俺手下太多。"

"原来如此。定是这样了,您的侍从人数肯定远远超过了俸禄的范围。武士就得这样。战场上的功名靠的就是人。噢,只要织田大人家运不衰,您定有出人头地之日的。"

"您真的这么认为?"伊右卫门的声音听起来很是无力。怎么看他都不像是有足够的勇气和器量来养那么多手下的人。都是千代让他这么做的。武士的罗绮美服就是手下的人才,就是拥有好而多的侍从,而不是漂亮的服饰。这是千代的想法。

"所以,俺没钱。"

"这可太不幸了。这样吧,不管买不买,以您的眼光,您觉得这匹马值价多少?"

"不管买不买?"

"正是。多少?"

"黄金十枚。"

"噢!说得好!鄙人也正是这样认为的。不多不少正是十枚黄金。"

"老爷子,今晚是在安土歇脚吗?俺有一事相求。俺府邸离此地有十里远,在一个叫长浜的湖岸上。俺夫人正在家里,不管成与不成,俺想回去商量商量。您可以稍微等一等吗?"

"哦,一定等。鄙人住在城下一间叫美浓屋左兵卫的旅馆。"

"明白了。"伊右卫门立刻回到羽柴府邸,牵了马就往长浜赶。他的眼里只剩了那匹骏马,现在这只马鞍下的生物,就好似狗一般。

(黄金十枚……)

这是一笔无法想象的巨款。当时作为流通货币,黄金并非主流。直到秀吉即将夺取天下之前,黄金才大量从佐渡出产,日本才成为世界上为数不多的产金国,桃山的黄金文化才得以繁荣。而当时,连很多大名都是没有一枚黄金的。所有的一切都是以大米来计价。

因此,哪怕一枚,也是极为可观的了。伊右卫门的长浜府邸,只需要区区三枚就可以轻轻松松建好。

回到长浜府邸,已经入夜。千代寝妆完毕,正要去睡。当见到伊右卫门铁青的脸色时,她是不会说什么"哎呀,你到底怎么了"之类废话的。

(这定是有大事。)

她即刻便有了心理准备,打算在闲聊中不动声色地把话套出来。"千代正想喝点儿小酒。有附近的百姓说酿了些好酒,还送了一坛过来呢。"

"就你能喝。"伊右卫门并没有好脸色。

"那是,人家喜欢嘛。只要喝了就畅快,世上之事不论什么都一下子变作彩景一样漂亮起来，真是很不可思议呢。"

"你倒是悠闲。"

"是啊，人家就是很悠闲嘛。"

"就是。你眼前看到的都是一片风和日丽鲜花无数嘛。"

"嗯！一丰夫君脸上也是鲜花无数呢。"

千代备好了酒菜。她在伊右卫门面前也摆好酒杯。不过伊右卫门最多只会润润嘴唇意思意思。"来，请！"她在杯里斟好了酒。

"看样子酒很不错嘛。"下酒菜有醋拌墨鱼山芋，还有三条取自湖里的小鱼。

"千代，今天俺去看马了。"

"马？"

"嗯，看到一匹像龙一样的马。"伊右卫门把安土马市的情景一一道来。

"明智大人的侍从、丹羽大人的侍从，他们都奉了主人之命前来买马，可在那匹马面前都丢了颜面。还有加藤虎之助那孩子也在。"

"听说过。羽柴大人对他很是满意呢。"

"他一个子儿都没带，却大言不惭，结果被马商数落了一顿。"

"哎呀！"千代边听边笑，但心中已经大致明白了伊右卫门到底想说什么。总之，是有些意外，可因为并非什么坏事，所以渐渐安了心，变得开朗起来。

"那匹马，多少钱呢？"

"不要问！一问又勾起馋虫来了！"伊右卫门的一张脸因酒而变得通红。

"就告诉人家嘛。"

"你又没有一敲就出钱的小锤子，问了作甚？"

"呵呵呵……人家说不定有呢。"

"有一敲就出钱的小锤子？"伊右卫门的眼神一如少年。

千代这样一说，他才想起他的老婆是有些不可思议。总是不经意间露出些聪慧来，在最紧张的关头也似乎都是老婆在处理。这次，他虽知道绝无可能，却仍想着回家跟千代商量，仔细想来，难道不正是因为对千代的依赖么？

（或许她真有办法？）

千代喝得晕晕乎乎的。

"千代你可别吓蒙了，听好了，要黄金十枚！啊哈哈哈，小胆儿没破吧？"

"……"千代呛了一口酒。她蜷着身子，手背捂着嘴，频频咳了起来。好像是酒呛到气管里去了。还别说，她真的是唬了一大跳，以至于酒都入错了地方。

"你怎么啦？"

"啊,有点儿……"

咳嗽怎么都停不下来。伊右卫门觉得千代的样子实在不对劲儿,于是绕到她背后帮她捶背。"都怪我把你吓蒙了。哎呀,不过是痴人说梦而已,就当个笑话听听就好。"

"嗯,是很好笑。"

"这就对了。好些了么?"

千代终于抬起头来。她在呛酒的时候就考虑好了,一双眼眸澄澈明亮,闪着清辉。只听她道:"买了吧!"

伊右卫门都有些不耐烦了,渐渐着恼起来,怒叱她傻得厉害:"哪怕是一句玩笑,你也太过分了!"

"呃,是玩笑么?"千代一脸天真,自问自答一般斜倾着小脑瓜。

千代认为,大马并非都会在战场派上用场;最好的马,是适合骑手自己的马。然而,就常识来说,拥有骏马的武士,无论在追、逃,还是格斗等诸多方面都是有压倒性优势的。特别是在敌阵之中拿长枪作战的时候,起初总是会有杂兵在四周碍手碍脚,难以靠近敌方的骑马武士,而骏马则可以轻轻松松就把杂兵踢散。

不管这个骏马论是对是错,今日织田家中无人能买得到手的那匹神骏之马,此刻在城中与城下定是人气极旺,好评连连。要是在这个当下,伊右卫门出手买了下来,那就是在织田家五万石以上武士之中的一个大话题，也一定会传到信长的耳朵里去。

武士的功劳，又并非只能在战场上获取……千代这样思忖。

（是应该买呢！）

她在心底里这样对自己说道。

"真是胡闹！"伊右卫门回到自己座儿上，夹了条小鱼连头一起放进嘴里嚼起来。

千代也随之站起。你要去哪儿？——伊右卫门眼神里露出的这个疑问，被千代的微笑挡了回去。

她回到自己房间，拿出镜子。这个镜子是自己出嫁时，姨父不破市之丞送给自己的嫁妆。铁质的圆镜，下方有柄。镜子背面用行书刻着一句诗："每傍玉台疑桂月，未开宝箱似藏雪"。就在这个镜子的镜匣里面，放着十枚黄金。正是当年姨父不破市之丞送给自己的。

——千代，不要轻易用。

不破市之丞曾这样告诫。不破家虽是美浓三大乡士之一的富豪之家，但黄金十枚这一大笔钱，也确实是他下了大决心才送给侄女的一片心意。

——一定要在你丈夫遇到紧要关头时才用。

姨父也这样说过。千代把黄金取出，用绢帛包好站了起来。

伊右卫门正低头把小刺丢在碟子里，见千代回来，满面狐疑地问道："去哪儿了呀？"

千代见伊右卫门两手都沾了小刺，眉头一拧："手上都一股腥味儿啦！快去洗了手来。"

"为何？"

"待会儿给你看样好东西。"

伊右卫门依言起身去洗了手回来，见膳桌旁放了个紫色的绢帛包。他不经意地翻开一看。"啊"的一声惊叹，一双眼神像是立刻便要啃噬了千代的脸似的。

"怎么回事？这不是黄金吗？还……还有……十枚！"

"没错。夫君大概会觉得奇怪，可这是有缘由的，能听我把话说完么？"

"能不听吗？说！"

于是千代把姨父不破市之丞的好意，与他定下的使用黄金的条件等事都告知了伊右卫门。可是，伊右卫门眼睛越瞪越大，眨的次数愈见稀少，最终怒道：

"真……真是不像话！咱俩一年四季都过着穷日子，可你倒好，悄悄藏了黄金！还一个字不透露给我！理由我算是明白了，可你也未免太可怕了吧？千代！你就是这么强势这么无情的女人么？"他第一次用这种陌生的眼神盯着自己的老婆。"你太聪明了，千代！一颗心七窍玲珑，里面分作好多房间，从门口完全看不到头！"

泪珠从千代眼里滚落而出。她十分清楚自己就是伊右卫门话里的那个女人，她自己也十分理解伊右卫门被蒙在鼓里的愤怒。自己要是个男人，也不喜欢有个这样聪慧过头且构造复杂的老婆。

（麻烦了。）

自己现在给伊右卫门留下的这种印象，该怎么消除好呢？

（只有哭啦！别问什么理由！）

这样在心底里决定以后，千代越想越伤心，眼泪不停地往下淌。而只要一哭起来，那简直就是悲从中来。她举袖掩面，肩膀也抽搐得厉害。

这下轮到伊右卫门手足无措了。"千代，是俺搞错了，是俺说过分了。哎呀事情太过意外，俺猛一听脑筋一下子没转过来嘛。本来是件大好事，该高兴的，俺却弄得让你伤心。哎呀，这可怎生是好啊，你这么老哭着！"

"是谁让人家哭的呀？"

"千代——"伊右卫门张皇失措，仿佛游泳似的夸张地站起，抱住千代的肩。"刚才都是俺心中的恶魔说的话啦，俺心中就住着这样一个恶魔。"他不惜故意夸大自己的缺点，来博取千代的回心转意。

（既然这样，那这次就先饶了他吧。）

她虽然这样想，不过在斜坡上滚落的悲伤，不到眼泪流尽的那一刻好像是停不下来的。她一头扑到他怀里。好不容易终于停了下来，这次是笑意涌将上来。她的后背在笑意中乱颤。

伊右卫门用黄金十枚买下骏马的消息，不仅在长浜传开，在安土城下也是传得沸沸扬扬。

"噢，山内伊右卫门竟是这么有器量的人啊！"

不管是认识的还是不认识的都对他另眼相看。织田家中的人对他的印象，本来除了平凡二字以外没有其他。可因为这个传言，人们心里的伊右卫门的形象，一下子便焕然一新。

人在看待他人时，总是有很尖锐的一面，可有时又会因为区区一个传闻而形成非比寻常的印象。千代似乎早就看透了这个道理。

先说明一下。人们并非是对他买下了一匹奥州的骏马这件事感到惊诧，而是对"黄金十枚"这个价格佩服得五体投地。

那个时代的人们，对黄金这种珍稀金属抱有一种梦幻般的憧憬。民间故事里的桃太郎，在打败魔鬼后，从鬼岛带回来的宝物就是金、银、珊瑚、锦绫这四样。这个故事在室町时代到战国初期这段时间广为流传，反映的就是当时的人们对这四种宝物的向往。

作为货币的黄金，是从江户时代才开始为武士所不齿的。战国时代的武士还没有这种精神风俗，甚至可以说只是一种纯粹的向往。黄金十枚这种传言一出，伊右卫门便仅仅凭此一项，就得以荣登织田家中的英雄宝座。

对了，还有一点也需要说明一下。在日本把黄金作为流通货币的，正是秀吉。秀吉发行了天正大判。家康模仿秀吉，发行了庆长大判、庆长小判。

因此，千代在镜匣里放着的这些黄金，并非正式通货。只是捶打得平整一些的金块，没有天正大判那样规则的锤印，也没有记录重量的字样，更没有辨别真伪的极印。不过其重量与后来的天正大判类似，都是一枚四十钱左右。千代那个时候便是如此，四十钱的金子俗称黄金一枚。

总而言之，是很了不得的一大笔钱。

"伊右卫门以两千石之身，养了相当于三千石的兵，而且另外还有那么多的财产啊！"他留给大家的印象就是：非比寻常！

而后，渐渐开始有人知道——好像是他夫人出的钱。于是，这个传言就在更深层次的意义上变得更让人感动："伊右卫门大人娶了一房贤内助啊！"没有什么传言比这个更能让人感觉到山内家竟如此深奥。

织田家的战斗人员，共计五万。假定每一位均有三位家人，那就有十五万人对伊右卫门评头论足过。

在没有多少娱乐的年代，他人的传言便可以代替戏剧、小说的功能。山内一丰夫妻的故事，不光当时，就算现在也仍然广为传颂，在战前还登上了学校的教科书。以上这些都充分说明了这个小故事拥有多么顽强的生命力。

可以说，千代用黄金十枚买下的，与其说是骏马，不如说是这些传言。马终有死去的一天，而传言是永生的。

由此，伊右卫门成为织田家中的名士。

天正九年（1581）二月二十八日，信长的阅兵阅马大典在京城举行，伊右卫门一跃而成天下的名士。

这个留名史册的阅兵阅马大典，据说是因为当时的正亲町天皇对右大臣信长说："听说武家有阅兵阅马这一说，我很想见一见。"大概这并非实情。这应该是信长自己提出的。或者是对仪式、规定等了解详尽的明智光秀所献的计策。信长此人，对光秀这个在战国武将里极为罕见的博学才子很是倚重，这样的提议定会应允。

总之，这是一次空前的阅兵阅马大典，直至明治都无出其右者。

此时的信长虽然还只是占据了中原这一片地，但官位已经超越了源赖朝——这位镰仓幕府的创设者兼右大将。

——天下终归是织田家的天下。

若是要这样对被征服大名示威，还要标榜织田有天下最强大的军容，有什么比让天皇亲临观摩的一次阅兵阅马大典更为有效的呢？

信长在此后的第二年，于本能寺被杀。这个阅兵阅马大典大概是他这一生之中最为得意的一个场面了。

——请诸位着意准备阅兵阅马大典。

离大典还有一个多月的正月二十三日，上述布告发往全军上下。

"千代，那匹马还真买对了！要举行阅马大典啦。"伊右卫门雀跃着对千代道。

"哎呀，真是好运呢。"阅兵阅马这种仪式，可以说绝少会碰到。连信长也是未曾举行过亦未曾见过的。

"嗯，还别说，咱夫妇运气真正不错。要是我还骑着以前那匹肋骨都凸得像旧伞骨架子的瘦马去参加的话，肯定会成为全天下的笑柄的。"

"能有这种机遇，正是因为夫君天生就是运势很强的人嘛。"

"千代，你老是这样说。"

"本来就是嘛。"

这是千代自结婚以后就一直在伊右卫门心底里种下的信念。千代觉得，人生本就是福祸相依相存的，就好比一根拧好的麻绳。可以认为自己运势很背，也可以认为自己运势不错。哪个都对，又哪个都不对。既然如此，那不如干脆就认为自己运势不错，这样的话不就可以更开朗快乐地度过一生了么？千代觉得不幸这种东西是很难缠上开朗之人的。

凑巧此时安土城中的信长，正跟御伽众[5]夕庵法印老人谈论伊右卫门的事。

"黄金十枚买下来的？"信长吃了一惊。

"是啊，这位山内伊右卫门做得不错。如果伊右卫门没买，那位奥州的马商肯定会去其他诸国行走，再吹嘘一些织田家武士不堪的话就麻烦了。功劳并非只有在战场上的刀枪之间才可以看到啊。"

说句实话，信长几乎完全忘记了山内伊右卫门的存在，此时也不禁叹道："他竟是这般的人物啊！"还感念了一句："那匹骏马，就盼着阅兵阅马大典那日，得以一睹芳容了。"

大典这天终于来临。京城里像是炸了锅似的,光从邻国过来长见识的人就有十万之众。

大典的会场,位处天皇宫殿的东方,是自南而北宽至八町的一个大广场。在四方边端立了数根高达八尺的柱子,且用毛毡包裹得漂漂亮亮。柱与柱之间也结了栅栏作为边界。

天子领着公卿、殿上人[6]所坐的观摩席,是在皇宫东大门外紧急搭建而成。亦是一处临时御殿。不过虽是临时的,但也决非粗制滥造。屋顶由桧木板搭建,栏杆、台阶上都缀有金银,很是富丽堂皇。

当日辰时,天子亲临御殿。即刻,在遥远的马场对面,宣告阅兵阅马大典开始的太鼓便"咚咚咚"地奏响了。

信长的诸位大名中,在第一阵列出场的是丹羽长秀。他骑着一匹漂亮的小鹿毛,"咯噔咯噔"不紧不慢地走了出来,金色马帜灿烂而夺目。随之而出的,是摄津、若州、山城等地众位小大名。

第二阵列的将领是明智日向守光秀。他骑着一匹极为出众的糟毛[7]马,领着大和等地众位小大名缓步出场。

第三阵列是村井作右卫门。待先驱队过去后,织田家的家门接着出场,有织田三位[8]中将、北畠[9]中将、织田上野介[10]、神户三七。随后又是诸位大名。

山内伊右卫门在羽柴秀吉之后十骑左右,才悠悠然骑了那匹山鸟芦毛马出场。对这匹马的神骏不凡诸位都是有目共识，连公卿的坐席上都传出阵阵感叹之声。

"噢，那就是吧？一看马就知道了嘛！"信长拍了一下腿，"在伊右卫门的山鸟芦毛面前，连各位大名的马都给比下去了啊。"

伊右卫门御马"咯噔咯噔"缓步而行。骑姿也与平素不同，很是飒爽出众。似乎只要马好，人的骑姿便会精进许多。

（千代，你看哪。这就是你的马呀！）

伊右卫门眼前铺开了一片浅绿莹莹的春日晨空。晨空之下，他悠然前行。

"今天可算是发现了一个好武士。给他加封两百石，就当是马匹钱。"信长心情大好。

轮到信长自己的马群上场了。在饲马官青地与右卫门的指挥下，许多身着素衣、白袴、赤脚穿草履的马夫们，牵着马匹一一上场。

首先通过的，是三千个黑漆金莳绘[11]的华丽饮马柄勺；接着又是一些人拿着工艺精美的草桶走过；然后是鬼芦毛马，仅跟在这一匹后面的就有多人拿着水桶、饮马柄勺、丝缎马鞍，还有遮泥用具等。

除了这匹鬼芦毛，信长还有小鹿毛、大芦毛、远江鹿毛、小云雀、河原毛等六匹。毫无疑问，这些都是压轴的绝品。

不过这六匹之外，在当日的评价中，则是既非大名亦非名将的伊右卫门所骑的山鸟芦毛最养眼了。

注释：

【1】鹿毛马：毛色整体上跟鹿一样是茶褐色的马，一般马鬃、尾、四肢下部是黑色。

【2】城下町：以封建领主的居城为中心，在周围形成的街市。

【3】南蛮：在日本，从室町时代到江户时代，南蛮是对暹罗（泰）、吕宋（菲律宾）、爪哇（印度尼西亚）等南方诸地的总称。另外还指代来到上述地域的葡萄牙、西班牙本国以及其殖民地。

【4】乐市乐座：是织田信长、丰臣秀吉推进的一种都市商业政策。主要内容有：废除贩卖特权，打破垄断，免除苛捐杂税等。

【5】御伽众：伺候在将军或大名身边的陪聊者。

【6】殿上人：指上皇、女院、东宫等可以上殿的人。

【7】糟毛：马毛色的一种，灰毛之中夹杂着白毛。

【8】三位："三位"是日本律令制下的一种官阶，有正

三位、从三位之称。从三位以上便可称公卿，属上级贵族的位阶。

【9】北畠：公卿之一。北畠家出身于村上源氏，是武家名门。此处的北畠中将指过继给北畠家的织田信长次子织田信雄。

【10】上野介：律令制下的一种官阶。

【11】莳绘：漆工艺的一种。用漆描好纹样后，在其上撒一些金、银、锡等金属粉末的技法。

鸟毛长枪

征伐毛利之战势必长期化了。

阅兵阅马大典之后的第二年（天正十年，即1582年）春，信长给秀吉增兵三万，命他再攻毛利。伊右卫门自然是从军如旧。他在离开长浜前道："千代，有你买给俺的这匹马，这次定会是此生的开运之战！"

真是有趣，就买了匹新马他竟如此兴高采烈。千代看着比以前出征的任何时候都神采奕奕气象一新的伊右卫门，心底无比愉悦。

秀吉的大军团途经山阳路到达姬路城的前线基地，是在三月中旬。四月，全军越过冈山县境的三石一地，进入备前平野，在冈山城这片地上形成一个新的前线基地。攻击目标就是备中高松城。

"伊右卫门，你去探探敌情如何？"羽柴秀吉对他提议道。

一听此话伊右卫门甚是高兴。秀吉在众多将校里能选中他，也是因买马一事而名声大震的缘故。

于是伊右卫门就带了二百五十人朝冈山城出发。往西三里远处，便是高松城。（高松这个地名在赞岐有，在安艺、加贺、骏河、羽前等地也有，所以极易混淆。这个备中高松，现在虽是冈山县里一处不起眼的乡下地方，但在当时却比赞岐高松更为有名。）此城三面环山，地处盆地中央，有城兵五千。守城将领是清水宗治。

伊右卫门在敌城边际立马而视。

"噢，这可是一处险地啊。"五藤吉兵卫骑马靠近他道。

的确是险要之地。此城虽建在平地之上，但其背靠连绵山脉，西面一条足守川（现称天井川）横贯南北，而且此城周围多有沼泽，只一条小道可直通城门。如若攻城，也仅此一条小道可走。

伊右卫门带了一位地图画师。只见他在山野里走来走去，不久便绘制完成。三天后他们打道回府。爱好土木的秀吉，凝视地图半晌，想到一个极其骇人的攻城法。

"下个月是梅雨季吧，伊右卫门？"秀吉问了个看似八竿子打不着的问题。

"正是梅雨季。"

"河水会涨起来吧？"

"应该会的。"

"在此处筑好河堤，在这里——"他指着地图上山脚处，"挖个沟，把足守川的河水引往城内，那高松城就浮起来啦。"

"呃，是要浮起来啊——"听到秀吉这番宏大构想，伊右卫门的嘴惊得合不拢来。

（靠蛮力进攻很玄。）

秀吉是这样考虑的。若是常规进攻，结果只能是损兵折将毫无益处。都说信长擅长火攻，秀吉擅长水攻。秀吉不愿伤及人命，可以说正是因为他的这种仁德之心才让他得了天下。总之，借水攻来迫使敌军降服，无论敌方还是己方的人员损失都可降至最小。

于是他们募集了劳工，共计数千人。一项大规模的土木工程开建了。

不过，挖渠筑堤并非战斗，秀吉为了查知守城士兵的士气，故意挑起了一次战事。伊右卫门也被选进去，组成一支两千人的部队。

"大人！大人！这一仗不好打啊，"五藤吉兵卫道，"几乎没什么胜算。要是莽撞前冲，丢了性命就太不值了。还是稳妥一些的好。"

攻击战打响了。一列纵队顺着沼泽中的那条小道朝着城门逼近。对守城士兵而言，这可是绝佳的射击目标。于是正面城壁之上聚集了大量铁炮、弓箭，只一个劲儿不断开火。命中率高得离谱。只一眨眼工夫，织田方就有十人、二十人被击中滚落沼泽。

"大人！大人！赶快下马！"吉兵卫都喊破了嘴皮，可伊右卫门却毫不在意，依然骑马而行。他的高头大马宛若鹤立鸡群，自然会成为城兵射击的头等目标。

（死了就死了！）

伊右卫门不愿下马。要是在此处下马，定会被人笑话孬种。

——名声是武士自己拼出来的。

千代曾这样说过。要拼出好的名声，武士自己必须与死神对赌。

伊右卫门终于来到城壁之下，此时城壁上飞下无数的岩石、木材、箭矢等等，根本没有丝毫喘息的机会。己方的伤亡越来越大，撤兵的钟声终于敲响。待己方人员如潮水般开始退却之时，敌方突然大开城门，数百人马猛然冲出，像是一直都在等待这个时机一般。

"吉兵卫，咱们不要撤！"

仅伊右卫门一队人马留守此处，在狭窄的一条小道上与敌方人马作战。伊右卫门在危境之中魄力横生。此时，一人挥枪纵马逼近，他头戴鬼面冠盔，身披绯红阵羽织，显而易见是敌军队长模样的能手。

"好手！幸会！"鬼面冠盔道，"本人行不改名坐不改姓，毛利家宍户修理良近是也。"说罢驱马过来。他头盔下的一双眼睛上下打量伊右卫门的坐骑，盘算着如何在解决伊右卫门之后，伺机夺了这匹骏马。

"呀！"对方一枪刺来。伊右卫门好不容易避开枪锋，可对方却毫不松懈步步紧逼。面对此番猛烈的长枪攻击，伊右卫门根本无法还击。

敌方武功高强，伊右卫门战马彪悍。当对方第二次挥枪过来时，伊右卫门还未曾引缰，马儿便踩地一跃，帮他避开了。

（啊！千代！得救了！）

他心底里感激一片。

伊右卫门给这匹马起了个名，叫"唐狮子"，因其面上有一圈宛如唐狮子一般的白色卷毛。骑在它身上才知道是匹名副其实的彪悍大马，真可谓"猛兽"一匹。一上战场，平素那双温驯的眼睛，会变作赤红，浑身怒气勃发，牵马的要是不小心都会被它狠咬一口，有时还会跳起来踩人。

伊右卫门的马术，与他的其他能力相比算是异常卓越的了。唐狮子的这股猛烈戾气，他操纵得游刃有余。

本来马这种动物是不会认为自己在战斗的。这便是与狗的不同之处。狗会在主人的教唆下朝自己的同类猛扑过去，而马却只是遵循主人的意思奔跑跳跃而已。不过，唐狮子身上显然有一股猛犬的性子，仿佛它自己也认为是载着伊右卫门在战斗一般。

"往哪里逃？"宍户修理一夹马腹，即刻追了上来。

"不要信口开河，俺怎会逃？"伊右卫门转个弯，噔噔噔一路小跑拿枪顺势刺了出去。

"看招！"对方一支枪缠上了伊右卫门的枪。伊右卫门一看不妙，正待收手回来，可枪却被对方反挑上去，冲向高空。

（糟了！）

他只好策马避开，顺手抽出腰间太刀。宍户修理骑马紧追不舍。少顷，伊右卫门一扯缰绳，转过马头。

"唐狮子，上！"他狠狠挥了一鞭子。只见唐狮子一蹬地，冲天而起。

宍户怯意顿生。准确地说，是宍户的马蔫了。

这时，伊右卫门手持寒光闪闪的太刀，一刀砸开长枪，并从枪缝中穿过，以唐狮子的巨大身躯猛地撞向对方的马。

哇——宍户的姿势凌乱了，右脚的马镫也被撞开。

对这只没有着落的右腿，伊右卫门狠命一踢。扑通一声，宍户落马坠地。接着他趁机骑了唐狮子冲过去，把宍户踢倒，待他将要爬起时又是一阵猛踢。第三次纵马过来时，冲着晕乎乎站起的宍户，他一把抓过头颅摁在马鞍上，随即切了下来。

"山内伊右卫门，解决了宍户修理！"他这样朝敌我双方大喊之时，忽然发现自己的枪不见了。

枪，不见了。

"吉兵卫、吉兵卫，俺的枪哪里去了？"伊右卫门在四周转来转去，想找到那根被宍户挑飞的长枪。这时数颗弹丸擦过伊右卫门耳际，多支箭矢也栽在足边不远处。

"还没找到？"

"没影儿呢。"伊右卫门哭的心情都有了。那支枪虽说枪杆都已磨秃，可毕竟是自己还在尾张羽栗郡的黑田居住时，父亲留给自己唯一的东西。换句话说，那是山内家祖传的长枪。

"啊！"吉兵卫看到沼泽深处，一支长枪宛若芦苇一般倒插在泥泞里，只剩了一节枪柄还在水面之上。这般踌躇了片刻，敌方城壁上又加强火力，箭矢仿佛雨滴般不停地飞落。

"实在是无可奈何了。就先拿了这个宍户修理的长枪凑数吧。"吉兵卫飞奔过去，取了一根一丈五尺的黑漆长枪来。之后，主从二百五十人避开箭雨，一齐退回。回到营中，待他们重新审视战利品时，才发现这柄长枪是多么名贵。

枪上铭文曰：来国俊。另外还有一字梵文与"三王大师"的纹样。

"来国俊，厉害啊。"

在织田家中，拥有此种名枪的，除却万石以上的将领，还真是凤毛麟角。而且拿在手上试过才知，无论是枪头长短、枪柄重量长短，还是握在手中的感触，都极为得心应手。

伊右卫门把此枪拿给秀吉看了。连秀吉也惊讶不已："厉害！信长主公倒是有一把来国俊的太刀，不过没有长枪。听说主公也正在四处打听想要一支呢。"

"那么就献给大主公好了。"

"伊右卫门，"秀吉苦笑道，"你这要算阿谀奉承了。信长主公是不会高兴的。你自己拿好这枪，多立战功，这才是武士正道。"

"是！"

"不过真是一支好枪啊！"连对兵器并不讲究的秀吉，看了也是恋恋不舍的样子，"你可是得了天下的名马，又得了天下的名枪啊伊右卫门，真是难能可贵。而且你原本还有千代这个宝贝不是？"

此后，伊右卫门无论征战何处，都与这柄长枪一道。

多年后，他得封土佐二十四万石时，特意为此枪做了一个枪鞘。枪鞘的样式据说是喜欢奇思妙想的千代想出来的，好似南蛮人戴的大帽子，是采了无数长尾鸟的漆黑尾羽做成的。一提到"土佐的大鸟毛长枪"，那可是声名远播啊，在整个德川时代都是作为土佐大名的武器，排列在大名行列的先头。

这大鸟毛枪鞘，如今就收藏于四国高知城内，可以随时参观。长枪则成为国宝，应该还收藏在山内旧侯爵家里。

本能寺突发事变，信长殒命。但正参与备中高松城围攻战的伊右卫门当然是无法知晓此事的。而且此事将给他的一生带来莫大的幸运，这种事他更是无从知晓了。

"吉兵卫，你看那边！"这日早晨在阵营里，他一睁眼便指着眼前的高松城道。

水量比昨天又增多不少，城郭已明显浸在水中了。

秀吉为了这个人工湖，在高松城西北的门前村往东南方向筑了一道二十六町[1]的长堤，堤高亦达两丈四。门前村的大土垒挡住了足守川的河水。长堤一旦完工，便决开足守川左岸，河水就会朝着城郭奔涌而去。

不单是足守川，城郭东北山麓的长野川也用相同手法围堵起来，在朝向城郭的西南部决开河岸。如此一来，水量又增了不少。

最要紧的是时处梅雨之季。长堤刚刚完成，便天公作美连下三天倾盆大雨，可见秀吉的运势不是一般的好。

"羽柴大人真是运气好得出奇呢。"吉兵卫道。伊右卫门亦有同感,此前他还怀疑水攻到底能否奏效。

"那位爷好像真有上天庇佑似的。"

他这样一说,吉兵卫也点头赞同:"夫人就说过,自古以来无论日本、汉土还是天竺,得天下者所凭借的不仅是器量,而且还有不可思议的运势,无运势之人就不成其为英雄。"

"千代这样说过?"伊右卫门不禁哑然失笑,俨然是个军师的口吻嘛。

"夫人还说,武士应该选择跟随运势好的大将。"

"所以俺选择了羽柴大人。能在大人手下做事,说明俺的运气本来也是不错的。你们作为俺的家臣侍从,运气自然也是很好的啦。"

"……大人真是……"吉兵卫苦笑着摇了摇头。他是想说,您一个无甚大才的人,就是运气太好啦。

"吉兵卫,你看那边!"伊右卫门指着一半都浸在水中的敌方城郭,让吉兵卫看。就是这个早晨,信长在京都的本能寺殒命。

六月二日凌晨,信长部将之一的明智光秀,领兵一万余众,突然出现在京城,横闯信长下榻的本能寺,逼得信长自杀身亡。

三日后的夜晚,这个消息才传到备中阵营里的秀吉手中。伊右卫门也不知道。不，是秀吉麾下的所有将士都不知道。秀吉怕消息传到敌军毛利氏耳中，所以暂时扣住了飞脚信使，不让他与任何人接近。

毛利本军在数日前对秀吉提出了和睦共处的要求，此刻双方正在交涉各项事宜。

秀吉的外交官是黑田官兵卫，毛利方是安国寺惠琼。毛利方以"割让五国给织田氏"为条件，可秀吉并未同意。他觉得信长肯定不会满足于此等小打小闹的收获。但是，这位信长突然殒命而去。

秀吉收到密报，次晨却神色如旧，策马立于河堤视察战线，跟往日一般无二。他来到伊右卫门阵营小屋，好兴致地说了声："伊右卫门，过来。"秀吉身旁有随从撑了朱柄唐伞，前后有百余骑服饰美观的马回役跟着，金葫芦马帜也在五月梅雨里发着钝光。

"伊右卫门，你那支来国俊的长枪，定会给你带来武运。"秀吉忽道。伊右卫门一时不知他是何用意。

秀吉瞥了瞥高松城背后的毛利大军，继而悠然前行。京城事变的消息，应该还未传到毛利那里吧。绝不能露出军心动摇之态。无论什么跟平常一样就好，这也是一种钳制敌方的心理压力。他甚至在马上狂歌了一曲，虽然唱得实在不敢恭维：

双川汇流一条，

毛利高松泡汤。

就是这样一首歌。"双川"语带双关，又指毛利本军的两位大将吉川、小早川。

"怎么样，伊右卫门，这歌写得还不错吧？"他得意地叫人写下来，即刻送到敌阵去。令毛利本营最感惊诧的莫过于歌曲实在是糟糕透顶。

这时黑田官兵卫与安国寺惠琼的和平交涉还在进行。黑田按照秀吉的旨意，很快答应了毛利方的条件，于是双方就在这个当口达成了和平协议。不过还有一条，高松城主清水宗治得切腹自尽，毛利方承认将其作为一项新条件加入协议。宗治全身缟素出了城去，在人工湖上浮着的一叶小舟里切腹。

和议达成后，秀吉便急忙率领将士，沿山阳道一路东上。这次调兵，是在天正十年（1582）六月六日下午两点过。

全军在雨中全速前进。这天夜里在备前沼城住了一宿，次日全军一口气走完二十里地，回到秀吉的居城姬路。七日这天，秀吉军冒着风雨整整一天马不停蹄，途中还有数处河川泛滥。

信长的死讯已经传遍全军，他们要去为信长报仇，去讨伐光秀。如若成功，则天下就是秀吉的了。这个时候就连杂兵也有机会登上历史的光辉舞台，只要成就功名，大名之位也并非遥不可及。因此全军上下任谁都在争先恐后狠命奔跑。

伊右卫门也不例外。他与家臣们心无旁骛狠命疾奔，仿佛前面就是命运之神。

秀吉用了一天一夜，从备中的阵营赶到姬路，时间是在八日的早晨。

他立即奔往澡堂，泡了个澡。入浴时下令道："明天出阵，诸位务必睡好。"随后，召了金奉行[2]前来。金奉行慌慌张张跑到澡堂的更衣室。

"请问大人有何事吩咐？"他很有些奇怪地问道。有战事时，当然首先应该召军师、武士大将等负责作战的前来才对。

秀吉光着身子，劈头盖脸问了一句："库里有多少钱？"

"回禀大人，有金子八百枚，银子七百五十贯。"

"把这些钱按职位高低全部分发给将士们，一分一厘都不要剩。"他要在战前把赏钱都分发出去。不过分发的对象只是有封地的将校。接着，他叫来了藏奉行[3]。

"参见大人！"藏奉行五体投地行了跪拜大礼。

"城里有多少米？"

"八万五千石左右。"

"全部拿去分给武士随从和足轻兵们。不守城就不需要那么些米了。拿去分了至少可以让足轻兵的老婆孩子轻轻松松喝上煎茶。"

另外，他还叫了出兵高松时的野战会计官来，问："还剩多少钱？"

"银子倒是用了不少……"

"问的是还剩多少！"

"仅剩十贯左右。不过金子还有四百六十枚。"

"早说嘛。把金子装好全部带走，战场上谁立了功就奖赏谁，赏完为止。"

秀吉从浴室走了出来。待他穿好了衣服，与出征相关的所有指示也都传达完毕。此时，傻瓜来了。"傻瓜"是参谋黑田官兵卫在背地里对山伏[4]的称呼。军队里总是有这种人物存在，平素以占卜凶吉为本职。秀吉虽是厌恶此类迷信的人，不过作为军阵习俗之一，还是照常带了山伏出征。

"在下惶恐，请恕我直言。适才占卜了一下出征日期，发现明日似乎不是太妙……"

"为何？"

"按卦上所指，明日出征，怕是有去无回。"

"哦，是么？"秀吉大笑，"在你们的世界是有去无回，在俺的世界可是一等一的吉日呐。"

秀吉躺了下来，睡得又沉又香。

到了晚上十点，第一道法螺号响起，意味着"出征前的饭菜来了，大家要吃好"。在城内阵营里的伊右卫门一跃而起，很快吃完。

第二道法螺号是在夜里十二点，这是辎重先行的信号。

深夜两点，命令将士集合的第三道法螺号响起。

秀吉昼夜兼程到达摄津尼崎一地时，正是六月十一日上午八点。

说到尼崎，现今虽是大坂湾的一处整日里煤烟冲天的工业区，不过当时可是一片白沙青松美丽如画的海滨。也有海港，与对岸的堺港一起成为濑户内海的贸易基地。

"这附近没有禅寺吗？"秀吉向当地人打听，回答说有座栖贤寺，于是就在这栖贤寺歇息了下来。

尼崎这里也有日莲宗的本兴寺那样的大寺。虽是小城，可位于正中的尼崎城却在四面有一圈五町长的护城河。

至于秀吉为何要选如此小的一座禅寺来做宿营地，其实谁也不明就里。不过仔细想来，禅宗是佛教各个宗派里唯一饮食油腻的一派。此派传承了宋代习得的中华料理,直至现今仍被称为"云水料理"、"普茶料理"等,很受美食家的追捧。因此秀吉才选了此处下榻。

他一到寺内,开口便问:"有没有大蒜?"僧人们一听皆是面面相觑。

禅寺山门处立了一个石柱,上刻有一句汉文:"荤酒不许入山门"。所谓"荤",也包括韭菜、大蒜等气味浓郁的蔬菜。僧侣们不仅不能沾肉、酒,连这些蔬菜亦属被禁之列。理由就是,若蔬菜气味太过浓郁,则会在体内生出无用的精气,以至于思慕女性,最终还可能犯了色戒,因此不得不防。所以作为惯例,除了荤酒被禁,连大蒜也是不许入山门的了。

可是,秀吉不光要大蒜,还毫无顾忌道:"兽肉、鸟肉也都摆上来。此后就是大战,咱是要去替主公复仇呢!可不能蔫了没力气。"

若是按常理,为主公服丧期间自是应该清心寡欲禁了荤腥才对。秀吉怕有人参他一本"既狂妄自大又不恪守本分",索性在寺里剃了个和尚头。

"在下也剃了吧。"他身边的部将堀久太郎道。

"哎呀,你就没必要了。把脑门旁边的剃一些就好。"秀吉这样回答。

这个发型就这么在尼崎的阵营里流行了起来。伊右卫门也命吉兵卫到处去搜集大蒜来吃，而且也把鬓发剃了一些。

"吉兵卫，你也吃，叫新右卫门也吃。哦对了，多多益善，连小者、马夫们都要给我多吃大蒜。"伊右卫门命令道。此后的激战不知会折腾几个昼夜，只有体力是唯一的依靠。

当时在排水顺畅的沙地里多有农户种植大蒜。待到七月左右叶子枯黄，便采收起来挂于轩下。至于用途，既不像韩人那样当菜吃，也不似唐人一般用作调料，而是作为家庭常备药来使用的。除此以外还有个用途，因为大蒜气味强烈，据说有使妖魔鬼怪退避三舍的功效，所以自古以来常可以见到各家门口挂着大蒜的景象。

尼崎是沙地，很多农户门口都挂着驱魔降妖的大蒜。吉兵卫、新右卫门先下手为强，跑了多处附近的农户，收集了大量这种驱魔降妖的大蒜回来。大家都吃了——因此可以说，"功名定是手到擒来！"

总之，伊右卫门队吃的大蒜、鸟兽肉，要比秀吉麾下的其他将士都多得多。这得归功于吉兵卫。

"大人，这次战事并非只是替右大臣复仇这么简单，而是天下乾坤将定的大合战。"吉兵卫把此战的本质看得透彻异常。

"正是如此。"伊右卫门实际上对信长的过世并没有多少感伤。这便是战国武士。不是说战国武士就没有感伤，而是说比起感伤，自己的功名、荣耀、名誉则更为重要得多。

（世道要变！）

只要能让秀吉得了天下，那自己也离出头之日不远了。

（千代，俺真的是选对主了！）

本来是在千代的暗示下，他才从信长的马回役降了一级，心甘情愿做了秀吉的与力。不过伊右卫门总认为是自己选的主公，而且不偏不倚，叩开的竟是一个无比幸运的门扉。

秀吉在摄津尼崎栖贤寺歇息了一宿。不过他并非是为了让士兵们休息，而是为了联合摄津、河内、大和等各处分散的原织田家的大小名们。他们陆陆续续出现了。有池田信辉、中川清秀、高山右近……大家虽说俸禄都不如秀吉高，但作为织田家的部将，都属同一级别。

当时秀吉在织田家中，位列第三。第一是柴田胜家，第二是丹羽长秀。

总之，他不过是老三而已。不过，秀吉最大的运气，就是信长在多方作战的同时，把进攻毛利这个最大的战事让秀吉扛了下来。信长派给他的部将人数，有着压倒性的优势。虽说是借来的兵将，但无论怎样都比老大、老二实力大多了。更何况他离京都的叛将光秀最近，最有地理优势，可以迅捷地投入决战。

本来"复仇战"应是老大领头。但不幸的是柴田胜家远在北陆。如果老大不在，按理说应是同盟军的客将德川家康坐镇主位，召集诸将共商大事。可不巧当时家康只领了少量人马在堺市游玩。

更为幸运的是，秀吉军团刚刚与毛利军作战结束，还保持着作战队列。不需要重新动员将士，亦不需要重新准备弹药与兵粮，立刻就能奔赴决战场地。

这便是"运"。

人们总是习惯于随便地看待运气，说秀吉得到英雄之名只是他运气好的缘故。但"运"是成为英雄不可或缺的条件，只有运势强的人才成其为英雄，仅有才能和器量是当不了英雄的。

十二日，进发尼崎。二万六千五百人的秀吉军队挤挤挨挨行进在西国街道上。

先锋是高山右近，其后是中川清秀、池田信辉，最后由秀吉本军一万余人压轴。伊右卫门就在此行列之中。

山崎合战始于天正十年（1582）六月中旬，若是太阳历应是七月中旬，正当烈日酷暑。况且这个夏天雨水特别多。

秀吉先锋到达山崎站（宿营地）的十二日下午，便下了一场倾盆大雨。他下达军令："不许淋雨，就近在民家借宿避雨。"

这回行军是戒急戒躁。幸好沿路的民家农户不少，伊右卫门他们在借宿上并未碰到麻烦。

秀吉这样做并非是考虑到将士们的身体健康，而是怕足轻兵们携带的火药淋湿了。若是在雨中狂进，待到真正打起仗来却一个子儿都打不出来，那就得不偿失了。

然而明智光秀那边——豪雨滂沱的十二日也是在照常行军。

光秀是在十日夜里得到秀吉消息的，对他竟然能在征伐战中与毛利军讲和，而且能即刻领军东上感到异常震惊。

"这只猴子！原以为会被毛利绊住脚进退两难，没想到这么快就抽身出来了！"

光秀略显狼狈，但不愧是织田家最为有才的作战家，随即做好了各项准备。光秀那日因事离开京都南郊的下鸟羽，来到岭上，一得到消息就即刻回了下鸟羽，并下令修缮淀城。大战来临却不得不修缮城郭，光秀的心境想是十分悲戚的了。

可尽管如此，光秀掰着指头数了数日子，对秀吉的行军速度之快还是惊诧莫名。十二日，秀吉的先锋竟然到达了山崎，这早已超出了光秀的预料。于是他只好重新部署军队，下达了进击的命令。

豪雨连连。然而出师晚一步的光秀，管不了是风还是雨，只能全速前进。

因为若是把山城平野与摄津平野当做葫芦的两处隆起，那山崎的地形便是葫芦的细腰，只要在此处占得先机，便能取胜。这是战术的常识。

光秀在诸多行动上都尽显焦灼之态。不仅暴雨行军，而且还强渡水量激增的桂川——在无桥之境。光秀乘着小船过去，骑兵队随马游过，足轻队则是全身尽湿地蹚水而过。足轻兵们挂于腰际的火药，都因渡河而几乎全部濡湿。铁炮成为一无是处的摆设。

"这样是没法打仗的，不如丢了京城，撤军返回近江湖畔的坂本城，以图后计。"武士大将斋藤利三多次谏言，嘴皮都磨破了，可光秀只道："不，打了再说。"

光秀于本能寺逼死信长后，在京都搭建了临时政府，这之间几乎是不眠不休。他已经累了。没有什么比劳累更能摧残人的心智。光秀在这个人生最紧要的关头，竟是落得心智枯竭，判断力丧失，果敢之心全无。更何况他的兵将们也都疲乏困顿，连火药都没了。

十二日，光秀本营总算到达了御坊塚，他让其他诸队在胜龙寺、西冈等地宿营，并下达命令："明日拂晓进发山崎！"

"天王山"这个词现在也同样适用于形容一决胜负的重要场所。若是得了这个场所就能抢得先机，夺取胜利。而此刻的"天王山"就是山崎。此山冈位势较低，可以清楚地俯瞰作为预定战场的淀川河畔全境。

北面有光秀军，南面有秀吉军。而中间就是"天王山"。光秀很早就查知了小山冈的战略价值，于十二日深夜叫来队长之一的松田太郎左卫门。

"今夜务必要抢占那座山冈。"他这样命令道。于是队长领了七百兵，并携带三百铁炮弓箭开始进发。

不过人的智慧真是很奇妙的一种东西。同一时刻秀吉也叫了足轻大将堀尾茂助来，轻松扬了扬下颌道："茂助，这山不错呀。"言下之意，是要他去夺下来。茂助立即会意，仅带三十个铁炮足轻从南面进发。

登山之路有南北两条，交汇于离山头一町远处。双方人员恰好在此交汇点碰面。

"上啊！小的们，不要手软！"茂助的声音犹如雷霆。他是秀吉的老家臣了，从藤吉郎时代起就一直跟随左右，现今是丹波黑江一地三千五百石之身（后来成为远州十二万石的大名）。与伊右卫门虽在俸禄多寡上有一些差别，但属同一等级。

他仅带去三十人。光秀方的松田太郎左卫门有兵力七百，人数虽多但所带火药都是哑的，铁炮形同虚设。

茂助的铁炮足轻兵架开三十挺铁炮，"乒乒乓乓"一阵扫射。毕竟是暗夜里的铁炮，而且是有的放矢。明智兵一听动静，以为大军来袭，不免军心动摇。更何况将领松田太郎左卫门被茂助最初的一枚弹药射穿了喉咙，一声未吭便倒地身亡。

明智方可谓是不幸，一筹莫展。秀吉方则正好相反。秀吉在山下听到铁炮声响起，道："哦，开打啰！"而后命令堀久太郎秀政队前去增援。伊右卫门也去了。

"吉兵卫，打起精神。首功都让给茂助了，咱也得搞个体面点儿的。"

"大人更要打起精神。"

"拜托了，推一下屁股。"伊右卫门这样命令两个年轻的侍从。最近伊右卫门身体发福，千代曾笑他道："夫君的屁股之大可真是有碍观瞻呢。"正当他接近山顶，要人"推屁股"的这个时候，激战大抵已宣告结束，明智方兵败如山倒。

"迟了么？"伊右卫门披荆斩棘，见缝插针似的穿过松根疾奔，可一切还是徒劳。敌军已经跌跌撞撞落荒而逃。

真正的大战是在十三日下午，待秀吉的本营也进驻山崎之后才打响。

那日虽有漫天的云翳，但下了一夜的大雨已经停了。淀川水量增多，上游的山土也溶入流水之中，染得河也红了。

下午四点，秀吉在山崎摆好阵势。上阵之前，他对挤挤挨挨沿道而坐的将士们言道："咱们这就去为主公复仇！忘记无用的功名，在这片荒野上誓死战斗到底！我秀吉与大家同在，誓死战斗到底！"他口气轻松，骑着马驹边说边走。此人就这样，阳光得很。

很奇怪，自古以来阴沉的大将得胜的例子实在不多见。

将士无一例外地仰望秀吉，有人大叫："筑前大人！俺就算只剩了一把骨头也要砍了光秀的头！"没有叫的人则是一脸光润的笑颜。

话语里虽然都是生生死死之类令人发怵的内容，但其含义归结起来只有一句——努力干，拼了命干，天下就是咱们的了！秀吉用清爽的语调，明白无误地把此番含义尽数传达给了诸位将士。

（豁出去了！）

伊右卫门神情激动，身形微颤。日本武士有数十万之众，自镰仓时代以来数百万的武士经历了种种荣枯盛衰，然而，能如伊右卫门一般将如此好的机遇紧抓在手的武士，到底又有多少？

——阶梯就在眼前！

冲上去！伊右卫门对自己大叫。只要冲上去便可以鲤鱼跃龙门了不是？

下午四点，秀吉在山崎布阵完毕之后立刻发出突击命令。先锋高山队、中川队开往山崎街道。第三队池田队进击淀川右岸的窄道（只能勉强通过一匹马），羽柴秀吉的先锋队从天王山附近开进，主力军由加藤光泰队做右翼，堀秀政队做中军，人数最为庞大的秀吉直属军则作为预备队排在尾翼。

伊右卫门属于天王山麓的先锋队。

法螺号鸣，太鼓大作，枪炮隆隆。摄津山城的大地上一时响声震天，其间还夹杂着武士的如雷吼声、马匹的嘶鸣叫唤，一场史无前例的大野战就此拉开序幕。

秀吉走在后尾，不停地叫着"冲啊！冲啊！"喊得唇干舌燥，声音嘶哑。他与马帜一直往前，不知何时竟已经来到最前线附近。对大将的挺身而出，战士们却犯愁了——秀吉在背后紧贴着追了上来，战士们很是担心刀枪不长眼睛会误伤了秀吉。

秀吉的身家性命全系于此战，若是败了，自是一个死字；若是胜了，就有了把日本攥在手心里的希望。

"冲啊！冲啊！"秀吉的声音在淀川河畔的芦苇草原上来回穿梭，一声又一声响彻武士们的耳畔，比任何太鼓声都更能激励他们奋力杀敌的勇气。

"大家的功名、功劳，俺都看得清清楚楚。加油啊！加油！"秀吉是"天下三大声"之一，他的每句话都响彻云霄。

光秀在御坊塚的本营。他在淀川上游把战况看得一清二楚，一直坐着，从未离开布凳一步。

难道是因为胆小？

此人原本并非胆小之人，只因实在疲乏困顿，又加上厄运连连。他所有的对策几乎都打了水漂。比如他以为大和的筒井顺庆定是站在自己一边的，可哪料到对方却迟迟不来，反倒给秀吉那边派去了密使。

（无所谓了……）

或许此种心态已经悄然袭上了他的心头。秀吉所做之事都是鸿运当头，而光秀却刚好相反。他仿佛是被赌神抛弃了一般。当他认识到这点时，气势便一落千丈。

"这个猴子，简直太狂妄了！"光秀遥望着秀吉飘扬在前锋的金葫芦马帜，自言自语道。

光秀部队也同样很努力。家老斋藤利三队、同盟军近江的阿闭贞征队等均在拼死奋战。战况如火如荼，直至下午四点半都难决胜负。可是,他们无法发射铁炮,因为火药都濡湿了。这点尤为致命。还有,天王山已被秀吉所占。秀吉的一个支队从山麓横扫过来。面对他们的射击,光秀军真是一筹莫展。

终于,决定战势的事件发生了。秀吉把预备队一支一支放了出来。

"紧要关头到了!紧要关头到了!"秀吉这样大吼大叫之时,忽然发现光秀的预备队竟然人手极少。于是立刻叫了传令官去给战斗中的加藤光泰报信:"渡过淀川河中的中洲,迂回绕到敌方背后进击!"

加藤队一接到命令便紧急出动。

光秀极为惊诧,虽着力作了防备,可无奈预备队几乎告罄,实在无兵可用。此时前线激战中的家老斋藤利三派了传令官来:"现在只能撤退了,若是继续耗下去,将是全军覆没的惨状。趁主力尚存,请下令尽快撤至近江坂本。"

少顷,部将御牧兼显也提出相同的意见:"撤退时就由在下来殿后,在下决心拼死一战!"光秀这才不得不敲响撤退的鼓声。军队瞬时没了战意,开始后退。可秀吉怎会错失良机?

"冲啊!功名就在眼前!"他这样吼道。于是秀吉军就好像一只猎犬一样,紧紧咬住敌人的后背。

气势一旦崩溃，军队这种东西还真是无可奈何，瞬时便四分五裂。连光秀身边也只剩了区区七百人，而且不久便只余数骑而已。光秀驱马北逃。他是想回到坂本城。

十三日也已夜深。光秀在左右数骑的保护下冲出重围，抄小路越过伏见北部的丘陵，在大龟谷至小栗栖的竹林小道上，遭到当地专门伏击败北武士的土民袭击，倒地身亡。

伊右卫门也一直在追击败北之敌。

"真傻得可笑。"伊右卫门回到长浜府邸对千代道。

女儿与祢刚学会走路，甚是可爱可心。千代抱着与祢问道："什么事情啊？"

"没什么事儿。俺持枪心无旁骛地冲来冲去，可忽然发现战场上到处都是自己人，合战早已结束了。"

（他也就只能聪明到这个份儿上了。）

千代略感失望。伊右卫门并非愚钝之人，只是从来都未明确自己在全体中的位置所在。所以，在每个这样的一瞬间，他都不明白自己该如何去做。本来千分之九百九十九的人都属于这一类型。

（可是，这样是当不了一国一城之主的啊！）

千代恨得牙痒痒的。

"只一味跟着自己人冲啊杀啊的，也就只能埋没在自己人当中，无法挥枪战斗，自然也遇不到好敌手了。"

（本是如此千载难逢的好机会！）

千代觉得可惜之至。在山崎合战这种一战而定天下之势的历史舞台上，可以作为战胜方的一员登台，是何等难得的机遇，可伊右卫门倒好，只是去晃悠了一圈而已。

（我要是男儿身的话——）

千代一时悔愤难当。若是自己能跟在伊右卫门身旁，一定不会是这个结果。

她逐一问清了战况与地形，笑道："哎，真可惜呀！"为何不早些穿过淀川的芦苇，去截击敌军薄弱的左翼呢？光秀军的崩溃肯定会来得更早些。伊右卫门也定会留名青史。

"不过千代，你说得倒是轻松，可当时俺在离淀川河畔很远的天王山，在一支从山麓横插过去阻击敌军的队伍里呢。"伊右卫门想要辨明的是，自己确实在一个无法随意调动的场所里。

"那就没办法了。"千代没有反驳，"不过，你在乱军之中，一定见到御坊塚的光秀大人的马帜了吧？"

"是见到了。俺们全军都冲着那个马帜围了过去。"

（都是傻瓜。）

千代实在是觉得自己身为女儿身太可惜了。那么多人都巴巴地朝着光秀的本营冲过去，不是傻瓜又是什么？

"要是败北，光秀大人会逃往何处？"

"这还用说，肯定是近江坂本或者丹波龟山，二城必取其一。"

"无论哪城都不经过京城。只要稍微想想就该知道必须取道小栗栖不是？为何不先去小栗栖守住那条小道呢？那样，敌军总领的首级就不会落在土民手里，而是攥在夫君手上了呀！战场上跟着大部队随波逐流同进共退，是无法立名的嘛。"

光秀总共只得了十几天的天下。而打败他的，就是秀吉。

秀吉实在是太幸运了。他率领的部下之中，自己麾下的仅占全军很少一部分，其余的几乎都是信长的旧部。而他自身也不过是信长旧部里位列第三的将领而已。不过，因为光秀得了天下，在山崎讨伐光秀的秀吉，也就有了夺取天下的资本。

山崎合战刚刚结束，山野里还硝烟弥漫，秀吉奔走于战场，慰问各位疲惫的将士。有一位鹿冠头盔的将领坐于路旁的岩石之上吃着东西。

那是摄津茨木城主中川濑兵卫清秀，是信长部将之一，原与秀吉属同一级别，这次是作为秀吉军的先锋首先冲锋陷阵去了。总而言之，他是秀吉的朋辈。可秀吉却从这一天起，便摆出了天下之主的架势。无论是否是演技，总之他能否摆出此种架势将主宰他以后的政治生涯。

秀吉在战场巡视并未骑马，而是乘轿，一如信长以往的派头。他从中川濑兵卫面前通过时，让人把窗稍微打开一条缝，只留下一句"濑兵卫，辛苦了"，随后便扬长而去。

濑兵卫气得掷下手中的筷子，道："切，这个家伙，竟以为自己得了天下！"

这句话不幸被秀吉听见了。不过他仍是一脸心平气和的模样。这一场戏，是一场分道扬镳的重头戏——是要让人产生羽柴大人得了天下这种错觉，还是仅仅让人感怀他这位列第三的旧部将为原主公报了仇。

秀吉巡视之中，见了织田家的旧同僚，一律直呼其名，再加上一句"辛苦了"，或是"你的英勇，今古无双"之类，俨然一副主公的说辞与态度。大家都在心里嘀咕着"这个猴子"，一脸愤愤不平。连高山右近这个平素沉默寡言的人，据说都对身旁亲兵言道："这家伙疯了吗？"

不过秀吉硬是厚着脸皮，把主公的派头撑了下去。

在信长时代，他对信长自不必说，对同僚也是卑谦有礼，动作轻盈。可一日之间竟变了个人。据说这也是参谋黑田官兵卫所献的计策。

伊右卫门把这些都讲给千代听了。千代妙目圆瞪：

（果然没有看错，此人定能夺取天下。）

见微知著的眼力，无与伦比的演技，这些秀吉一样不差。

总而言之，经历这么一个历史性的大合战，伊右卫门却与功名无缘。

秀吉论功行赏时，还特意问了左右一句："伊右卫门这次如何？"结果却是只得了区区几颗杂兵的首级。不过，秀吉此时想起一个关于伊右卫门的传闻，那还是在山崎合战之前征伐毛利的时候。

在东播州三木城的包围战中，有天夜里秀吉的直属部队驻扎在一大片萝卜田附近。当时兵粮运输出了一点问题，将士们饥肠辘辘很是犯愁。不过还好，旁边就有萝卜。

五藤吉兵卫在营中燃起篝火，做了一些烤萝卜。他拿起一根递给伊右卫门。可伊右卫门却一口否决："不吃。"

吉兵卫想到主人毕竟是战国武士里少有的举止端庄之人，吃饭也最多只沾湿一点儿筷子尖，于是道："大人或许会认为萝卜是不入流的东西，所以不愿碰。不过战场凶险，有时候连老鼠、黄鼠狼都不得不吃呢。"

"不是这个原因。"伊右卫门悄声道，"吃萝卜嘴里有味儿。要是在筑前主公（秀吉）面前露了口臭，那多不好意

283

思啊。"

这样的武士在那个年代可谓凤毛麟角。无聊枯燥的包围战中，传闻可是极好的兴奋剂。这个萝卜事件在各个阵营里很快传开，不久就传到了秀吉的耳中。

（倒是可爱！）

秀吉这样想也属自然。在他眼里，伊右卫门虽不是孔武之人，可他亦自有可取之处。

秀吉在山崎合战后论功行赏之时想起此事，道："伊右卫门虽然这次战利品不多，但他的铁炮足轻队，算是自天王山以来，攻击光秀先锋最为得力的一支。"他用这个模棱两可的理由褒扬了伊右卫门一番，并稍稍给他增了一点俸禄，达到三千石。另外，还把自己的居住地长浜赏给了他。

自此以往，伊右卫门与千代在长浜所拥有的并不仅仅是一处宅邸，他成了领主。

秀吉当初被信长封为大名时，还建了一座城郭。他让伊右卫门搬进去，身份并非城主，而是城郭管理人。不过，总算是能从石墙上远眺琵琶湖与近江平野，是居住于城郭的身份了。

"千代，俺终于当上一城之主啦！"伊右卫门笑容满面，欣喜而天真。

其实，只是三千石的城郭管理人罢了。换句话说，只不过是秀吉的管家。离最初的理想——一国一城之主还差着老长一段路。

（这个人若是不再替他铺好前程，看样子是无法梦想成真的。）

如果说山内一丰还算不辱英雄之名，那都是千代的功劳。这位千代，在山崎合战中，在秀吉的言行举止、诸将的动向上学到了很多东西。而这些将在今后的关原之战前夜派上极大的用处。不过千代自己也并非预言家，此时是做梦也想不到的了。

总之，战后论功行赏，伊右卫门得封长浜三千石。

秀吉因得了光秀的旧领地丹波，与近江合并之后，他的管辖范围可谓是飞跃性的增长。可作为中级将校的伊右卫门，所得就显得又少又可怜了。其实在山崎合战时，伊右卫门心里念的是：

（运气好的话，就是万石的大名了！）

但他并没有夺取万石的功勋，这是事实。

千代有一天面露忧虑，问伊右卫门："天下形势会如何演化呢？"千代的直觉可是远远超出伊右卫门等人的，这种对话形式也是千代想到的，已成了夫妇间的习惯。

"还很难说。"

谁也无法确定，秀吉是否很快就可坐拥天下。

信长还有几个儿子。如若按照足利幕府以前的泰平时代的继承法，信长所得的七成"天下"，该由他的儿子或孙子来继承。不过这是在战国时代。一切都是未定之数。

东海地方还有织田家的同盟军德川家康。北国有织田旧部排位第一的柴田胜家。另外还有极受信长信任，身居相当于关东总督一职的泷川一益，也回到自己的领地伊势，摆起了负隅顽抗的猛虎之势。

不过，位列第二，总领江州、若狭各半国的丹羽长秀，站在了秀吉一方。

织田家到底由谁来继续统领一事，最终还是摆到了会议桌上。在清洲城，诸位将领聚集一堂。秀吉拥戴信长之孙——叫三法师的一位幼童，而柴田胜家推荐了信长的第三子信孝。

另外，信长还有第二子信雄，亦是伊势一地的北畠氏继承人。但因为他现在姓北畠，不姓织田，被判失了资格。信长的长子已经在本能寺事变中战死，三法师是他的儿子。

经过激烈的辩论，秀吉的提案被采纳。

秀吉成为三法师小童的傅役[5]，另外还从近江领地里划出三十万石作为幼童的领地。不过这三十万石由秀吉代为保管，说是他自己的也无甚区别。其他织田家直属的领国，也都划分了出去，由各位将领"代为保管"。当然这句"代为保管"只是名义上说说而已，说被瓜分了更为合适。

这些领国瓜分的事也都是秀吉占了便宜，因此柴田胜家极为恼怒，差点就要使计谋杀秀吉。秀吉为了安抚胜家，把长浜一带与长浜城都献给胜家，作了胜家另一处不接壤的领地。

胜家的居城在越前，进出中央之地很是不便。这下在近江长浜有了落脚点，他是绝对不会不高兴的。

可伊右卫门却蒙了。刚刚到手的长浜城郭，这么快就不得不易手。

"伊右卫门，实在是没有办法。你搬到播州印南去吧。"秀吉这么跟他说。

伊右卫门茫茫然回到府邸，向千代告知了此事。

"要我们离开长浜，搬去播州。"

千代开朗地一点头，道："这不是挺好么？"

"你老是这么一副悠闲的样子。"

若是居住于播州，一旦有了战事根本来不及赶过去。下次，大抵就是跟北国的柴田胜家之间的合战了。从北近江到北国的那条街道，便是预设战场。对秀吉来说，这是第二场决定性的重要战役。自己住在播州，想是根本来不及奔赴战场的了。

（分析得不错。）

千代其实也是这么想的。她觉得，伊右卫门最近确实是稍微有些时运不济，但自认时运不济的话，就是傻瓜一个了。幸运与不幸，只是"事"的表里两面，"里子"暂时露出来也没什么大不了，只要有办法及时把它翻过来就成。

"播州封地那边找个代官代为管理，咱们自己就去求一处京都的府邸住下不就行了么？"

啊！伊右卫门被一语道醒。

原来如此，这可真是个妙招啊。近段时期内，秀吉的策源地大概就是京都。只要能住在京都，也就能够随时听候差遣，不再受制于地理上的不便了。

可是，千代的这个妙招看起来却有些难办，因为在信长时代还从未有过先例。信长遇害前，居住在京都的时间很多，却一直未曾兴建武士宅邸。

"正因为没有先例，所以去求才更有意义不是？"千代道。

千代认定，秀吉一定会在京都建一批武士宅邸。若非如此，信长的本能寺事变还会有第二个版本，而这一次就可能轮到秀吉遭殃了。就算不会发生，他也能更为轻松快捷地召集军队，何乐而不为呢？

伊右卫门依言去求了。

秀吉当时忙得不可开交，针对宫廷的对策、与织田家旧部将间的外交等等每天恨不能再找个分身来用。他听过伊右卫门的提议，一巴掌拍了大腿道："妙棋一步啊！不过伊右卫门，你先等等，俺觉得大坂比京都更好，俺想在大坂建一座巨城，把大小名的府邸都集中起来。要不然你暂时在安土城下找处空房子住一段时间如何？"

千代所想，虽在场所上与秀吉有些出入，但整体构思却与秀吉异曲同工。秀吉正在考虑把大小名的府邸都集中到大坂城下，一听伊右卫门的提议，不禁佩服起他来。

（这是个大名之才啊。）

瞬间他脑子里闪过这样一个念头。

（不过，领军的能力就差了。）

这正是伊右卫门的缺点。到现在为止，他还只是个小部队的队长，原因就在于此。

千代搬到了安土城下。一旦安顿妥当，她又派人到美浓娘家去召了一些好小伙子来。于是，伊右卫门的队伍又壮大了一些。她很清楚不久就有战事发生，对方定是柴田大人。

秀吉的动作实在太大太快。在伊右卫门这个区区小部队队长看来，简直就是匪夷所思。比如，在天正十年（1582）十二月初，他们从长浜搬到安土城下还不满一个月，秀吉便下了军令:"夺取长浜!"

为安抚柴田胜家而让出的长浜城,这么快就打算用武力夺回来了。伊右卫门可是吃惊不小。

(长浜这片土地,跟俺的缘分可不浅呐。)

细细想来,千代父亲若宫喜助曾居住过的这片土地,亦是千代的出生地,与他们夫妇确实有缘。此后伊右卫门甚至还当了一段时间的长浜城主,缘分真是不可谓不深。

这次夺回战,伊右卫门自然是要参与的。秀吉也说:"伊右卫门对长浜熟悉得很,做先锋吧。"征伐柴田的第一步,就从长浜包围战拉开了序幕。

长浜城在琵琶湖东北,从此处再沿路北上,就可到达越前。而越前现在是一片冰天雪地,与长浜城相连的道路边卡,也都为积雪所阻,无论人马均寸步难行。

秀吉要利用的就是这个天时地利,所以才特意把进攻时间定在隆冬十二月。长浜城没有本国的救援,注定是座孤城。

守城的将领是柴田胜家的养子柴田胜丰(胜家没有亲生子嗣)。

秀吉做事实在奇怪。他亲自率领浩浩荡荡的大军来到这么个小城附近,布阵完毕后却一枪不发。而后,自己一个人去了长浜边儿上的佐和山城,成日里只顾品茶。

(只夺城,不夺命。)

他想要的是这个结果。贯彻此人一生的战略思想就是这六字箴言：只夺城，不夺命。如何更好更有效的做到这点，是考量人的关键。

——羽柴大人宅心仁厚。

这种评价在当时已经渐入人心，逐渐成为天下共识。

信长却是相反。无论是伊贺、睿山，还是伊势长岛，他夺下的城池无一例外都是积尸成山、血流成河，连一条活命都不留。

秀吉把这些都一一看在眼里记在心里。虽说他在很多方面也敬慕信长，但唯有这嗜血的杀戮，实在不合他的性格。

——秀吉不愿夺取敌人性命。他总是推崇上兵伐谋，通过外交来降服敌方。而投降的敌将，不仅能保全自身性命，而且很多时候仍能继续做旧领的领主。天下之士都是这么认为的。正因如此，秀吉才能在如此短的时间内大量地化敌为友，从而夺得天下。

某日早晨，秀吉去各个阵地视察，来到伊右卫门阵营里。

"您还不打算开战吗？"伊右卫门这么一问，秀吉却笑着回答了一句像是莫名其妙的话："早开战了，在敌人心里。"

伊右卫门在这次长浜合战中，学到了重要的一课——不可思议的秀吉夺城法。

守城将领柴田伊贺守胜丰，对养父胜家抱有私怨。这点秀吉很是清楚。当时有件有名的轶事，不仅秀吉知道，织田家几乎所有人都知道。

有一年元旦，胜家一族接了重臣们的贺礼，摆了酒宴来款待。一个家仆捧了一只酒杯来，并斟满了酒。第一杯是胜家喝了，可之后他却轻巧地将空杯子递给了佐久间盛政（玄蕃）。他身旁的养子胜丰的脸色刷地变了。新年斟酒饮酒，是有顺序的。若按常规，自己是当之无愧喝这第二杯的，怎么忽地变作佐久间盛政？

胜丰对养父一直颇有怨言。因为养父对外甥佐久间盛政的爱明显比对自己要多。盛政不仅得到一座尾山城（即金泽城），还受封了加贺国的两个郡，这可是破格的优待。所以胜丰内心很是不忿，难道养父要撇开自己这个养子，让盛政来继承柴田家？

而此时又凑巧来了这么一出递杯的戏。胜丰见了自是气不打一处来，即刻起身，按住佐久间盛政就要接过酒杯的手，道："不该是你。这第二杯酒，除我之外还有谁敢喝？"说完硬是从养父胜家手里抢过了酒杯。

胜家一声不吭，神情不悦之至。一时间竟是满座唏嘘。自此以后，胜家与胜丰之间的父子关系僵冷了下来。

秀吉正是因为知情，所以才首先派人去劝降胜丰的家老，而后又派人去联络胜丰本人。开出的条件极好，长浜城的城主还是胜丰，并承认其领地。

"所以，开城绝对不亏。"秀吉的使者这么说道。总之，是要他投诚，成为自己人。

当然，秀吉开了一支大军过来，要攻陷这么个小城可是手到擒来。更何况秀吉比谁都清楚攻城的方法，因为他在成为姬路城主以前一直都是长浜城主，城郭的弱点可是知道得一清二楚。

不过秀吉的目的并不仅仅是攻城。他要让天下所有人都知道："羽柴筑前守大人宅心仁厚。"而长浜城正好可以做一个极好的典范。

守城将领胜丰经过多次会议商榷，终于决定背叛养父，投诚到秀吉麾下。因为他知道，即使勉力应战，但胜家的援兵被积雪阻碍，也是绝对来不了的。与其兵败而死，不如以现在的身份继续活着。除了胜丰，这大概也是包括家老在内的所有人的心声了吧。

长浜城开城了。

（原来如此！竟然还有这种方法！）

伊右卫门简直惊呆了。他曾经侍奉了多年的信长是肯定不会这么做的。要是信长，一定会推倒城墙强攻硬闯，恨不得把包括守城将领在内的所有身居要职的人统统杀光。

政局、战局真是瞬息万变。

在北国积雪融化，柴田胜家挥师南下之前的这段时间里，秀吉决定击溃胜家同盟国里最大的一支力量。这支敌军在伊势。首领是信长旧部大将泷川一益，居城在伊势长岛。

天正十一年（1583）二月，秀吉统领七万五千兵力，进入伊势路，包围了龟山城。此城背靠铃鹿连峰，守城将领是泷川的部将佐治新助，是个运筹帷幄的好手。

伊右卫门被派往最前线。这天刚巧千代的三担鱿鱼干到了，伊右卫门撕开，给每人都分了一块。

他问千代派来的小者："没有信件？"小者说没有。

"那，叫你捎话了吗？"

"没有特别要说的。"

（奇怪。）

伊右卫门反而心绪不宁杂七杂八想了好多。

（这个千代，难道是见我在山崎合战战绩平平，这次要我拼死一搏？）

实际上，这次的泷川攻击战，还有下次的柴田攻击战若是打完，那决定天下之势的大合战也几乎都结束了。如果在这个濑户内海边的战役里还挣不到功名，或许以后自己就永远与一国一城之主无缘了。

（千代是想告诉俺这个？）

伊右卫门觉得自己分析得头头是道，可事实却并非如此。千代只不过是偶然碰到一个从若狭来的鱿鱼干商人，所以才买了送来。

"诸位，这次攻城战关系着我伊右卫门一生的运势，大家给我如火如荼地干！"伊右卫门道。

五藤吉兵卫代表所有部下回话："您不说我们大伙儿也都心知肚明。我们一定众志成城誓死报效主人厚爱！"

"众志成城！誓死报效！"祖父江新右卫门重复道。

伊右卫门这支队伍里，没多少豪杰，也没什么智谋之士，只能说是一支相当平凡而普通的队伍。然而却能如此团结一致，道其原因，无非是因为伊右卫门会给人以奇妙的德高望重之感。

（咱一定得帮主人完成心愿。）

这种心思比其他武士队长的部下们更为明显。

到达阵地第二日便开始攻城，也没什么特别之事发生。敌方守城士兵撤退之后闭门不出。秀吉在阵营各处转了一圈回来，这天差不多就此落下帷幕。到处炊烟四起，等着吃饭的士兵们士气松懈下来。

然而伊右卫门这天却没让手下做饭，只叫他们吃了干粮，而且阵列井然，依旧做了伺机奔赴战场的准备。因为他左思右想，始终觉得不对劲儿："守城将领佐治新助，是个战场上出生入死多年的老手。这个晚上肯定会有动作。"

果然不出所料，伊右卫门的预感灵验了。

敌方的守城士兵有五十骑并未回城，而是藏身在城外野地，此时趁着月黑风高，突袭过来。

"敌军来袭！"伊右卫门一跃上马，系紧了头盔的绳索。

幸运的是——或许这么说很不厚道——其他阵营的人都脱了头盔，卸了马鞍，铁炮的导火索也收了起来。只有伊右卫门的两百人是全副武装。

他第一个冲出阵营，相形下俨然是个粗犷悍勇的骁将，与平素的柔和谦恭大相径庭。

"诸位打起精神来，给我杀呀！"

"大人也要打起精神来！"吉兵卫与新右卫门两骑也吼着追了上来。随后是争先恐后奋力前奔的各类铁炮、弓箭、长枪足轻兵。

这日伊右卫门的指挥算是出类拔萃的。因思虑缜密预先做了准备，他的指挥得心应手，连声音都带了张力。

"吉兵卫，不要蛮冲，铁炮在前，弓箭其次，长枪组不得擅自出队，队伍不得漏出间隙。某某，你的马鞍松了。某某，你都冲到铁炮组那边儿去了，不得有碍。"

不久，伊右卫门的铁炮足轻兵排好一列长队，并摆好架势，一齐对敌军的骑兵队扫射，完毕后迅速后撤。因装填铁炮尚需耗费一些时间，不迅速后撤的话，恐会遭致骑兵马蹄的践踏。

"弓箭组，上前！射！"随着伊右卫门的凛凛之声，箭弦之声响起，两发之后也撤退下来。

敌人因遭遇出其不意的铁炮与弓箭攻击，乱了阵脚。伊右卫门的骑兵队与长枪足轻兵们趁机一齐攻了过去。

这幅光景，坐镇于山上的秀吉看得一清二楚。

"噢，伊右卫门这小子干得不错嘛。"他不由得拍手称好。

其他阵营还根本来不及披挂上阵，只乱糟糟一团。两翼与后方阵营的将士听到枪声却茫然无措，不明白到底是怎么回事。

伊右卫门挥舞长枪冲入敌阵。敌方毕竟有备而来，每位骑兵都是百里挑一的好手。伊右卫门却毫无畏惧，专注异常，如入忘我之境。枪尖挑，长柄砸，马足踢，他解决了一个又一个。一齐攻上来的敌方足轻也轻轻巧巧被马儿踢得七零八落，不愧是千代买下的好马！

（买对了！）

它的表现几乎要让他这样大声赞扬出来。

敌方惊惧于伊右卫门的进击,只能转攻为守,最终兵败撤逃。

"追!给我追!一骑都不得放归城内。"伊右卫门吼得声音都哑了,追着杀了一个又一个。

(千代,俺的运气来了。)

伊右卫门简直有了遥拜千代这尊命运之神的心绪。

山上,羽柴筑前守秀吉坐在布凳之上,关注着伊右卫门的一举一动,背后立着的金葫芦马帜很是显眼。

"干得漂亮!干得漂亮!"看到精彩处,秀吉站起身子,拍手笑道。他这一高兴,就又是抓脸,又是揉眼,又是吸鼻子,忙得很。

"快!伊右卫门,再给他一棒!"他的这些话,伊右卫门自然是听不见的。总之,秀吉看得极为开心。在出阵的第一天夜里,假使秀吉军被泷川军里的这种小部队打个措手不及,哪怕只在一瞬处于败势,也都是对整个战事颇有影响的。如果没有伊右卫门,松懈下来的秀吉军定有一角被毁。

这可是关乎整军士气的大事。难怪秀吉高兴得犹如癫狂了一般。

当伊右卫门队把敌方的突袭队逼至城门时,秀吉马上叫来传令官尾藤勘右卫门,道:"你赶快去,赶到伊右卫门阵营里,替我带句话……勘右卫门你怎么还不快走?"

"替您带句……什么话？"

"哦，俺还没说。"他正想重新坐下来，可哪料到自己会弄错地方，一屁股竟坐空，摔倒在芒草地上。

"就……就这么说好了。"

"就怎么说？"

这里就借古代记录的文字用用，秀吉是这样说的：

"听好了，就这么说：筑州（秀吉）高兴昏了，又蹦又跳，又蹦又跳，结果摔了个屁股蹲儿。"

这便是秀吉的优点了。他无论是写信还是说话，语言的表现形式决不拘泥一格。要传达愉悦之心，那就把自身的雀跃之感无所顾忌活灵活现地说出来。被这样的语言表扬过的人，无论是伊右卫门还是别人，都会感激万分，登时觉得就算为秀吉粉身碎骨也在所不惜。而且，他的表扬总是非常及时，不会耽搁。这样更有助于催生斗志，得到表扬的人在下一次的战斗中则会加倍努力，更为精进。

传令官尾藤勘右卫门快马加鞭来到伊右卫门队里，大声地传达了秀吉的那句活生生的话。这个尾藤，是有名的"大嗓门勘右卫门"。他的话连周围的阵营都听得清清楚楚。

伊右卫门手持沾血长枪，在马背上跟他打了招呼。而吉兵卫、新右卫门等人都双手举枪举炮，欢跳起来。

"大人、大人，俺为了筑州大人，就是死也值啊！"吉兵卫竟高兴得泣不成声。

"吉兵卫，说得好！"新右卫门与他拥抱在一起。战国的侍从们真是淳朴得可爱。

伊右卫门把兵士们集中起来，浩浩荡荡开了回去。

（千代，俺第一步算是成功啦！）

第二天，秀吉把城郭围了个水泄不通，并且命令各队在城墙、城门边上搭好云梯。这些云梯自然是用来攻城的工具，遍布于城郭周围。另外还建造了与城墙齐高的井楼，攻城之时，可以推至城墙边上，便于登墙入城。

伊右卫门在城郭东南角的箭楼底下堆土。

"大人，既然昨天筑州大人那般赞赏咱，那咱今天就好好干，不第一个冲进去誓不罢休！"

"对！"

"大人！您说话真是无趣。这种时候就该像筑州大人那样，说些让俺们血脉偾张情绪高涨的漂亮话嘛。那才是有水平的大将不是？——'对！'干瘪瘪一个字，手下们听了才没有豁出性命的感觉呢。"

"那该怎么说？"

"吉兵卫，说得太对了——"吉兵卫一句句把伊右卫门该说的话教给他，"大人听好了，您该这么说——俺就先你而去了。俺与你虽是主从关系，可俺自小就由你照顾，实在是比亲人还亲。今天这次战役，关系到咱一家的荣辱。若是俺抛热血死在这濑户海边，后事就劳烦你了。吉兵卫，若是你死了，俺就生生世世供养你，照顾你的子子孙孙，重用他们，不让他们给你蒙尘——您就这么说。只要是个武士，他的主人对他这么掏心掏肺，定是连命都不会吝惜的了。"

"原来如此。"

"哎！您这回答简直可以把激情都浇灭了。大人实在太耿直，不会像大将们那样演戏。不过您至少该说句——吉兵卫，正是如此，来，抓牢俺的手咱携手共进！"

"吉兵卫，咱携手共进，拜托了！"伊右卫门说罢，伸出手去。

吉兵卫大笑不止："大人真是耿直。您的直率就是您的财富啊，大人！"

其实，这天吉兵卫喝醉了。他决心要拿头功，却怕自己打退堂鼓，于是喝了两盅来壮胆。而且是一鼓作气喝光了的，那时的武士们常这么干。

"大人啊，大人耿直这没错，可光靠耿直是当不了一国之主的。如果俺吉兵卫万一这次战死沙场，请大人务必记住这句话：在外面不管发生什么事情，都要跟夫人讲。"

"一个妇道人家，外面的事情没必要件件都知道。"伊右卫门摆出大男人的派头。

"那是对寻常妇人来说。不过夫人很特别，也很有趣，她的意见很多男人都比不上。至今日为止，俺吉兵卫虽然笨嘴拙舌，可也尽可能地把世间的事、主公家中的事、天下的事等等都事无巨细告知了夫人。"

（啊哈哈，原来是你说的呀！）

难怪千代就算深居简出也对天下事了然于胸。

吉兵卫为了山内家的兴隆，已经打定主意，明日第一个冲锋陷阵，攻入城郭。

用土垒堆成的高高的"土云梯"，在夜色泛白的时候完成了。吉兵卫抛下一句"大人，抱歉"，一个人噌噌爬了上去。接着，祖父江新右卫门也跟上去后，伊右卫门的一百几十名手下都争先恐后往上爬起来。

伊右卫门也在爬，他一个劲儿嚷嚷："屁股！快推俺的屁股！"无奈盔甲太重，他登土垒的时候很是吃力。好不容易爬到土垒顶端，吉兵卫已经在城壁上了。

"大人，千万别拖后腿啊！"吉兵卫回首大声喊道。

伊右卫门也开始爬城壁了。不知是否因为最近发胖的原因，他感觉身子不似以前那般灵便轻巧。

"吉兵卫，等等！"

"什么话呀?战场上还有等人这一说?"

正在攀缘城壁的,当然不只是伊右卫门队的人。各队都有人爬了上来。

守城的敌军又是投石,又是射箭,还从斜面开火,动用了各种手段来阻止秀吉军的进攻。弓箭也是对准下方"嗖"的一声,这个弦声越短力道越强,甚至可以射穿头盔。

伊右卫门眼见着他的年轻侍从们,从他左右一个个殒命而去。剩下的很多因为胆怯,故意摔倒跌落下去,躲在土垒的阴影里保得小命。

(这是俺一生之中的紧要关头!)

伊右卫门鼓起勇气,把手巾缠在枪柄上,再插入石墙缝隙,一步步踩稳了才往上攀。他的牙在打颤,岩石有好几块都与他擦肩而过;箭打在头盔上"咚"的一声弹开。可真正的恐怖却是在登上城墙之后。因为城墙上密密麻麻都是敌兵,一上去就等于打开了死神的家门。

(可是,若不在此取得头功,俺这一生都休想住进城郭。)

这个执念激励着伊右卫门拖着沉重的身躯一寸寸往上挪。

吉兵卫爬在最顶端,接着是祖父江新右卫门,到底是情深义重的老臣。伊右卫门只想着让他们夺取头功,但却忽略了他们的生死。

终于,吉兵卫登上城墙,举起山内家的旗帜大吼道:

"山内伊右卫门一丰的家臣五藤吉兵卫第一个登上城墙！"旋即，大量敌兵用长枪将他围得滴水不漏。吉兵卫拼命挥动武器，奋力求生。

接着，祖父江新右卫门也登了上去，并垂下枪柄来拉伊右卫门。很快，伊右卫门抓牢枪柄也登上了城墙。

哇！这下仿佛是坠入芒草丛中似的，四面八方都是一丛一丛的枪尖。

伊右卫门忘我地挥舞长枪。这么一说，听似极为英勇，可实情是仅能在东南哨所的白墙周围逃来窜去，只为求得枪雨中的自保。

"大人，小心哪！"祖父江新右卫门一刻不停地挡开那些朝伊右卫门刺过来的近在咫尺的长枪。五藤吉兵卫则在十步之外。

"吉兵卫，过来，别离那么远！"伊右卫门大叫道。吉兵卫自是很想靠近，可无奈身旁的敌兵却丝毫不给他机会。他周围十人左右在不间断地对他发起攻击。

"新右卫门，去救吉兵卫！"

"明白！"新右卫门终于喘了口气。

不过，他们所在的地方与吉兵卫之间有一道厚厚的敌兵人墙。要穿过此墙，可谓九死一生。

"大人，在下去了！"

"俺也去。"

"您不能冒险。"新右卫门猛地推了他一下。伊右卫门晃悠几步一屁股坐在地上。

"新右卫门，把俺也带过去！"他再次起身时，只觉得热泪盈眶，终而哇的一声哭了出来。他边哭边跑，根本无暇顾及自己的前后左右，甚至连自己在放声大哭都没有意识到。这正是一种发狂的状态。

有敌兵长枪攻来。伊右卫门一发狂便有如神助。他机敏地跳跃避开，将对方一棒打倒，再一枪夺了命去。于是又哭着跑起来。

吉兵卫被敌兵包围着。此刻的他面相狰狞，手持枪柄，身子转得仿佛螺旋一般。突然，包围圈的一角被打破，有个武士哭吼着闯了进来。吉兵卫定睛一看，不是自家主人又是谁？

"大人！大人！"吉兵卫眼眶一润，也哭吼着挥起长枪。连新右卫门都被哭号声传染，棒打敌兵的吼声里也带了哭腔。

实在是奇妙的主从三人众。如此一来，三人竟功力大增，连围攻的敌兵也显得有些束手无策。可无论怎样，他们毕竟只有区区三人。

"把这三个哭闹的家伙隔开，各个击破！"敌兵中一个久经沙场的武士扯着喉咙嚷道。很快，一直杂乱无章的敌方攻击，竟由此赢得了机动性。主从三人之间被众敌兵分割开来，再也无法互帮互助。

吉兵卫已经筋疲力尽。这种场合之下，疲乏才是最大的敌人。眼见着他的动作缓慢了下来。一支长枪刺过，他好不容易才挡开，就在此时，左臂弯底下失了防备，支支长枪像是被吸引过来一般刺中他的腰际。

"啊——"吉兵卫惨叫一声，瘫倒在地。

吉兵卫的悲鸣听得真真切切，可伊右卫门却无法抽身去救。于是他的哭吼声更加激昂了。伊右卫门已经意识到自己是越哭越有劲儿，此番是故意为之。为的是打破包围圈，去营救吉兵卫。

此时，爬上城墙的自己人也逐渐增多，十人、二十人，都已跳入城墙内侧。敌军开始溃败逃窜。

"吉兵卫！吉兵卫！"伊右卫门哭号着跑过去，扶起吉兵卫。枪伤共有三处，鲜血在汩汩流出。

"大人，我不行了。"吉兵卫长满胡楂的嘴里好不容易才吐出这几个字。

"吉兵卫，只要山内家一息尚存，就决不会亏待你的妻儿，决不会亏待你的子子孙孙。"

"您一定要当上一国之主。我吉兵卫就是为了达成您的这个心愿，才要第一个冲上城墙的。"

"好！一定！俺当了国主，就让你的子孙做俺的家老。"

这是很自然的事情。那个时代，劳作最大的目的便是振兴家业。就跟百姓们为了子孙而辛勤劳动开荒垦地一样，武士们为了子孙而奋力夺取功名，就算为此丢了性命也在所不惜。

吉兵卫是个无名无姓的小人物。但他的子孙却成为土佐二十四万石的家老，直至明治维新。当然，这个家系与封建时代的其他家系一样，总会过分渲染家祖吉兵卫的创业功绩，只靠着这个名号坐享了三百年的福，实际上并未培养出多少人才。但吉兵卫在龟山城头的死，带给他的子孙三百年的长期安泰，却是不争的事实。

这日，龟山城被攻陷。

夜里，吉兵卫的遗骸在营里被火化，遗骨由祖父江新右卫门暂为保管。

"真是太不幸了！"新右卫门哭泣着。他的悲叹在古代记录上是这样描述的：

"我与吉兵卫的情谊，已经超越了亲情。他总是不怒不嗔不藏私，每每与他在战场上同力共勉，我总是不如他。（中略）如今我痛失挚友，在战场上感觉空空落落，在酒宴上亦只能借酒消愁，一提到他便忍不住老泪纵横。"

平凡的伊右卫门也是个动不动就流泪的人。他很快就遣人把吉兵卫的遗骨、遗物从战场送到千代的手里，让她去安慰他的家属。

千代马上找来供养僧，整日里念经，替他祈求冥福。她也失了平日里的镇定，一连数天都是嘤嘤凄凄的模样。"再也不要看到武士了"，这种话她反复说了好多次。

注释：

【1】二十六町：约近三公里。

【2】金奉行：掌管金库会计与出纳的职位名。

【3】藏奉行：掌管米谷收支的职位名。

【4】山伏：在山野中起居修行的僧侣。据说山伏可以通过山野修行来获得神灵感应。

【5】傅役：相当于监护人。

贱
岳

笔者实在是无法不提及这个时期秀吉与柴田胜家之间的对弈。这可比山内伊右卫门一丰这个秀吉军里区区少佐级别的小官之事有趣得多。

我们的伊右卫门正处身于日本历史上最波澜壮阔的数月之间。不过他只是身子动了几下而已，秀吉却是头脑与身子连动，改写了一段日本的历史。笔者的兴趣被秀吉吸引过去，也是人之常情。

更何况，秀吉的成功同时也为故事主人公伊右卫门开拓命运铺好了路。由此看来，在秀吉身上多费些笔墨，也就毋庸担心是无用之功了。正因为有了秀吉，加入秀吉阵营的原织田家旧将们，包括伊右卫门在内，才能挣得自己的一片天。

原织田家大将排位第一的柴田胜家，领国有近二百万石。北陆一地是他的势力范围，居城在越前北庄（即福井市）。积雪阻碍他南下，此事前面已有提及。

这段时间，秀吉一直在讨伐柴田胜家的同盟军泷川一益。眼见秀吉在中央的势力一天天膨胀,柴田胜家却只能咬着手指干着急。大概是实在耐不住性子了,就在伊势龟山城即将被攻陷之前,他动员了数千劳工:"把沿道的积雪扫净!"

扫雪作业的时间是二月二十八日至三月二日。一结束,胜家便即刻率领五万大军南下。

"动身了?"听到这个密报时,秀吉很是欣喜。于是马上从伊势调回兵力,一路北上,直至北部近江的山岳地带。

此处叫做"柳濑",南北两支军队都在附近驻足停留,地形险峻——"山谷深幽,道路细疏,进退不便。无论于敌于己均不是交战的好地方。"因此,两军只能对峙着耗费时日。接连彼此的小道就在悬崖边上,狭窄陡峭,仅容一个人勉强通过。根本不用费神去考虑大部队会战的可能性。

"看样子,是持久战啊。"伊右卫门叹道。

柴田胜家按兵不动。两军在这山那山之间筑了无数的小要塞,你瞪我我瞪你。从地形上看,先出兵的一方将会陷入对方的要塞网中,必败无疑。

"胜家相当老练,是不会出手的。咱们也不许出手,就当是比赛忍耐力。"秀吉对各个要塞叮嘱一番后,自己带着游击军攻入美浓一地。为的是柴田同盟军织田信孝的项上人头。

伊右卫门也跟着去了。然而——

对于柴田胜家来说，最大的不幸就是有佐久间盛政这位过于优秀的猛将。

柴田对这个堪比猛兽的年轻人甚为喜爱，让他做了义子。正因如此，他的养子即长浜城主柴田胜丰，才与养父起了间隙，最终开城投诚归附了秀吉麾下。这事之前也提过，可以说是因为佐久间的不幸之一。

另外，如今在北近江的这场持久战中，主将柴田胜家对全军下令"不许动"，可佐久间盛政就是想动。他率领了柴田军中最强的部队，在最前线布阵。仔细勘察过秀吉军的要塞地带之后，他意外发现了对方的弱点。

秀吉阵地的中央地带里，有中川濑兵卫与高山右近两处堡垒，而且有条小路正好通往这两处。佐久间认为，如果途经此路来个夜袭，一定可以把两处堡垒一锅端了。

"请允许我出兵。"他让手下去本营的胜家处传达了自己的想法。

胜家很是惊诧，立刻回绝道："不行。不许擅自出兵！"可佐久间仍不罢休。他再三派了手下去当说客。

"一定会成功的！"

"是会成功。不过不许去！"胜家还是不让步。就算能把两个堡垒一锅端，可毕竟地处敌阵中央，若是行动稍有延迟，对方各个要塞一动就可以瓮中捉鳖，将佐久间套在袋子里猛打。而佐久间的溃败必定导致全军的溃败，这是显而易见的。

"不许去！"这次是胜家自己派了传令官去佐久间盛政的阵营，再次明言禁止。可佐久间却傲然一笑："往年被称作'鬼柴田'的义父也老啦，连这么点儿事也看不明白。如今敌将秀吉正在十三里之外攻打美浓岐阜城。他就算得到急报，要赶过来也一定耗时不少。这就是天意啊！趁主将不在，吃掉他右边两个堡垒，再击溃各个阵地，不是比捏碎鸡蛋还容易吗？"胜家派去的最后一位传令官甚至吃了佐久间盛政的闭门羹。那时他已经出兵夜袭去了。

正如佐久间所预料的那样，中川、高山两个堡垒很快就得手了。中川濑兵卫战死，高山右近不战而败。

"你看！"佐久间让人把战胜之事告知本营的胜家，可胜家非但不喜，反而沉重叹息道："臭小子，终究还是误了我的大事！"

同一时间，正在大垣阵中的秀吉，听到"己方中川、高山阵地溃败"的急报，简直欣喜若狂。

"我方大胜，已近在咫尺！"秀吉命令全军快速行军，立即反攻，"战死的濑兵卫真是可怜。不过天下从此就是咱们的了。只要还有口气，就给我玩儿命地跑！时间就是胜负的关键，一旦去得迟了，就等于失了天下啊！"

伊右卫门等人也是满心欢喜。这条中山道或许就是秀吉军六万将士通往荣达之路。

秀吉在大垣城紧张地调度出阵事宜时，叫来各将领、各奉行，道："筑前（秀吉）我现在就准备出发了。走得慢的人，只要马还喘气就拼了命赶上来。"

在小事上决不马虎是信长的一贯作风，而秀吉更是青出于蓝。他选了五十名身强力壮的将士先行，出发前他亲自大着嗓门下达命令："给我听好了，你们沿路召集各地的村长、富农，叫他们开仓献米煮好饭。饭煮好了就把米俵[1]切成两半，都装满饭，再洒上点儿盐水。告诉他们米饭钱以后一定十倍奉还。马料就用米糠吧。或许有人会手忙脚乱把米糠当米饭，要先贴上木板或纸做个记号。来吃饭的人可能会贪多要双份儿，睁一只眼闭一只眼就好。米饭让他们用手巾或者衣服包起来。"

总之，秀吉是扬鞭长奔，马不停蹄。下午两点从大垣出发，日暮时分已经回到北近江的本营了。

敌将佐久间盛政闻言惊诧莫名。他认为"秀吉再怎么快也得在明日下午才能回营"，所以所有作战计划均是按照这个时间表来制定的。他起先对侦察兵所述内容一点儿也不相信，道："秀吉是鬼还是神？决不可能的事。"然后又换了一批侦察兵再去查看。结果所有的侦察兵都惊恐地奔跑回来。

"美浓街道上都是西进的火把，好像万灯会一样。近江木之本附近一带人马混杂，四处的火把、篝火照得跟白昼一般。"

盛政这才明白主将柴田胜家的担心并非无中生有——那家伙（秀吉）的动作比猴子爬树还快——为了警告盛政的冒进，他曾这样评价往年同僚的长处。

盛政终于开始收拢沉陷敌军的一支孤军，可要撤退谈何容易？一万数千名将士零零散散分驻在各处峰谷，更何况时处深夜。但若不及时撤退，定会成为秀吉大军的瓮中鳖、俎上肉。

撤退途中，贸然失足落入谷渊者，草木皆兵同室操戈者，被遗忘在敌阵之中仍不知撤兵命令者，简直层出不穷。一瞬间，军队组织便好似分崩离析了一般。

二十日夜半，细细的月牙儿升了起来。秀吉在山中疾行："逮住佐久间逃窜的尾巴，直接冲击胜家本营。凌晨便是决战！"不久，马匹已派不上用场，秀吉徒步穿行于北上的山路。他在青苔上滑倒，脸也被丫桠划伤，就跟一个泥泞满身的杂兵没什么两样。

凌晨三点，两军终于在高耸于余吴湖畔的贱岳开始激战起来。秀吉对面的敌军是盛政的殿军——即柴田胜政的部队。

月儿躲进云层，四周一片黑暗，只双方铁炮闪烁的火光，稍稍给这片地添了一些色彩。

伊右卫门也在一片暗黑里满身泥泞。

"新，新——"他大声呼叫着祖父江新右卫门。

"在！在这里。"

"哦，在就好。这山野间黑灯瞎火的，连脸都看不清楚。你有绳子么？越长越好。咱手下都抓牢了绳子，不要擅自离开。"此种情形之下，还提什么战斗？能不迷路就谢天谢地了。

待天色放亮，四周都泛白时，终于可以看清敌我双方的情势，秀吉不拘一格的指挥开始了。其实，当时敌队里夹杂着自己人，自己人队伍里也混入了敌人，很快就惨烈地打成一片。

伊右卫门的小部队处于谷底，周围没有自己人也见不到敌军，一双双手只抓了一根绳索，茫然不知所措。

"这样干等可不是办法。"伊右卫门仰望悬崖上方的饭浦坂，彼处已是刀光剑影，斗得正酣。

"大家给我上！"伊右卫门抓着草往上爬。若是不到有战斗的地方，还谈什么功名？

这时敌将佐久间盛政在西北的山顶眺望战况，大概是觉得再打下去亦是徒劳，所以奏响了撤军之鼓。于是佐久间队边打边退，不过虽是撤军，但战斗力仍然很强，竟毫无溃败之象。

可秀吉却清楚，佐久间的撤军之鼓是个绝好的机会。这种情形之下，若是能够如针刺般对撤撤停停的敌军来个小范围的痛击，这股疼痛便会顷刻传遍全军，导致整军的颓然崩溃。也就是此时，秀吉对自己的亲卫队下达了全力出击的命令。

"领命！"加藤虎之助清正、福岛市松正则、片桐助作且元、平野权平长泰、胁坂甚内安治、糟屋助右卫门武则、石川兵助一光，这七人手持长枪即刻冲锋陷阵，在此次合战中谱写了为后人所称道的"贱岳七枪"的故事。

伊右卫门好歹爬到了路上。秀吉的亲卫队早已从他头顶飞驰而过。"新啊，新——咱们来晚了。"

新右卫门摔了好几次，现在还在谷底。

（这次怕是要无功而返了。）

伊右卫门只觉得眼前发黑。不过，还是拿起了长枪。

（俺一个人冲上去！）

他噌噌地往坡上跑。侍从祖父江新右卫门好不容易才爬上来，正朝坡上猛奔时，却发现伊右卫门已被敌方压在了身下。

"大人？是大人么？"

"噢，新右卫门，救我！"敌方的刀刃就快刺到他的喉咙了。

新右卫门一下子刺透对方，很快便取下首级。那是个武士。

"大人，武运不错呢。"

"走！"正说话间，侧面响起枪炮声，手下数人应声而倒。伊右卫门也顾不了那么多了，一头闯进乱军之中。

千代的丈夫，并非豪杰，但却仿佛笃实的农夫在农田耕作一般，总能在战场上留下战绩。这次的贱岳饭浦坂一战，也如往昔一样勤勤恳恳。对方是揣了逃跑的心思，与迎面而来的对手不同，手上半分力道都没有，所以这次取得的首级数量可观。

柴田军接二连三地溃败，佐久间盛政被抓获，总大将柴田胜家逃往越前北庄的居城。秀吉仍不放弃追击。

天正十一年（1583）四月二十日，越前北庄城被攻陷，柴田胜家与夫人市[2]一起，放火烧城自刃于室内。

之后，秀吉乘胜进击，降服了柴田的同盟军佐佐成政，并与越后的上杉景胜达成军事同盟，于五月七日回到近江安土城，十一日又马不停蹄进入了同国的坂本城。

如此一来，整个中央地带几乎都归于秀吉帐下了。所剩的强敌，只有东海的德川家康一人。

秀吉开始对将士论功行赏。当伊右卫门从秀吉的奉行那里听到"加封五百石"这几个字时，不由得脸色一变。

（只有区区五百石？）

全部加起来才三千五百石。

（羽柴大人得了天下，俺就只这区区三千五百石么？）

他只觉得心脏都快停止跳动了。茫茫然中，他仰头望见在坂本城顶上飘动的朵朵白云。吉兵卫的脸好似在白云上浮现出来，不过，脸颊却是扭着的，像是在痛哭。

吉兵卫在龟山城第一个爬上城头，还为此丧了命。此功就值这点儿么？一想到这里，伊右卫门的身体不由自主颤抖起来。

龟山城包围战时，在日暮时分己方人员都懵然大意，遭了敌军奇袭队的侵扰。正是他伊右卫门队只身突击，这才击退敌军。秀吉从山上本营将这一切看得一清二楚，还特意派了传令官说——筑州（秀吉）高兴昏了，又蹦又跳，又蹦又跳，结果摔了个屁股蹲儿、屁股蹲儿。赞人的话说得这么漂亮，可战功又是怎么算的？

（羽柴大人也太精了。正因为被他赞得激情满满，俺才决定第二天的攻城战一定要抢得头功，还把吉兵卫的命都搭进去了。可羽柴大人只不过动了动嘴皮子，露了张笑脸儿罢了。）

伊右卫门还以为自己能当上大名。从信长的旗本转为秀吉麾下的一员小将，而后又成为秀吉的家臣，伊右卫门的资历可谓极老了，是名副其实的老将。秀吉夺得中央一大片天下，加上北国柴田的旧领，至少有近五百万石的领地。而身经百战的伊右卫门就算得一万石，当个小大名，也是无可厚非的。

（就这么点儿啊？）

伊右卫门从帷幔中走出，找了片草地坐下，茫然中竟起了不想再当武士的念头。

此时帷幔之中响起一阵嗓音极大的争执声。原来还有别的人对论功行赏抱有怨言。伊右卫门觉得声音很是熟悉。

正是加藤虎之助清正的声音。

"混蛋！"他嚷道。虎之助一肚子气也是在所难免。因为"贱岳七枪"立了功，秀吉便给他们一齐加封。虎之助本是秀吉手下杂役，俸禄二百石，仅这一次便增至三千石。

（那个小毛孩儿？）

伊右卫门等人拿他与自己微薄的加封相比，实在是气不打一处来。二十来岁的虎之助，一下子就得到了十倍的加封。要说功绩，也就是杀了个敌军拜乡五左卫门的铁炮足轻头——户波隼人而已。

（他或许是比俺早那么一点点夺了先机，可俺是久经沙场的武将，已经在数不清的战场上来来往往出生入死，就区区三千五百石。）

可虎之助也有他自己不满意的地方。贱岳七枪几乎都是同一时间夺取的战功，所以他认为七人都该同封共赏，每人得三千石。可后来他发现有一人得了五千石，是同僚杂役福岛市松正则。就他一人多得了两千石。

虎之助道："欺负人也要有个限度。市松与俺战功一样，原本的俸禄也一样，而且都是秀吉亲戚这点也一样，可为何俺只得三千石，他市松却有五千石？这种加封，不要也罢。"说完，他把秀吉赐予加封的朱印状纸扔到奉行杉原伯耆守家次的面前。

（真是吃饱了撑的。俺才冤呢。）

伊右卫门苦笑一下。

其实虎之助也有他自己生气的充分理由。同样的战功却在加封上与市松有出入，只能说明秀吉更为看重市松的武勇。"只要公平，一百石的加封俺也不会皱一下眉头。可本该平等对待的却搞出你高我低来，这不是明摆着说俺的武勇不如人吗？"这便是他不满的根源。

奉行杉原伯耆守家次只好铁青着脸去秀吉那里报告。

"虎之助真是蠢蛋一个！伯耆，这张朱印你先保管好，今后总会让他拿到五千石。"

这件事就这样摆平了。不过秀吉为何在虎之助与市松之间弄出两千石的差来，这点已无从考证。总之，不久秀吉回到姬路城时，虎之助就顺利得到了跟市松同样的五千石加封。

（那俺的呢？）

伊右卫门很是不悦。福岛市松是秀吉的表弟，加藤虎之助是秀吉老婆的表弟。血缘亲疏关系从来就是武将论功的条件之一。秀吉得力的手下本就不多，他是想早些把两人推到心腹大名的位置上去。

（这俺懂。可就因为不是血亲，俺这个最卖力的老将就该区区三千五百石么？）

伊右卫门实在是咽不下这口气。

（干脆告假，去投奔德川家康好了。）

这个想法不知不觉冒了出来。返家后，他跟千代倾诉了心中所想。

千代在伊右卫门额头上，发现了从未有过的一片阴影。

"俺想当浪人。"他对千代说。

千代一边沏茶一边微笑着抬眼看他。

（他这是怎样一种心境？）

"可能沏得不好。"千代把茶端到伊右卫门膝前。

"千代，没听见么？"

"听见了呀，夫君先喝口茶。"

"俺想当浪人。"他更大声地重复了一遍。本以为千代会吓一跳，可她只是抿着嘴，俏脸微微带笑。

"有什么好笑的？"

"千代高兴着呢。"

"高兴？你变了，"伊右卫门一听，反而有些无措，"你为何高兴？"

"人家早就腻了。"

"什么腻了？"伊右卫门听得一头雾水。

说实话，千代也开始觉得夫妇间的那个目标追得真的很累。新婚时，说要辅助夫君当上一国一城之主，那或许是少年不识愁滋味的一番异想天开罢了。如今千代已经二十七岁，伊右卫门早就过了三十的坎儿。

（傻乎乎的。）

她现在确实是这么想的。这十几年来，只是为了功名辗

323

转起伏，安稳日子都没过几天。可人生难道就只能如此？

（自然不是，一定还有别的活法。）

千代这么想着。伊右卫门想的也一定跟她一样。

"当个浪人，享受风月，安安稳稳无牵无挂地生活，多好！把马匹、盔甲、太刀、长枪这些都变卖了，去买些田产，再请人来耕种，钱应该足够了。俺要耕田，千代就割草。要是碰到连歌[3]僧人，就招待他们住下，一起咏唱连歌。再从附近平民瓷窑里找些茶碗来沏茶。那样的生活多好！春天到了，千代就去采些嫩叶，俺就去河边钓鱼，咱们一起做菜，一起开心地享用晚餐。那样的生活多好！"

"真好！"千代打心底里是这么想的。她都能想象自己牵了孩子的手去摘采嫩叶的模样了，多么真切的一幅美景。

"怎么样？"

"全凭一丰夫君做主。哪怕一丰夫君说要去乞讨，千代也会跟着去的。"

"千代，你真这么想？"伊右卫门抓住了千代的手。他其实一直觉得千代听了不可能高兴。结婚后，正是千代让伊右卫门踏上了寻访荣达之路。他觉得，自己要这么轻易地放弃，她定然不悦。可这个沉重的包袱——就是包袱——他已经背负了十几年，如今竟可以这么轻巧地放下。

"千代，感激之情无以言表！"

"别肉麻啦。"

"俺以为你一定不会高兴。"

"我?"千代愕然,"我……会不高兴?"

她脑中晃过万般光景,自己竟是那种女人么?强求丈夫的功名与荣达,让丈夫背负枷锁般的重荷,自己竟成了那种女人?

"浪人,真……真的就能让夫君那么开心么?"千代不禁失了内心的平稳,潸然泪下。

这却让伊右卫门不知所措了:"千……千代,你刚才还说要过要以风月为友,要轻松地过日子,怎……怎么就哭了呢?"

"没有啊。我是真心想过那样的生活。现在落泪,完全是因为别的事情。"

"什么事?"

"是我觉得自己好傻。少女时代的梦想就是要辅助将来的夫君成为一国一城之主,就这样一个不着边际的梦想。"

"俺少年时也一样。"

"可是,这种孩子气的梦想,却在成年后还一直坚持着,想来真是滑稽可笑。现在才知道,这才是不幸。唉,还说什么滑稽什么不幸,那明显就是最糟糕的生活方式嘛。"

325

"所以才悔不当初，哭了？"

"不，哭不是因为后悔，而是因为现在才明白，我这个没有怜悯的枯燥梦想，竟让一丰夫君这么苦恼，我好难过……都是我不好！"

"千代，不是你的错。俺少年时代的梦想，也是一直没能舍弃。咱们俩还都是孩子啊。"

"嗯。"千代点了点头，终于破涕为笑。

真是这样，他们俩都成了儿时梦想的奴隶，还差点儿让自己一生都被这梦想牵了鼻子走。

"别哭啦。"伊右卫门擦了擦千代的眼泪，"俺可是苦恼极了，还想着要是会喝酒的话该多好。不过千代一下子就让俺的心情一片晴朗了。"

"都怪我结婚后一直都没让夫君放松过。"

"都说了不是你的错啊，是俺太孩子气的缘故。刚才都说过好多遍了。"伊右卫门开朗笑道，一副笑颜从来没有现在这般澄澈如水。

"夫君真的很开心嘛。"千代指了指伊右卫门的笑颜。可她心底深处还是不由得感觉失落。

（他到底是个平庸之人。）

她心底的某处泛起了这个念头。如今这个时代，只要有志气，连将军都能当上。而伊右卫门刚从这种野心中解放出来，就感觉一身轻松。

（而且相当平庸。）

她一面这么想，一面用手指着伊右卫门的笑脸，自己也跟着笑了。当然，她的笑并无嘲弄的意味。

夜里，千代熄灯后，见透过雨窗的月光洒在了伊右卫门的枕边。于是凑过去轻声问道："睡着了么？"

"……"伊右卫门一脸平静，只轻轻呼吸着却不作答。

千代忽然对丈夫的脸庞起了兴趣，于是持一盏烛灯过来。

（这样做不太好吧？）

她负疚之感顿生，可不意涌出的那股兴趣却无法遏制。直至今日这么长一段岁月，她一直陪伴夫君左右，可这样仔仔细细凝视丈夫毫无防备的脸，竟是破天荒第一次。

千代很是热衷于此种研究，烛灯也点亮了。她在烛灯上围了一圈纸，缓缓靠近伊右卫门的面庞。黑暗中，一张娃娃脸浮现出来。

（好平庸的脸！）

双眉好似远山般淡淡的，丝毫不像武士。还有一张唇形十分漂亮的嘴，都让人不禁可惜它竟是长在男人脸上。横看竖看都不是武士的脸，不过，也不是农民的脸，不是僧侣、学者的脸。而是一张个性还未显露的少年的脸。

（没有才气！）

更没有胸襟和博弈之能。

伊右卫门似乎完全感受不到晃来晃去的灯影，睡得极为香甜。

（是真的安下心来了？）

这也难怪。他抛却出世主义的想法一旦为千代所认同，便什么都彻底地放下了，所以才有这张香甜如孩童的睡颜。

——我从少女时代起就不认为，那些不能开拓自我命运的男人有任何的魅力。

千代忽然念及自己的真心。

（能绝地逢生的男人才是最美的。）

可伊右卫门却在与命运争斗中打了退堂鼓。而且这番逃遁，竟逃得如此没有气势没有风度。

《平家物语》里的远藤武者盛远，因错杀自己所恋之人——袈裟御前，为世人所弃，于是出家当了文觉上人。他经历过各种各样艰苦卓绝的修行，好几次都徘徊在生死边缘。歌人西行法师，在抛弃北面武士[4]身份的同时，也抛弃了整个世间。他为斩断世俗恩怨，一把将缠在身旁的孩子扔到檐下。

可伊右卫门却不一样——只想与风月为友。说白了，不过是怯怯地从争斗中逃遁出来罢了。

想到这里，千代不禁觉得有气。

（不可饶恕！）

若是厌弃了尘世，为何不狠心抛下她和孩子与祢，去当一名僧侣？千代凝视着他的脸，脑子忽然被另一种"教育欲望"所占满。

（对了，让他当和尚。）

不过他有没有当和尚的觉悟呢，这倒是个问题。这样的想象让千代很是开心，就好似女孩子给洋娃娃换衣服打扮时的心境一般。

第二天，一位奇妙的云水[5]禅僧来化缘。千代在门前看了一眼，道："正好是中午，大师不如到厨房用斋。"

云水僧摘了斗笠，大约三十二三的年纪，眉粗唇厚，是个大汉。

"那就有劳施主费心了。"说罢，他便依言进了厨房。

幸好那日是丈夫父亲的忌日，所以千代做的是素斋。

"味道不错。"云水僧添了好几次饭，吃饱后还大大咧咧问了句，"施主，能否化几个钱？多多益善。"

千进走进室内，用饭碗盛了冒尖的一碗永乐钱[6]出来，端到云水僧面前。

"这可珍贵。"云水僧说罢,便接过来全部倒入他的麻袋之中。

"请问这些钱到底可以派上些什么用场呢?"

"我的寺庙破了,需要翻新。"

"哪座寺庙?"

"不远处的法源寺。"

"法源寺——不是有位上了年纪的住持么?"

"那人刚被放逐。"

这位云水禅僧是从京城的妙心寺僧堂过来的,法号笑严。他说今日一大早就赶到法源寺,与原住持争执之后得胜,于是便让对方只背了一把唐伞离开。

"真是可怜。那位原住持就那么不济么?"

"他呀,跟一只老狐狸似的。"

"可人家那么大年纪了,却只能露宿山野,也怪可怜的。"千代不免起了恻隐之心。

不过笑严却忿然道:"我们宗门修行的就是居无定所,行事如行云流水。那是他该尽的责。"

"这么严格啊!"千代口里这么说着,忽然发现一个奇怪的事实。如此看来,禅家不也跟争夺领国的武家一样了么?

"而且,那座寺庙远眺的风光很好。做个落脚点倒是非常合适。"他这么一说,就更像武家了。

千代忽然想向这位云水禅僧询问一下丈夫的心境。只要大师愿意,她很想让丈夫拜他为师,先做个居士也可以。于是千代道出缘由,云水僧听得很是严肃,还时不时点头附和,最后留下一句话:"那就让他明天到寺院来找我。"

傍晚,伊右卫门回来了。

"明天早上,夫君愿意去一趟法源寺,去拜访一下新来的住持么?"

"禅宗?"伊右卫门一直在等待可以参禅的机会,正想一试。

这天夜里,他们就先睡下了。

"没开玩笑吧?"第二天早晨,伊右卫门盯着千代的嘴巴,表情极为生硬,"你的意思是,要抛弃主家去做浪人,还不如彻彻底底抛弃世间去做和尚,是不是?"

"不错。反正要抛弃,干脆抛弃得彻底一些,这样才更有男子气嘛。"

"你要俺当远藤武者盛远?"伊右卫门的僵硬表情都快让自己窒息了一般,"要俺把千代、与祢都抛弃?"

"是啊。不这么做的话,就对不起从追逐功名的地狱里抽身出来的意义啦。"

"千代也愿意?"他咬牙切齿道。

千代微笑着不为所动："没问题啊。"

"那俺出家后，你怎么办？"

"我当尼姑。"

"哦，你也出家啊！"伊右卫门松了口气。那不就跟现在一样，只不过剃了光头罢了。"那俺就放心了。"

"不过，千代既然要入佛道，就不会只做个小沙弥，我一定要坚持五戒，遵守所有清规戒律。所以与祢就只有拜托美浓的不破家代为照看了。我要去大和的尼姑庵做徒弟。"

"啊？"伊右卫门一张嘴巴合不拢来，"那不就做不成夫妻了吗？"

"呵呵呵……一对光头夫妻，亏你想得出！"

"哦，也是。"

这可不是闹着玩儿的，伊右卫门不禁心里一沉。千代说得很有道理，要消极遁世就该遁得彻底一些，斩断所有尘缘，光念着那风流旖旎算怎么回事儿？

"总之，请夫君现在就起身去拜访法源寺的笑严大师好么？"在伊右卫门手足无措之时，千代很快就替他准备妥当，把他推出了家门。

伊右卫门终于拜访了那座破庙。

"来了？"从木格子拉门里面的住持房中传来一个声音。

待木格子拉门打开后，只见笑严正在厨房吃饭。大概是化缘化来的吧，碗里糙米、白米、稗子、粟米混在一起，看起来脏兮兮的。

"我食量很大，只要一有空就会吃饭。你要不要？"

"不必了。"

"那你先等等，马上就好。不过，这会儿你准备一下也好，剃刀和盥洗盆就在那个架子上。再用那口锅烧一锅热水出来。"

"是大师要用？"

"开什么玩笑？我今天早晨才刚剃过。是要剃你的头。"

"这就要剃？"伊右卫门吃惊不小。他本想听过大师的一番话后再决定是否要出家。

"越早越好。"笑严在饭上浇了菜汁。

热水烧好，剃发的准备就完成了。

"来，开剃啦。"笑严若无其事地拿起剃刀站起身来，伊右卫门却慌了神。

"大……大师，先……不如先让俺听听大师的教诲。"

"什么教诲？就剃个头要什么教诲？多余。"

"那……那在下的话还请大师听一听。"

"哦，好吧。"笑严点点头，把伊右卫门带到一个光线充足的檐下长廊上，让他坐下。檐外，南天竹在明媚的日光下一片姣好。只有笑严自己有座儿。不过，这座位也只是一块破旧不堪的榻榻米而已，细看之下，上面竟还有蜈蚣在穿行，实在恶心。

"好，你说吧。"

"事情是这样的。"伊右卫门讲起了他的故事。从织田时代起，他就往返于各个战场，出生入死兢兢业业，获得的战功亦是数不胜数。可新主家秀吉却对他的忠心与战功视而不见，给的赏赐少得可怜，而同僚乃至后辈们却在诛灭柴田后得了二倍、三倍的加封云云。

"就这事儿？"

"正是此事让俺耿耿于怀。"

"牢骚而已。"

"啊？"

"你说要摒弃尘世，还以为是多大的惨事呢。我都做好了点化你修行成佛的准备了。什么事儿嘛，不就是发了点儿牢骚而已嘛。"

"你嘲弄俺？"

"算不上。嘲弄你作甚？你满肚子牢骚，想抛弃主家决意当浪人，后来又想不如干脆剃了头当和尚，很是特立独行嘛。可是，一切缘起只不过几句牢骚，唉。"

"只不过几句牢骚？就当事人来说，怎会是几句牢骚那么简单?"

"所以你就要出家?"

"反正,不如干脆出家,忽然就是这个念头。"

"忽然?"笑严抓住他话中的两个字,微一沉思,"那,这样如何?既然你已经决意要当光头,咱们不如一步到位。"

"一步到位?"

"是啊,这可是比剃头还更能得到解脱。"

"怎么做?"

"剃下脑袋就好啦。"

啊?伊右卫门惊得一退。

"把你的刀借来一用,我来帮你把脑袋剃下来。同样是逃离浮世,这个方法可是又省时又省事。"

"不,等等!"

"等什么?就让我来超度了你。"笑严冲了过来。

真是力大如牛的蛮人。他左手来抓伊右卫门的脖子,右手就要去拔他的腰刀。而伊右卫门则拼尽力气不让他得逞。于是,两人扭打在一起,很快掉下了长廊。

"觉悟吧!"笑严得胜,他唰地抽出伊右卫门的腰刀,架在他的脖子上。

这位笑严云水禅师,大概也是精于格斗术的。伊右卫门的反手招数全派不上用场，身子被擒拿得死死的。

"杀了我吧"这种话伊右卫门是不会说的。那种自暴自弃的台词，是太平盛世里的小混混们用的，战国武士对生的执念，是一股可怕而强大的力量。

伊右卫门扭过头来，对着笑严和尚的左手腕一口咬下去。

"啊！这家伙！"笑严不得不松手。伊右卫门趁机就要翻身摆脱笑严的控制。

"没办法，只好开杀戒了。"

"你……你敢！"伊右卫门吼道。笑严逆手而握的腰刀刀刃，抵住了伊右卫门的脖子，有针刺的疼痛。每痛一下，便有血液渗出皮肤。

"别动！再动就刺进去了。"

"悉听尊便！"

"伊右卫门大人哪，就你这点儿本事居然能有三千五百石的身价？"

"俺输了，俺愿赌服输。"这次伊右卫门露出一脸媚笑，可是对笑严和尚却丝毫没有杀伤力。

"伊右卫门，你是打算逃离浮世的火海，才想要当和尚的吧？唐朝的古书上也有'五十步笑百步'的故事，败下阵来的逃兵，无论是逃五十步还是一百步，逃跑就是逃跑。你那么想逃,索性把这条命也扔了得了,一了百了。"

"命……命是不能扔的。"

"想保住小命?这不合理嘛。你不是要摈弃尘世吗?难道是闹着玩儿的?"

"不,俺真想遁世。"

"那我就帮帮你。"说罢,笑严拿腰刀的手又使了一些劲儿。

伊右卫门沉默半响,忽然大吼一声:"不遁了。"他这么一吼,顿感一切都明了起来,仿佛峰回路转一般。身体里紧绷的那根弦松懈下来。"大师,俺……俺决意继续留在浮世。被大师用刀刃这么一逼,俺终于想通了,原来世间就是一个活着就不得不战斗的地方。"

"想通了?"笑严笑起来,"这就是'悟'。不遁世,要做世间的主人,首先要做自我的主人。禅家有云,随处做主,立处皆真。"

正说话间,伊右卫门猛地一下子撞翻笑严。只见笑严晃晃悠悠仰面摔倒,伊右卫门伺机扑了上去。

"笑严,看清楚了!"说罢,他掐住了笑严的脖子。要是不这么做,他窝了一肚子的火怎么都散不开。

笑严挣扎了半响,终于昏了过去。伊右卫门站起身来,朝他脑袋踢了一脚,吐口唾沫,这才慢条斯理地扬长而去。

正所谓"随处做主",他就是这样实践禅师教诲的。

注释:

【1】米俵:装米用的草袋子,呈圆柱状,容量有四斗和六斗的。

【2】市:织田信长之妹(1547—1583),以美貌著称。初嫁小谷城主浅井长政,育有二男三女,包括秀吉的侧室淀君。浅井氏灭亡后,改嫁柴田胜家,后因秀吉的攻击,与胜家一起于室内自刃。

【3】连歌:古典诗歌的一种,是一唱一和的长短句对答式诗歌。

【4】北面武士:在院御所北侧担任警卫的武士,属院司。白河上皇时代创设,直接听命于上皇,是支撑院政的重要军事力量。

【5】云水:特指行踪不定如行云流水的禅宗僧人。

【6】永乐钱:明代1411年铸造发行的永乐通宝。在日本流通于室町时代至江户初期。